KB272721

천도비화수

天刀飛花手

천도비회수 6
손승윤 新무협 판타지 소설

초판 1쇄 찍은 날 § 2004년 5월 27일
초판 1쇄 펴낸 날 § 2004년 6월 7일

지은이 § 손승윤
펴낸이 § 서경석

편집장 § 문혜영
편집 § 장상수 · 서지현
마케팅 § 정필 · 강양원 · 이선구 · 김규진 · 홍현경

펴낸곳 § 도서출판 청어람
등록번호 § 제1081-1-89호
등록일자 § 1999. 5. 31
어람번호 § 제2-0382호

주소 § 경기도 부천시 원미구 심곡1동 350-1 남성B/D 3F (우) 420-011
전화 § 032-656-4452   팩스 § 032-656-4453
http://www.chungeoram.com
E-mail § eoram99@chollian.net

ⓒ 손승윤, 2003

값 8,000원

ISBN 89-5831-127-4 04810
ISBN 89-5505-877-2 (SET)

손승윤 신무협 판타지 소설

天刀飛花手

천도비화수

6

완결

울어지지 않는 울음

도서출판
청어람

제1화 북상을 준비하며

사해상련은 겨우내 부지런히 움직였다.

우성(禹城)에 지부를 설치, 돼지 오천 마리와 염소 칠천 마리를 올려 보냈다. 소우는 우성지부가 안정되자 북쪽으로 올라갈 수 있는 상로(商路)를 확보하라고 명령했다. 이에 중사 거연창과 목귀대가 중심이 된 우성지부는 단숨에 평원(平原)을 제압하고 덕주(德州)로 밀고 올라갔다.

덕주는 산동의 북쪽 관문으로 상업이 활발한 고장이다.

발해에서 생산된 천일염(天日鹽)과 염어(鹽魚), 건어물(乾魚物)을 기반으로 성장한 거상들이 있어서 공략이 쉽지 않았다.

표국과 연계한 거상들 반발이 만만치 않았던 것이다.

거연창은 거상들 외곽에 포진해 있는 표국들을 하나하나 제압해 나갔다. 잡초를 뽑듯 근면하고 성실하게 크고 작은 표국 열일곱 개를 모두 뽑아 내버리자 거상들이 항복했다.

거연창이 이렇게 북쪽 상로를 확보하는 데 주력하는 동안, 남쪽 상로 역시 확보되고 있었다.

황하를 따라 내려간 애각구려의 우주작단은 소채 집산지인 장청(長淸)과 평월(平月)을 확보하고 동쪽으로 방향을 틀어 차평(茶平)을 공략했다. 차평은 차 집산지이면서 팔황맹 여덟 기둥 중 하나인 황보무문이 자리 잡은 태산(泰山) 턱밑.

산발적인 반발이 있었지만, 애각구려는 무력 시위를 하지 않았다. 대신 중점주들을 동원, 좋은 값으로 차밭을 사들이는 공략을 취해 차 농사를 짓는 대농(大農) 대부분을 흡수했다.

애각구충의 좌주작단은 초구(草丘)와 왕촌(王村), 주촌(周村)까지 동진한 다음, 갑자기 남하를 택했다.

박산(博産)을 거쳐 묘산(苗山)에 당도한 애각구충은 황보무문이 자리 잡은 태산을 우회, 신태(新泰)까지 밀고 내려갔다가 태산 턱밑 곡리(谷里)를 향해서 북상했다.

사해상련이 이렇게 앞뒤로 상로를 확대한 이유는 간단했다.

하북팽문 선봉을 꺾은 이후 폭발적으로 늘어난 상인들 때문이었다. 그전까지만 해도 돈영회 눈치를 보면서 중립을 고수하던 상인들은 상련이 우성에서 귀환하자마자 앞을 다투어 몰려들었다.

이렇게 상인들이 몰려들자 돈영회는 자연스럽게 기울어져 상련에 흡수됐다. 일이 이렇게 돌아가다 보니 제남 상권만 가지고는 식구들을 제대로 건사할 수 없었다.

한 가지 이유가 더 있었다.

―앞길을 닦고 뒤를 침묵시킨다!

황보무문을 배후에 둔 상태로 팽황맹 본전을 칠 수 없었던 것이다.
그것이 아니어도 사해상련과 황보무문과는 양립할 수 없는 깊은 사연
이 있었다.
겨울 동안 하북팽문이 움직이지 않은 건 참 다행한 일이었다.
더듬이들을 풀어 알아본 바에 따르면, 하북팽문은 팽위철마단의 전
멸을 아직 알지 못하고 있었다. 그렇다면 조호천이 중간에 끼어 허위
보고를 한 게 틀림없었다.
만약 전멸해 버린 팽위철마단의 복수를 하겠다고 하북팽문이 남하
했다면, 사해상련은 앞뒤에서 협공을 당했을 수도 있었다.
어쨌든 겨울은 봄을 향해 깊어갔다.
심한 강풍이 몇 번이나 불었고 몇 번이나 큰눈이 내렸다.

*　　　　*　　　　*

역수거리에서 이십 년째 옷을 팔아온 감호(甘鎬)는 점방 문을 열자
마자 눈을 찡그렸다. 밤새 내린 눈이 한 자나 쌓여 있었다.
"하늘이 뻥 뚫렸나 봐. 그렇지 않고서야 어찌 삼 일마다 큰눈이 내
리누? 이거야 원, 녹을 사이가 없네."
해마다 겨울이면 겪는 일이었지만 올해는 정말 눈이 너무 많이, 자
주 내리는 통에 장사가 시원치 않았다. 약간 과장한다면 주먹만큼 커
다란 눈송이였다.
감호는 아직도 내리는 눈송이를 원망스럽게 쳐다보았다.

"에이, 이런 날 누가 옷을 사러 나온담? 쉽게 그칠 눈이 아니야. 나도 문을 닫고 화주나 마실까?"

둘러보니 문을 연 점방도 없고, 다니는 사람들도 없었다.

하늘도 땅도 온통 새하얀 적막 속에 잠겨서 깊은 잠에 빠진 것 같았다. 잠시 고민하던 감호는 슬금슬금 부엌으로 다가갔다.

"흐음. 마누라가 일어나기 전에 일단 해장부터 하고……."

언제부터인지는 잘 모르겠지만, 감호는 일어나자마자 들이키는 해장술 몇 잔에 대단한 집착을 가지고 있었다.

묵은 침으로 텁텁해진 입 안을 깔깔하게 일으켜 세우면서 불덩어리처럼 뜨겁게 굴려 내려가서 창자를 찌르르, 울리는 맛이란…….

그러나 감호의 아내 전씨(田氏)는 해장술을 경멸하는 데 온 신경을 쓰고 있었다.

"당신 뭐 해! 지금?"

"으?"

엉거주춤 발을 멈춘 감호는 아내 전씨를 바라보았다.

목젖이 보이도록 크게 하품을 한 전씨는 눈곱까지 다 떨고 나서 점방 입구를 가리켰다.

"당신 좋게 말할 때, 문 열어! 아침부터 술 처먹고 하루 종일 해롱해롱하지 말고. 해장하려고 지금 부엌을 기웃거리는 거지?"

"나, 난 당신이 추울까 봐 군불을 더 때주려고……."

"문 열고 눈이나 치워!"

"아, 알았어."

해장도 못하고 눈을 치우게 된 감호는 투덜거리지 않을 수 없었다.

'에이, 씨버랄!'

열일곱 살에 만난 아내는 정말 이렇지 않았다.

허리는 한 줌도 안 됐고 꽃처럼 아름다웠다. 더불어 몸에 향기 주머니를 감추고 있었다. 그런데 아이 낳고 세월이 흐르면서 점점 허리가 굵어졌다. 아름다움도 사라지면서 향기 주머니에서는 언제나 구정물 냄새가 났다.

'그래서 바람을 몇 번 피웠기로…….'

남편을 종 부리듯 부리는 행위라니.

감호는 못내 억울했지만, 자신 역시 지은 죄가 만만치 않아서 지금까지 묵묵히 참아왔다. 그러나 오늘은 더 이상 참을 수 없었다. 눈을 대충 치우고 들어온 감호는 아침밥 짓는 데 여념없는 아내에게 말했다.

"당신, 나와 이야기 좀 하자고!"

"당신 주제에 뭔 할 이야기가 있어?"

"…뭐?"

감호는 아내의 덩치에 위축되는 마음을 어쩌지 못했다. 아내는 자신보다 딱 두 배였다. 그 덩치에서 나오는 힘은 가히 괴력이라고 불릴 만해서 바짝 마른 자신은 죽었다 깨어나도 상대가 안 되었다. 그래도 감호는 뒤로 물러설 수 없었다.

"당신, 낮에 어딜 그렇게 싸돌아다니는 거야?"

"알면서 뭘 물어?"

"뭐? 그 나이에 공부를 하면 될 것 같냐? 아니, 도대체 공부를 해서 뭘 하겠다는 거야? 그것도 여편네가 말이지."

"그럼 당신은 당신 여편네가 평생 일자무식으로 살았으면 좋겠어? 그리고 당신, 나 공부하는 데 뭐 보태준 게 있냐? 우리 상련에서 공짜로 가르쳐 주는데 당신이 뭔 참견?"

“으음!”

감호는 문득 할 말이 없어졌다.

사해상련 문당은 아이들에게만 글을 가르치는 게 아니었다.

배우고자 하는 상련 식구들을 나이별, 성별로 분류해서 가르치고 있었다. 그렇다고 글만을 가르치는 게 아니었다.

실생활에 꼭 필요한 상식이며 지혜까지 가르쳤다.

이를테면 육십 대 이상 노인들에게는 간단하게 익힐 수 있는 기초 양생법을, 감호 아내 같은 부인들에게는 음식 조리법이나 태교 등을 가르쳤던 것이다.

“당신, 해장술이 얼마나 몸에 해로운지 알아?”

“…….”

“해장술은 빈속을 긁어내려. 당신도 한번 생각해 봐. 위장은 밤에도 쉬지 않고 음식을 소화시킨다고. 그런 위장에 시원한 냉수는 못 줄망정 대뜸 술을 퍼부어?”

“끄음!”

“그러면 위장이 잘도 남아나겠다. 간도 무척 좋아할 거야. 그래서 한 천년만년 산다면 얼마나 좋아? 당신 말이야, 꽃 같았던 나를 평생 고생시켰으면 죽을 때라도 편하게 해줘야 되잖아. 벽에 똥칠하면서 악을 바락바락 쓰다가 죽고 싶어? 나를 그리 고생시키고 싶냐고? 전에도 반대였지만 앞으로도 반대야, 당신이 해장하는 거. 알아?”

“…….”

본전도 못 찾고 물러 나온 감호는 천치 같았던 아내가 점점 똑똑해지는 것을 불안하게 생각했다. 그래도 기분은 그리 불쾌하지 않았다. 혼자만 저런 바가지 아닌 바가지를 듣는 게 아니었다. 친구들 가정도 이전과는 다른 모습으로 바뀌고 있었다.

"눈도 참… 오라지게 많이 온다."

점방 앞에 쭈그려 앉아 있는 감호에게 아내 전씨가 다가왔다.

전씨는 감호에게 김이 무럭무럭 나는 대접을 내밀었다.

"먹어, 이 등신아."

"……."

"대추를 우려낸 물인데 아침 공복에 뜨겁게 해서 먹으면 좋대. 부지런히 먹고 밤에 힘 좀 써."

대추를 우려낸 물은 해장술만큼 뜨거워서 창자를 짜르르하게 만들었다. 감호는 안으로 들어가는 아내의 펑퍼짐한 뒷모습을 물끄러미 바라보았다. 갑자기 코끝이 시큰했다.

"에이, 씨버랄!"

벌떡 일어난 감호는 서둘러 거리에 있는 눈을 치워 나가기 시작했다. 빗자루에 휘어 감기는 눈은 무겁고 끈적끈적했다.

지친 듯 눈이 멎었다.

문을 연 점방들이 늘어날수록 거리에 가득했던 눈도 치워졌다. 이른 아침을 먹고 나온 감호는 무심코 사해상련 본전을 쳐다보았다.

"어?"

주작기가 내려지고 있었다.

주작기는 사해상련의 상징이면서 동시에 련주 하백의 상징.

그래 하백이 있는 곳은 그 자리가 어디이든 주작기가 걸렸다. 더불어 본전이라도 하백이 없으면 주작기 역시 게양되지 않았다.

그렇다면 하백은 지금 본전을 나섰다는 이야기.

"이 아침에 어디를 가신다지?"

하북팽문 선봉을 분지르고 귀환한 이후 주작기는 언제나 본전에 걸려 있었다. 힘차게 펄럭이는 그 주작기를 보면서 아침을 열고 저녁을 마무리했던 감호는 마음 한쪽이 허전해졌다.

"음?"

주작기를 찾으려고 두리번거렸던 감호는 이쪽 북역하에서 막 게양되는 주작기를 볼 수 있었다.

펄럭펄럭.

감호는 허전했던 마음이 자부심으로 채워지는 것을 느꼈다. 감호가 이렇게 자부심을 가지는 건 자신이 사해상련에 소속된 상인이어서가 아니었다. 사해상련의 시작이라고 할 수 있는 고씨육간을 관리하고 있어서 자부심이 남다른 것이다.

"북역하로 이어지는 길은 여기밖에 없는데?"

감호는 아내에게 소리쳤다.

"여보! 어서 나와봐!"

"왜?"

"하백님께서 오고 계셔!"

열 살짜리 아이가 세상의 따뜻함과 비정함을 동시에 맛보아야 했던 이 거리도 눈에 덮여 있었다.

"이 늙은이는 혼자서 가끔 이 거리에 나와볼 때가 있네. 이 거리는 마음을 아련하게 만드는 뭔가가 있어. 그래서 철부지 아이처럼 가슴이 두근거려."

공릉이 뿜어낸 하얀 입김이 역수거리에 풀어졌다. 공릉은 단아한 얼굴에 소녀 같은 미소를 띠고 있었다.

“대랑.”

“말씀해 보시게, 하백.”

“……..”

“들자 하니 자네는 바로 이 거리 출신이시라지? 아, 아니야. 출신은 아니지만, 이 거리에서 일을 시작하셨다지? 그래, 감회가 어떠신가?”

역수거리는 변한 게 없었다. 여전히 질척거리는 바닥, 짐승들의 오물과 깨어진 도기, 달걀 껍질을 물고 달아나는 쥐들.

“두 번 다시 오고 싶지 않은 곳입니다. 하지만 늘 그리워하던 곳이기도 합니다.”

“그러실 터이지. 이해하네.”

소우는 육간 앞에서 말을 내렸다.

한 명의 어른과 네 명의 아이가 조심스럽게 앞날을 모색하며 생활했던 육간도 변한 게 없었다. 포목점이 잘 관리해서 당시보다 더 깔끔했다.

“어서 오시옵소서, 련주님!”

“기별이라도 주시지 않고요.”

당황해하며 엎드린 포목점 주인 부부를 일으켜 세운 소우는 빙그레 웃어 보였다.

“이러지 마세요. 저는 여러분 위에 군림하는 사람이 아닙니다. 그러니 다음부터 이렇게 엎드리시면 안 됩니다.”

“아니옵니다, 련주님. 련주님 덕분에 우리가 맘 편히 발을 뻗고 잘 수 있사옵니다. 제 무식했던 안사람도 이제 글을 읽사옵니다. 이것이 다 련주님 덕분이옵니다.”

“제 덕분이 아닙니다. 여러분께서 땀을 흘리신 만큼 상련은 보답을 할 뿐입니다.”

“…….”

감호 부부에게 보여지는 련주 하백의 얼굴은 여전히 창백했고 서늘했다. 감호 아내 전씨는 묻지 않을 수 없었다.

“아침은 드셨사옵니까?”

“…예.”

“거짓말하지 마소서, 련주님.”

감호 아내 전씨는 하백이 아침을 안 먹었음을 장담할 수 있었다. 하백이 생활하는 본전 만리향은 여리가 떠난 후 남정네들만 거주하는 삭막한 공간으로 변했다.

물론 자체로 주방을 운영하지만, 그 주방 찬모 속을 가장 많이 썩이는 사람은 다름 아닌 하백이었다.

“문당에서 만난 찬모 말로는 아침을 거의 안 드신다고 하더이다. 그나마 여리 아가씨께서 계실 때에는 아가씨께서 생떼를 부려서라도 련주님께 식사를 챙겨 드렸다는데… 이제 아가씨마저 안 계시니 누가 련주님께 식사를 거르시면 안 된다고 성화를 부리겠나이까?”

“…….”

“어서 육간을 둘러보시옵소서. 변변한 찬은 없지만 아침을 준비하겠나이다.”

“끌끌, 늙은이 말을 안 듣더니 오늘 련주께서 임자를 단단히 만나셨구면. 덕분에 이 늙은이도 뜨끈한 아침을 좀 먹어보겠네.”

얼굴을 붉히는 소우를 보면서 공릉이 웃었다.

이제 상련의 어른이 된 공릉도 식사에 대해서만큼은 소우에게 할 말이 참 많았다. 공릉만이 아니었다.

"거 보세요, 하백님. 다들 알고 있지 않사옵니까?"

노공도 아주 고소하다는 표정을 감추지 못하고 눈치를 줬다.

이 자리에 우림이나 거연창이 없어서 다행이었다. 성격 괄괄한 그들이 있었다면 핀잔은 이 정도에서 그치지 않았을 게 분명했다. 노공은 그 점을 매우 아쉬워했다.

"어험. 내사는 현재 좌단주님과 곡리에 있고, 중사는 우성지부에 있어서 참 다행이옵니다? 그 두 사람과 여리 아가씨께 이르지 않은 것을 고맙게 생각하세요. 여리 아가씨께서 아시면 당장 달려오실 겝니다?"

"……."

끼이이.

육간 문을 열자 안에 들어 있던 냄새가 먼저 달려왔다. 소우는 그 냄새를 깊이 들이마셨다. 그러자 마음 저 아래 어디쯤, 영원히 지워지지 않을 것이고, 지워져서도 안 되는 풍경 몇 편이 살아 올라왔다. 소우는 준비해 온 화주를 육간에 뿌렸다.

'스승님.'

문자를 배우겠다는 열망에 들떠 처음으로 집을 떠난 꼬마에게 맡아졌던 피비린내, 스승님께서는 허름한 차림으로 어정쩡하게 웃고 계셨습니다. 이제 와 생각해 보니 스승님께서 제게 원하셨던 것은 '칼을 아는 자' 였지 '칼을 다루는 자' 가 아니었습니다.

용서하세요, 스승님. 저는 그때 어렸습니다. 그래 칼을 아는 자와 칼을 다루는 자를 구분하지 못했습니다. 칼을 아는 자가 곧 칼을 다루는 자라고 생각했습니다.

이제는 조금 압니다.

칼을 아는 자와 칼을 다루는 자는, '칼' 이라는 공통점마저도 가지고 있지 않다는 것을. 그래 칼을 아는 자의 칼이 존재하는 차원과 칼을 다루는 자의 칼이 존재하는 차원은 다르며, 다르지 않으면 안 된다는 법칙을 이해합니다.

그 명명백백한 법칙, 칼을 아는 자의 법칙 위에 무풍선평이 있었고, 무풍선식이 있었고, 백정오계가 있었습니다.

"데려오세요, 외사님."

"예, 하백님."

노공이 돈영쌍부를 시켜 데려온 사람은 춘화면귀 여파달이었다. 여파달은 자신이 철저하게 망가뜨려 버린 육간에 와서도 넉살이 대단했다.

"아이고, 하백님! 고향집에 오셨습니다그려?"

"……."

피둥피둥하게 살이 찐 여파달은 돼지와 다르지 않았다.

소우는 입구에 서 있는 공릉과 노공, 돈영쌍부에게 말했다.

"잠시 자리를 비켜주세요."

"예? 저자가 하백님께 어떤 해코지라도 하면……."

"아닙니다."

"…예."

못내 불안한 표정으로 노공이 공릉과 돈영쌍부를 데리고 나가자 소우는 다시 여파달을 보았다. 소우와 눈이 마주친 여파달은 씨익, 웃었다.

"소인 놈은 당시 아무 짓도 안 했사옵니다. 그걸 련주께서도 잘 알기에 여태 소인 놈을 살려두신 게 아니옵니까?"

말을 이렇게 했어도 여파달은 매우 불안했다.

여파달은 자신이 팔을 잘린 상태에서 사로잡혔을 때 다른 수하들처럼 바로 죽을 줄 알았다.

그러나 이 하백이란 애송이는 그렇게 하지 않았다.

옥에 가둬놓고 잘린 팔을 치료해 줬던 것이다. 뿐만 아니라 음식과 옷가지도 풍성하게 넣어주었고 정기적으로 목욕도 시켜주었다. 그래 내심 마음을 놓고 있었다.

"꿇어라, 여파달."

"예?"

여파달은 나른하게 건너온 낮은 목소리를 재차 확인했다.

그렇게 할 수밖에 없었다. 지금 그에게 보여지는 하백, 아니, 십 년 전 꼬맹이 소우는 목석 같았다.

사람이라면 당연히 보여져야 할 기쁨이며 슬픔, 분노 같은 감정이 완전히 삭제된 얼굴.

"방금 뭐라고 말씀을 하셨는지……."

무감정한 얼굴 아래쪽에서 나른한 목소리가 다시 흘러나왔다. 그 목소리는 오래된 기억의 틈새를 비집고 나오는 것처럼 거칠었다.

"꿇으라고 했다!"

"예? 아, 예."

여파달은 얼른 육간 한가운데 무릎을 꿇었다. 이때까지만 해도 여파달은 그저 어리벙벙한 상태였지 자신이 여기서 분질러질 것이라고는 생각하지 못했다.

"기억하나, 너희들이 이곳에서 저지른 만행을?"

"예? 아, 예예. 어제 일처럼 생생하게 기억하고 있사옵니다. 미련한

수하 놈들이 저지른 일이었습지요. 그놈들은 천벌을 받아도 쌉니다
요."

"너는?"

"무, 물론 수하 단속을 게을리 한 도의적인 책임을 면할 수는 없사옵
니다. 그래 한 팔을 잘렸지만, 련주님을 원망하지 않사옵니다요. 소인
놈은 죗값을 얼마든지 더 치를 각오가 돼 있습지요."

"어떻게?"

"……!"

여파달은 점점 자신에게로 옥죄어 들어오는 질문에 진땀을 흘렸다.
기억을 물어봄으로써 우선 전체적인 외곽을 때린 질문은 곧바로 생명
줄을 향해 달라붙고 있었다.

"모, 목숨이라도 바칠 것이옵니다. 련주님과 사해상련을 위해서라면
뼈가 부서질 때까지 열심히 일을 하겠사옵니다."

사환이 움켜잡은 여파달의 생명줄은 격하게 떨었다.

소우는 사환을 놓아주는 대신 고개를 숙였다. 그때 벌어졌던 모든
일의 원흉인 이자를 여태 살려둔 이유는 단순했다.

"여파달, 내가 왜 널 살려두었다고 생각하나?"

"…예?"

"예뻐서 여태 살려두었다고 생각하나?"

"려, 련주님."

"네 목숨은 누나 몫이라고 생각해서였다. 누나가 네 심장을 도려냄
으로써 자신의 깊은 상처도 같이 도려낼 수 있으리라고 생각해서였다.
그러나 아니었다!"

사람이 그렇게 단순하다면 얼마나 좋을까. 좋은 일 한 가지로 나쁜

일 한 가지를 대신해 버릴 수 있다면…….

"여파달."

"예? 예."

"나는 네가 나를 위해 일해주는 걸 바라지 않는다!"

여파달은 그제야 자신이 왜 이곳으로 끌려왔는지를 알아차렸다.

"사, 살려주시옵소서! 무, 무슨 일이든지 다 하겠나이다!"

"정말인가?"

"예!"

"그럼 십 년 전으로 돌아가라. 가서 모든 걸 원점으로 돌려놓아라. 그래 준다면 넌 분질러지지 않을 것이다!"

"어떻게……?"

여파달은 하백의 손에서 들린 장도를 보았다. 먹물처럼 풀어진 어둠을 가르며 장도가 새파란 담금질 무늬를 위로 치켜 올렸다. 동시에 그 현란한 담금질 무늬에 휩싸인 나른한 목소리가 굴러 내려왔다.

"이제 그만 하자, 여파달."

"제발, 살려주시옵소서!"

여파달은 부르짖었다. 순간 번쩍 하고 머리 속을 밝히는 섬광을 여파달은 보았다. 섬광은 아주 짧았지만 억겁처럼 긴 여운을 지니고 있었다. 여파달은 눈을 부릅떴다.

"억!"

섬광이 지펴졌다가 스러진 저쪽에서 십 년 전 구석에 몰려 울던 아이들이 잠깐 보여졌다. 아비와 대형을 잃고 숨죽여 울던 아이들. 그 아이들의 겁먹은 울음소리가, 뼈를 갉아내도 모자를 원한이, 살아오면서 깨물었던 입술이 보여졌다. 참혹하게 부서진 육간이 보여졌으며 난행

당하고 거리에 버려진 소녀가 보여졌다.

뒷머리 어디쯤에선가 그 모든 풍경들을 절단해 버리는 소리가 들려왔다.

서걱!

개문을 지나가는 가죽과 살, 뼈와 신경 다발, 식도의 느낌은 무거웠고 섬뜩했다. 그 무겁고 섬뜩한 목숨의 무게를 소우는 오랫동안 음미했고 바로 지워 버렸다.

순간 여파달의 목이 떨어져서 바닥에 굴렀다.

여파달은 자신의 죽음을 이해하지 못한 것 같았다. 부릅뜬 눈과 벌어진 입술에, 삶에 대한 구차한 미련이 덕지덕지 매달려 있었다.

2

군불을 넉넉히 지폈는지 방이 따뜻했다.

낮은 천장과 남루한 살림들, 쥐 오줌 얼룩진 벽에서 사람 사는 냄새가 났다. 따라 들어온 포목점 주인이 등촉을 살렸다. 그렇지만 방은 생각처럼 밝아지지 않았다.

"너무 누추한 곳에 모셔서……."

뒷머리를 긁적이며 나갔던 포목점 주인은 김이 나는 상을 들고 바로 들어왔다. 금방 삶은 소면에서 풍겨지는 냄새가 구수했다.

"찬이 변변치 않사옵니다."

"아닙니다."

백채에 스며든 소금기가 싱그러웠다. 방금 목을 자른 손임을 소면은 알고 있는 것일까. 소면 줄기는 저금에 잘 잡혀지지 않았고 자꾸 그릇을 겉돌았다. 맛을 느끼지 못하면서도 남김없이 비워야 했다. 이쪽을 쳐다보는 주인 부부의 눈 때문이었다.

"아주 맛이 있습니다."

"워낙 급하게 삶아서요."

그릇을 다 비우자 주인 부부는 뒤에 감춰두었던 그릇을 또 내밀었다. 소우는 그것도 마저 다 비웠다. 육간의 참혹한 광경을 봐서인지, 공릉과 노공은 마지못해 저금질을 하고 있는 표정이 역력했다. 공릉이 넌지시 주인 부부를 바라보았다.

"자리 좀 비켜주시지 않겠나?"

"예? 아, 예."

주인 부부가 나가자 공릉이 물었다.

"소면이 넘어가던가?"

"…술술 넘어가지는 않았습니다."

"이제 조금 마음이 풀리셨는가?"

"……."

"그러실 것이네. 매우 불편하셨을 터이지. 복수란 건 그렇다네. 복수해야 하는 사람은 복수의 힘으로 움직이네. 이 늙은이 또한 그랬고 자네 역시 다르지 않으시네."

"……."

"시체는 돈영쌍부에게 치우라고 일렀네."

"대랑."

"말씀을 해보시게."

"대랑께서는 지금 무엇의 힘으로 살아 계십니까?"

"지금 많이 힘드신가?"

"……"

"이 늙은이야 딸을 볼 일념으로 살아 있네. 딸을 봤을 때는 또 다른 힘이 생겨주겠지."

푸스스, 공릉이 주름진 입술을 허물었다.

"이제 그만 일어서시게. 문당주 하후 선생께서 기다리시겠네. 오늘 문당에서 계획한 세 가지 행사는 아주 의미있는 일이야. 그중 한 가지는 이 늙은이가 꼭 참석을 해야 하는 일이고."

문당주 하후굉은 지금 정신이 없었다.

오늘 문당에서 준비한 행사는 엄밀히 말해 두 가지였다.

그간 가르친 글을 점검하는 문시연(文試宴)과 무공을 겨루는 무시연(武試宴). 문시연을 치른 아이들은 바로 뒤뜰에 마련된 연무장으로 이동해서 무시연을 치르게 되는데, 연무장에는 벌써부터 마여와 두위주, 강염이 나가 있으니 그가 정신이 없을 일은 없었다.

그가 정신이 없는 것은 나머지 행사였다.

그 행사는 전 돈영회주 공릉 주관이었다.

그래서 공릉이 과거 돈영회에 속했던 소두와 그 아내들을 시켜 며칠 전부터 준비를 했어도 하후굉은 마음이 놓이지 않았다.

그 행사에서 맡을 자신의 역할이 공릉과 크게 다르지 않았던 것이다. 하후굉은 진숙달을 채근하는 수밖에 없었다.

"이봐, 진 노대."

"예?"

"자네 어머니를 모셔왔나?"

"예, 돈영회 소두 분들이 모시러 갔습니다."

"음식 준비는?"

"돈영회 소두님들 집에서 다섯 가지씩 나누어 준비하시기로 했다고 들었습니다. 그러니까 소두 분들이 일곱 분이시니까 총 서른다섯 가지를……."

"자네가 입을 옷은?"

"대랑께서 가지고 오시기로……."

"신부는?"

"돈영회 본전에서 출발했다는 기별을 받았습니다."

"살림집은?"

"련주님께서 정해주시겠지요, 뭐."

"이거야, 원."

"호호."

신랑 체면도 잊고 진숙달이 웃었다.

"웃음이 나와, 지금?"

하후굉은 어이없어했다. 연무장에는 벌써 이 노총각 진술달과 돈영회 작은대랑 적산월의 혼례를 보려는 손님들이 가득한데, 그 모든 준비가 아직 안 돼 있었던 것이다.

"노총각 장가보내기가 이렇게 힘이 들어서야, 에잉!"

별수없어진 하후굉은 우선 몇 사람을 불러서 연무장에 천막부터 쳤다. 그리고 창고를 열어 북역할 때 쓰던 식탁이며 의자를 길게 늘어놓았다. 신랑 진숙달도 그랬지만 신부 적산월도 일가붙이 없이 외로운 처지. 그래 제대로 격식을 갖춰 전통대로 치르지 못하는 혼례였다. 그렇다면 손님들이라도 잘 대접해야 했다.

아버지 없이 자란 진숙달에게 하후굉 자신은 아버지와 다름이 없었
다.

"어이, 창고에 가서 술이란 술, 그릇이란 그릇을 모두 꺼내오게! 날
씨도 추운데 일단 한잔씩 들고 기다리시게 해야지."

창고에는 북역하 때 들여놓은 술이 수십 동이나 남아 있었다. 동이
째 식탁 위에 놓여진 술을 본 손님들이 환호성을 질렀다.

"이야, 이건 귀한 적수주(赤水酒)아니야!"

"동주(董酒)도 있네? 하후 선생께서 한턱을 내시는구면!"

"거럼. 아버지나 마찬가지인데."

이어 돈영회 소두들 집에서 출발한 마차가 속속 도착해서 음식을 부
려놓기 시작했다.

문당으로 향하는 마차 안에서 적산월은 입술을 깨물고 있었다.

자신은 자격이 없노라고, 한 사내에게 얽매어 살 팔자가 아니라고
버텼지만, 공룡은 간곡했고 진숙달 역시 개의치 않았다. 생각다 못해
진숙달의 노모를 찾아가 자신이 살아왔던 내력을 고백했다. 하지만 그
것도 별 소용이 없었다.

"아가야, 우리 숙달이가 나이도 많고 부족한 건 나도 잘 안단다. 그래서
네가 아니면 안 돼. 그러니 그런 거짓말 하지 말고 네가 좀 숙이려무나. 애가
착해서 네 속은 안 썩일 게야."

거짓말이 아니라고 아무리 이야기해 봐야 소용이 없었다. 진숙달 노

모와의 인연은 지난여름 사해상련과 처음 만났을 때부터였다. 진숙달을 납치해 버린 게 미안해서 몇 달 동안 모셔온 노모는 그간 정이 들었는지 적산월이 거절하자 아예 병이 나서 드러누웠다.

"사해상련주도 허락했단다. 그가 허락했다는 건 네가 행한 모든 잘못을 용서했다는 이야기가 된다. 그렇다면 너도 이제 마음을 풀고 그에게 사죄하는 마음으로 이 성혼을 받아들여야 한다. 아니, 사죄하는 마음이 아니라 네가 아들딸 낳고 행복하게 잘사는 모습을 그에게 보여줘야 한다. 그래야 그가 마음이 편하다. 그는 네가 더 이상 불행해지는 걸 원치 않는다."

드리워진 주렴 밖으로 쌓인 눈을 보면서 적산월은 다시 입술을 깨물었다. 불가능한 일이겠지만, 불가능한 일이 아니라면 다시 십 년 전의 문곡정으로 돌아가고 싶었다.

적산월은 돌아가서 문곡정에서부터 다시 삶을 시작하고 싶었다. 자신이 그렇게 박대를 하지 않았으면 소우, 아니, 하백은 아픔을 겪지 않았을 게 분명했다.

'그랬다면 아무 일도 일어나지 않았을 거야. 소우 아버지께서 돌아가시는 일도, 등로 언니가 윤간당하는 일도, 문곡 할배께서 떠나시는 일도, 소우 스승님께서 돌아가시는 일도… 아, 아, 나는 얼마나 엄청난 죄를 지었나.'

적산월은 쥐구멍이라도 있으면 당장 들어가고 싶었다.

아니, 이 세상에서 사라져 버렸으면 싶었다. 그런 감정은 죄에 대한 부끄러움 때문만이 아니었다. 소우를 문곡정에서 내쫓은 건 사실 죄가 아니라면 아니었다. 사소했다면 사소했다.

당시는 어렸고 철이 없었다. 무엇이 옳고 그른지 분별하지 못했다. 남들이 그러니까 자신도 그래야 되는 줄 알았다. 그로 인해서 벌어진 사태는 감히 상상도 못할 만큼 엄청났다. 그것도 책임을 모면할 수 있었다.

어렸고 철이 없어서 그랬다면 되는 거니까.

'제남에서 소우를 다시 만났을 때… 난 어른이었어. 그만큼은 아니 겠지만, 나름대로 아픔을 겪은 상태였지. 그런 상태에서도 그에게 죄를 저질렀어. 그 인연이 오늘까지 이렇게 이어진 거야.'

자신은 그때 어떻게든 소우를 죽이려고 생각했다.

'나를 아는 게 싫었어. 그게 이유였지.'

지금 생각해 보면 유치하기 그지없는 이유. 아무리 그렇다 해도 죽여야 할 만큼 간절했던 건 아니었다. 소우를 죽여 과거가 잊혀진다면 몰라도, 그렇지 않고 여전히 남아 있을 것이란 사실은 그때도 알고 있었다. 돈영회와 사해상련이 통합된 날, 자신을 따로 불러놓고 소우는 말했다.

"난 아직 상촌을 이해하지 못한다. 내가 상촌을 이해하지 못하는 이유는 별게 아니다. 입장을 바꿔놓았을 때… 즉, 내가 상촌 사람들이라고 가정했을 때 늙은 염쟁이와 그 아들에게 퍼부었던 모욕과 박대를 분명히 정의하지 못해서다. 모욕과 핍박은 상처다. 그래서 세상 그 어느 감정보다도 명분이 있어야 한다. 단순히 '너 싫어' 하는 것 이상의 명분. 분명해야 하고 명명백백함으로 설득력을 가져야 한다는 말이다. 그러나 명분이 없었다."

소우는 또 말했었다.

"또한 너를 이해하지 못한다, 솔직히. 문곡정에서 네가 행한 일은 이해한다. 내가 이해하지 못하는 것은, 그토록 아픔을 겪은 네가 정작 네 내면을 바라보지 못한다는 거, 내면의 소리에 귀를 기울일 준비가 전혀 안 돼 있다는 것이다. 너는 오로지 외부의 자극에만 신경을 쓴다. 왜 그럴까. 그건 네가 네 내면의 소리를 싫어하기 때문이다. 너는 분명히 네 내면에서 부르짖는 너 자신의 목소리를 들었다. 그게 너무 괴롭고 듣기 싫은 나머지 외부로만 온 신경을 쏟았다. 그런다고 내면의 소리가 없어질까. 아니, 더욱 선명하게 들릴 것이다. 왜 그 소리에 너는 귀를 기울이지 못하는지, 왜 너는 그 소리를 아파하는지… 한번 깊이 생각해 보기 바란다."

'내면의 소리…….'
천지가 다 잠든 한밤중에 문득 깨어났을 때, 그래서 철저하게 혼자된 것 같은 기분을 느꼈을 때.
아니면 바람이 몰려가는 새벽녘, 눈송이가 모래 부딪는 소리로 창을 때릴 때 내면의 소리는 언제나 말했다.

—그냥 흘러가렴, 억지로 막으려 하지 말고 물처럼.

신부가 추울까 봐 화로를 지펴놓은 마차 안은 훈훈했다.
그러나 문당이 가까워질수록 적산월은 덜덜 떨었다. 이어 마음 저 아래 어디쯤에서 솟아오른 어떤 알 수 없는 감정이 뿌옇게 눈을 가렸다. 적산월은 얼른 눈을 닦았다. 순간 주렴이 들춰지면서 소두 추량(錐亮) 부인이 물어왔다.

“작은대랑, 지금 우시옵니까?”

“아, 아녀요. 내, 내가 왜 울어요?”

“아니옵니다, 눈에 눈물이 가득 고였어요.”

“……”

“너무 많이 울지 마세요. 그러면 신랑 체면 상하옵니다.”

빙그레 웃고 주렴을 내리는 추량 부인을 적산월은 돌려세웠다.

“부인.”

“말씀하세요, 작은대랑.”

“내가… 이래도 되나요?”

“무슨 말씀이신지요?”

“나… 잘해 나갈 수 있을까요?”

추량 부인은 굵은 눈물로 범벅이 된 적산월을 보았다.

적산월은 어깨까지 들썩이는 모양이 쉽게 그치지 않을 울음을 울고 있었다. 그 눈물을 가만가만 찍어내면서 추량 부인은 적산월에게 말해 주었다.

“작은대랑, 언젠가 큰대랑께서 저희 집에 오신 적이 있사옵니다. 그때 제가 작은대랑의 표독스러움에 대해서 한말씀드렸었지요.”

“……”

“그때 큰대랑께서는 이렇게 말씀하셨사옵니다. 아직 사람이 안 돼서 그렇다고요. 속에 눈물을 참고 있어서 그렇다고요. 그러나 한 번 크게 울게 되면 그때부터는 사람이 달라질 것이라고요.”

“아니에요, 부인. 나, 난… 나쁜 년이고……”

“끌끌. 그만 하세요, 작은대랑. 화장 다 지워집니다.”

진숙달의 노모가 상석에 앉자마자 혼례가 시작되었다.

혼례는 꼭 필요한 격식만 갖춰서 간단하게 치러졌다. 우선 신랑은 돈영회 소두들에게 미리 준비해 온 홍포(紅包)를 내밀었고, 홍포 속에 든 돈을 확인해 본 소두들이 신랑에게 질문을 던졌다.

"자네 올해 나이가?"

"마… 흔 살이 약간 안 됐습니다."

"음?"

"아직… 원단과 생일을 안 지났기에 서른아홉입니다."

진숙달은 어린애처럼 성실하게 대답했다. 신부의 일가친척을 대신한 소두들이었다. 이들 중 한 사람이라도 반대를 표시하면 이 혼례는 이루어지지 않을 수도 있었다. 그런 일이 일어날 리는 없지만 진숙달은 조심스러웠다.

"서른아홉이나 마흔이나 늙은 건 마찬가지네."

"그, 그렇기는 합니다."

"이제 앞으로 어떻게 사실 건가?"

"현재 사해상련 문당에서 주방을 책임지고 있는 바……."

"그걸 물은 게 아니네. 어떻게 우리 작은대랑을 책임지시겠는가? 이를테면 아이는 몇이나 낳을 건가?"

"히, 힘닿는 데까지 낳을 생각입니다!"

"와하하하!"

신랑의 순진한 대꾸에 사람들이 크게 웃었다.

소두들도 빙그레 웃음을 지었다. 소두들은 일곱, 그 아내들 또한 일곱이었으므로 질문은 끝도 없이 이어졌다.

"우리 작은대랑을 어찌 생각하세요?"

"처음 봤을 때, 아! 이 사람은 한번 사귀어볼 만하다고 생각했습니다. 왜 그런 생각이 들었는지는 잘 모릅니다."

"만약 행복하게 못해주시면 어떻게 되는 줄 알아요?"

"소두들께 엄청 당하겠지요."

"살림집은 마련해 놓으셨나요?"

순간 진숙달은 상석을 쳐다보았다. 진숙달과 눈이 마주친 소우는 천천히 일어나서 질문을 한 추량 부인을 불렀다.

"부인?"

"예."

"그 부분은 제가 대신 대답해도 결례가 안 되겠습니까?"

"예, 련주님."

"진 노대께서는 등주(登州)로 가시게 됩니다."

"예?"

"등주에서 객점을 하시게 됩니다."

"……!"

소두들과 부인들이 놀라움을 금치 못했다. 도대체 사람만 좋은 진숙달이 언제 그런 준비를 했는지 알 수 없다는 표정. 진숙달 역시 놀라움을 금치 못하고 더듬거렸다.

"련주, 이 노대는 돈이 그렇게 많지 않아요."

"압니다."

"그런데 어찌……."

"대랑께 들어보세요, 노대."

빙그레 웃은 소우가 공릉을 보았다. 공릉은 진숙달과 소두들을 둘러본 다음 말을 꺼냈다.

“이 늙은이가 사위를 위해 마련한 거야. 아울러 상련 확장이란 의미도 있어. 봄이 되면 자네뿐 아니라 돈영회 전체가 그리로 옮겨갈 계획이야. 그러니 소두들도 나름대로 준비를 하고 있으라고.”

“……”

“사해상련이 등주 공략을 시작했다고 보면 돼. 등주는 자네들도 알다시피 소금과 건어물 산지야. 뿐만 아니라 조선국과 왜국, 유구국을 비롯해서 멀리는 법국, 불국의 배까지 드나드는 곳이지. 아울러 명조 최대 수군 거점이야. 한마디로 장사하기에는 그만인 땅이지.”

“아, 예.”

소두들과 그 부인들이 수긍했다.

사해상련에 흡수 통합되어 버린 돈영회는 워낙 전통이 깊고 거대한 조직이었다. 그래 신생 사해상련에 엄청난 힘을 실어주었지만 동시에 적지 않은 부담을 주었다.

부담이란 다른 게 아니었다.

사해상련이 신생 조직답게 꼭 필요한 인원만으로 단출하게 살림을 꾸려온 데 비해, 돈영회는 오랜 전통을 통해서 자연스럽게 형성된 연줄에 의지, 살림을 꾸려왔던 것이다. 그래 필요없는 인원과 부서, 사업장이 많았다.

두 조직은 이 간격을 좁히지 못했다.

간격을 좁히는 일은 다른 방법이 없었다.

돈영회가 필요없는 부서와 사업장을 폐쇄, 사람을 줄이는 수밖에 없었다. 그러나 공릉도, 소우도 이런 방식은 찬성할 수 없었다.

당장 어렵다고 경력자를 내보내면 기본과 원칙이 무너질 것이라고 생각했던 것이다.

상업에 기본과 원칙, 경력을 빼면 무엇이 남을까.

눈속임과 요령, 임시방편 같은 잔재주만 남을 게 분명했다.

그래 타 지역으로 확장, 그것도 이권이 많은 등주 쪽으로 눈을 돌리게 됐던 것이다.

"질문 다 끝났나? 어지간히들 해. 이런 날 너무 까다롭게 구는 것도 모양이 안 좋아."

공릉이 말리려는 기미가 보이자 추량 부인이 나섰다.

"대랑."

"말해 보시게."

"오늘 같은 날 궁금한 걸 묻지 못하면 평생 묻지 못하옵니다. 적당히 끝낼 일이 아니옵니다. 아예 확실하게 다 잡아서 속을 못 썩이게 해야 하옵니다. 남정네들이란 애들과 같사옵니다."

"끄음!"

공릉이 싫지 않은 표정으로 물러섰다.

추량 부인은 다시 진숙달을 보았다. 그리고 얼굴을 붉히지 않으면 안 되는 질문을 던졌다.

"하루 저녁에 몇 번이나 안아줄 거예요?"

"그, 그게… 역시 히, 힘닿는 데까지……."

얼굴을 벌겋게 붉힌 진숙달이 드디어 땀을 흘리기 시작했다.

"안아주는 연습은 충분히 했나요?"

"예? 머, 먹고살기 바빠서……."

"길에서 작은대랑보다 더 예쁜 처자를 보면 돌아볼 건가요?"

"아, 아닙니다."

질문은 끝도 없이 이어지고 있었다.

3

문시연은 문당 내실에서 치러지기로 돼 있었다.

하후굉이 질문을 하고 아이들이 풀이하는 형식이었다. 혼례 구경을 마친 손님들은 이제 문당으로 자리를 옮겨 자신의 아이들이 얼마나 글을 익혔는가를 주시했다.

"어험!"

소우와 공룽이 상석에 앉자마자 하후굉은 바로 문시연을 진행시켰다. 혼례에서 소두들이 질문 시간을 많이 잡아먹어 무시연까지 진행하려면 서둘러야 했다. 하후굉은 질문을 던졌다.

"오십이지천명(五十而知天命)하고 육십이이순(六十而耳順)하였으며, 칠십이종심소욕(七十而從心所欲)하여 불유구(不踰矩)니라."

"나이 쉰에 천명을 알았고 예순에는 어떠한 말을 들어도 그 이치를 깨달아 이해할 수 있었다. 일흔에는 내 마음대로 행동을 하여도 법도에 어긋나지 않았다!"

아이들이 입을 모아 한목소리로 대답했다. 그 대답을 하후굉의 질문이 따라붙었다.

"견의불위(見義不爲)는?"

"무용야(無勇也)니라."

"뜻은?"

"옳은 일을 보고도 나서지 않음은 용기가 없기 때문이다!"

아이들은 조리있게 대답하려고 애쓰고 있었다. 그렇지만 그 속에 든 깊은 뜻은 살아가면서 하나씩 깨달을 수 있을 것이었다.

"아침에 도를 들으면 저녁에 죽어도 좋으니라, 는?"

"조문도(朝聞道)이면 석사(夕死)라도 가의(可矣)니라."

물음과 풀이는 물이 흐르듯 거침없이 이어지고 있었다.

"여기서 문(聞)은 어떤 의미로 쓰이지?"

"알면, 혹은 깨달으면, 이란 뜻으로 쓰이옵니다!"

"……."

소우는 문곡정을 처음 들어섰을 때 가슴을 뻐근하게 만들었던 기대와 설렘, 육간에서 처음 천자문을 익혔을 때 보여졌던 다른 세상을 생각했다. 자부동에서 보았던 서책들도 생각했다.

얼마나 생각에 몰두했는지 소우는 자신을 부르는 소리도 못 듣고 있었다. 정신을 차려보니 하후굉과 아이들이 모두 이쪽을 바라보고 있었다.

"련주님."

빙그레 웃은 하후굉이 아이들에게 소우를 소개했다.

"이분께서 바로 너희들의 장래를 책임질 분이시다. 이분이 과연 누구일까? 천충(泉充), 네가 한번 일어나서 말해 보렴."

"알았쩌, 사부님!"

호명을 받아서 일어난 천충은 아이들 중 가장 어리게 보였다. 사실 천충은 여섯 살과 일곱 살 사이를 지나고 있었다. 소우의 가슴에 수놓아진 금빛 주작을 본 천충은 자랑스럽게 어깨를 펴고 대답했다.

"저 아찌는 하백님."

"뭐 하시는 분이냐?"

“대장. 우리 아부지 엄마가 대장님이라고 했쩌.”

“어떤 대장님이지?”

“우리 집을 지켜주는 대장님!”

“이렇게 가까이서 보기는 처음이지?”

“응!”

“어떻게 생기셨냐?”

“하나도 안 무서워.”

아이에게 맞춘 물음이었고 아이다운 대답이었다. 그러나 그 속에 든 의미는 분명했고 엄중했다.

“이리 오너라, 천충.”

망설이지 않고 아장아장 걸어온 천충이 품에 안겼다. 작은 몸이 화로처럼 따뜻했고 아직도 젖을 먹는지 젖비린내가 맡아졌다. 소우는 가슴이 뭉클해졌다.

“아버지께서는 뭐 하시니?”

“음… 만두를 팔아서 돈을 사 와.”

천충의 대답이 끝나자 공릉이 눈썹을 휘었다.

“거 똑똑한 녀석이네. 만두를 팔아서 돈을 사 온다?”

“응!”

“그 돈으로 무얼 하누?”

“만두를 맹글어.”

“그것만 만드누?”

“음, 먹을 걸 사고 옷도 사. 과자도 사고 꼬기도 사.”

천충은 상업을 매우 정확히 알고 있었다. 만두를 만들어서 돈을 마련하고 그 돈으로 다시 만두 재료를 사며, 그 과정에서 남은 돈으로 생활한다는 것을.

"아이 눈만큼 정직하고 정확한 것도 없지."

공룽이 웃었다. 소우는 천충의 머리를 쓸어주면서 이 순간의 따뜻함이 영원하기를 빌었다. 천충이 제자리로 돌아가자 이때까지 뒤에서 지켜보던 중늙은이가 나와서 엎드렸다.

"하백님."

"말씀하세요."

중늙은이는 매우 황송한 표정으로 고개를 들었다.

"뒤늦게 얻은 자식이옵니다. 하백님께서 이렇게 복을 주시니 잘 키우겠사옵니다."

천충의 아비인 모양이었다. 그의 옷에서 남루한 살림 냄새와 만두 냄새가 났다. 소우는 난감한 표정으로 공룽을 한 번 보고 천충 아비를 일으켰다.

"일어나세요. 어떤 경우에도 아비는 자식 앞에서 무릎 꿇는 모습을 보여서는 안 됩니다. 자식이 생각하는 아비는 언제나 당당하고 위엄이 있어야 하기 때문입니다."

"하지만……."

"아닙니다. 자식에게 아비만큼 키가 큰 사람은 없습니다. 아비보다 높은 사람 역시 없습니다. 그래서 자식은 아비를 닮으려고 노력합니다. 자식을 둔 아비는 태산입니다. 아시겠습니까?"

"예."

천충 아비가 돌아가고 나자 하후굉이 문시연을 재개했다.

"온고이지신(溫故而知新)이면?"

"가이위사의(可以爲師矣)니라."

"뜻은?"

"옛것을 알고 새로운 걸 터득하면 스승이 될 수 있다."

"좋아! 부끄러워하지 않음은?"

"불치(不恥)."

"이어지는 말은?"

"불치 하문(下問)이라."

"뜻은?"

"아랫사람에게 묻기를 부끄러워하지 않는다."

"누가?"

"군자(君子)!"

황하어옹 마여, 두위주, 강염이 준비한 무시연은 마보와 궁보, 허보 같은 기본 자세부터 시작했다. 딱딱하게 굳은 몸을 기본 자세로 푼 아이들은 양손을 허리에 대고 똑바로 선 상태에서 발을 벌리는 부보(仆步)부터 역동적으로 움직였다.

"본세입도(本勢入道)!"

강염의 지시에 따라 왼발, 오른발을 번갈아가면서 쭉쭉 벌린 아이들은 좌측 열부터 일어서면서 천심권(穿心拳:걸어 치기), 십자등각(十字脚), 분각(分脚) 같은 찌르기며 발차기를 선보였다.

우권을 아래로 내리고 오른발을 높이 쳐 올리는 등각(蹬脚), 오른발을 벌린 채 얼굴 앞에서 원을 그려 밖으로 돌려 차는 파각(擺脚), 수평으로 벌린 손을 세차게 올려 차는 이합퇴(里合腿)가 연속적으로 이어지자 연무장은 열기로 뒤덮였다.

"기본각법(基本脚法) 휴(休)! 용용각법(應用脚法) 행(行)!"

이어 높이 도약해 차는 이기각(二起脚), 선풍각(旋風脚), 비연삼련각(飛
燕三連脚) 같은 각법이 펼쳐졌다. 시연을 보이는 아이들의 몸놀림은 약
간 어설프긴 해도 가벼웠고 절도가 있었다.

"참 아름다운 광경이네."

공릉이 감탄했다.

기본기를 마무리하고 잠시 숨을 고른 아이들은 바로 이인 일조가 되
어 대련에 돌입했다. 마여가 만들고 노공이 사해권(四海拳)이라 명명한
권각술 대련이었다.

"하아!"

"야앗!"

아이들이 내지르는 기합 소리가 연무장 전체를 울렸다.

사해권은 호신을 목적으로 만들어진 무공이었다. 하지만 동작 하나
하나가 우아하고 힘이 있어서 절정으로 익힌다면 어떤 경우에도 밀리
지 않을 것이라고 소우는 생각했다.

"저 아이들이 있는 한 상련은 망하지 않을 것이네."

공릉은 아이들의 진지한 눈망울에서 사해상련의 미래를 보았다. 사
해상련은 스스로 살아 움직이고 있었다. 사해상련은 련주 한 사람만을
위해서 움직이지 않고 조직원 모두를 위해서 움직이고 있는 것이다.

"잠시 휴식!"

두위주와 강염에게 지시를 내리고 뛰어온 마여의 얼굴은 붉게 상기
돼 있었다.

"고생 많으셨습니다."

"허허, 아니옵니다. 아이들과 생활하다 보니 젊어지는 기분이옵니
다. 자식도 없이 평생 혼자 살 줄 알았는데, 저 아이들이 다 제 자식들

이옵니다.”

“힘들지는 않으십니까?”

“아이들과 부모들 열의가 대단해서 힘들지 않사옵니다. 그나저나 어떻게 보셨사옵니까? 부족한 점은 없었사옵니까?”

“…….”

“허허, 말씀하시옵소서. 뭔가가 대단히 엉성해 보이지요? 련주님께서 지니신 무공 경지야 세상이 다 인정하는…….”

“아닙니다. 땀과 정성을 능가하는 무공은 세상에 없습니다.”

“그건 그렇지만 그래도…….”

“기본이 되어 있다면 벌어진 틈새는 시간과 노력이 메워주겠지요. 아시겠지만, 무공이 도달해야 하는 목표는 오직 하나입니다. 나를 지키고 내 가족을 지키는 것. 그게 과하면 욕심이 되지요.”

“…….”

다음은 병기 대련이었다. 목검과 목검, 곤과 곤이 부딪는 소리가 연무장에 울려 퍼졌다.

딱딱! 딱딱딱!

“참으로 대단하구먼.”

열광하는 사람들 틈에선 사내는 슬쩍 방립을 들었다.

순간 단정히 가라앉은 눈 사이로 죽 내려온 콧날이 보이고 그 아래 굳게 다물린 입술이 드러났다.

“일개 신생 상련이 이문의 분배를 이런 식으로 한다니… 이건 제대로 배운 자도 실천하기 힘든 일이야.”

그는 고려원주 비궁비인 박제령이었다.

"그렇사옵니다, 나으리."

맞장구친 사람은 고려원 무력단인 백제사(百濟社) 수령(首領) 장무이(張 茂二)였다. 허리를 편 장무이는 말을 이었다.

"용각사, 틈사파 고룡회, 칠공자파를 차례로 분지를 때만 해도 일이 이렇게까지 되리라고는 상상치 못했사옵니다. 그저 지하 세력 간에 흔히 있는 암투려니 생각했지요. 하지만 제남 최대 조직인 돈영회까지 흡수해서 몇 달 만에 이런 식으로 정상적인 궤도에 올려놓다니요. 소인은 입이 다물어지지 않사옵니다."

"불꽃 같은 변신이네. 사해상련의 이 기세가 전 제남에 들불처럼 번져 가고 있어."

박제령은 인정하지 않을 수 없었다. 그도 사해상련이 일전일전을 치르면서 제남 지하 세계를 통일하는 과정을 유심히 지켜봤다.

사해상련의 통일 방식은 그 세계에 있는 다른 조직들과 마찬가지로 무력을 앞세운 정공법이었다. 하지만 속도를 배가함으로써 희생을 최소한으로 줄였다. 즉, 노도처럼 밀고 들어가서 지도부만 철저하게 분질러 버리는 방식을 택했던 것이다. 그런 다음 지도부를 잃고 혼란에 빠진 조직을 흡수했다.

이런 방식에 불만이 없을 수 없었다.

그러나 사해상련이 지닌 무력이 워낙 강했고, 사해상련 역시 차별을 두지 않는 포용책을 씀으로써 불만 자체를 차단하고자 애를 썼다.

사해상련 운영 방식도 세련된 것이었다.

황하를 중심으로 생긴 모든 도시는 수신 하백을 경외한다. 이 경외심을 이용, 자발적인 충성을 유도했고 방대한 내규와 형벌집을 만들어서 원칙을 세우고자 노력했다. 이런저런 노력들이 모여서 오늘과 같은 사해상련이 된 것이다.

박제령은 진심으로 감탄할 수밖에 없었다.

"고씨육간의 그 꼬마가 이렇게 크다니……."

박제령은 송도가에서 처음 만나 같이 국밥을 먹었던 꼬마가 이렇게 까지 크리라고는 상상도 하지 못했다. 갑자기 사라졌다가 십 년 후에 나타난 그 꼬마는 한순간에 제남을 통일, 상권 전체를 한 손에 움켜쥐 었고, 거기에서 남은 이윤을 교육에 돌려 이런 굉장한 시연을 해 보이 고 있었다.

'나는 여태 헛살아왔던가?'

이런 경우 다른 조직 수령 같았으면 관부 인물들과 거들먹거리면서 친분이나 과시하고 주색(酒色)에 빠져 세월을 보냈을 것이 틀림없었다. 자신이 그런 것은 아니지만, 박제령은 한 조직을 이끄는 수장 입장에서 자괴감에 빠지지 않을 수 없었다.

역사를 따져 보면 당대(唐代)부터 내려온 고려원이 아닌가. 그래 고 려원이 사해상련보다 월등한 경험과 인력, 자금을 굴리고 있었던 것은 사실이었고, 이런 식의 분배를 생각해 보지 않은 것도 아니었다. 이런 식의 분배는 어쩌면 박제령, 자신이 가진 꿈이었다.

"저어… 나으리?"

"말해 보게."

"사해상련주를 한번 만나봄이 어떠신지요. 소인이 지난 몇 달 동안 파악해 본 바, 사해상련주 아비가 고려인이고 스승 또한 고려인이라는 소문이……."

"자네."

"예, 나으리."

"고려원 문제를 핏줄로 해결하자는 말인가?"

현재 고려원 문제는 심각했다. 그것은 바로 태조 주원장이 지시한 무역금지법 때문이었다. 주원장 때 그저 요망 사항에 불과했던 이 법이 전대 건문제 때 확고해지는가 싶더니, 당대 영락제 때는 수군을 동원, 바다와 항구 자체를 틀어막는 방식으로까지 조여들었다. 이 이해할 수 없는 법령 때문에 현재 고려원은 존망을 가름하는 중대한 갈림길에 서 있었다. 조선에서 실어오는 특산품들이 모두 밀수로 인정되어 더 이상 판로가 없었다.

물목을 실어오다가 발각되면 물목을 몰수당하는 것은 물론 참형에 처해지는 상황. 오직 국가에서 인정하는 조공무역만 허용될 뿐이라서 장래가 불투명했다.

그렇다고 귀국할 수도 없었다.

전답 같은 재산 처분도 문제였지만, 명조는 제도적으로 은을 비롯한 재산의 국외 반출을 엄중히 막고 있었다. 그 결과 고려원으로서는 이러지도 저러지도 못하는 입장에 봉착할 수밖에 없었다.

여태까지는 전에 벌어놓았던 돈과 조공무역을 대행하면서 받는 운송료, 조공무역에 얹힌 밀수로 겨우겨우 살림을 꾸려왔지만, 법령이 더욱 심화되고 있었고, 밀수를 감시하는 수군들이 점점 늘어나는 추세로 봐서 앞으로는 어림없었다.

"좋은 일이라면 모르되 나쁜 일에 동족을 찾을 수 없네. 평소에 왕래가 있었다면 모를까."

"그게 나쁜 일만은 아니옵니다. 동족끼리 같이 도움을 주고받을 수 있다면 참 아름다운 일이 아니옵니까?"

장무이는 병기 대련에 여념없는 아이들을 바라보면서 말을 더 이었다.

"나으리, 사해상련이라고 완벽한 조직은 아니옵니다. 우리 또한 그렇지요. 나으리, 명나라 각지에 퍼져 있는 고려방을 통한 상로는 우리가 훨씬 정교하고 우월하옵니다. 고려방과 고려방을 연결하는 운송 수단 역시 우리가 월등하옵니다."

"그래서?"

"일 대 일 통합이면 한번 생각해 볼 만하지 않겠사옵니까? 사해상련 측에서도 이득을 봤으면 봤지 절대 손해 볼 일이 없을 것이고, 우리 또한 이제 무역을 접고 내수에만 신경을 기울일 수 있으니 서로가 좋지 않사옵니까?"

"끄음."

눈을 돌린 박제령은 상석에서 휘날리는 주작기를 바라보았다. 주작기에 수놓아진 금빛 봉황이 찬란하게 날개를 펄럭였다. 그 아래 앉아 있는 사람은 십 년 전 송도가에서 국밥을 같이 먹었던 꼬마였다. 그때를 회상하는 박제령에게 장무이는 채근했다.

"나으리, 지난번 팔황맹 제남지부가 저지른 사건에 자신들 편을 들어줘 고맙다는 전갈을 받은 상태가 아니옵니까? 저들이 우리 고려원에 좋은 감정을 지니고 있으니 말씀하시기 좋은 상황이옵니다."

"작정하고 도와준 건 아니네. 우연히 지나가다가 끼어들었을 뿐, 의미를 우리에게 유리한 방향으로 해석하지 말게."

"나으리, 고려원 이천여 식구의 존망이 걸린 문제이옵니다. 아니, 현재 명나라에서 살아가는 고려원 전체가 걸린 문제일 수도 있사옵니다. 조선과 제일 가까운 우리 제남 고려원이 이렇게 망할 수는 없사옵니다."

"망하지 않아!"

고집 센 아이처럼 박제령이 눈을 부라렸다.

순간 주변에 있는 사해상련 사람들이 이상하다는 눈빛으로 잠깐 박제령을 주목했다. 사람들이 고개를 돌리기를 기다린 박제령은 얼굴을 쓸어 내리면서 목소리를 낮췄다.

"…그만 돌아가세, 시연이 끝났네."

박제령이 한 말처럼 병기 대련을 마지막으로 시연이 끝났다. 다음 순간 사람들이 아이들에게 우르르 몰려 나가면서 소란이 일어났다. 그러나 장무이는 움직이지 않고 상석을 바라보고 있었다.

"나으리, 소인을 믿으시옵니까?"

사람들이 돌아간 연무장, 가장자리부터 보랏빛 박모(薄暮)가 깔리고 있었다. 한 송이씩 떨어지던 눈은 바람이 심해지면서 함박눈으로 변했다. 올해 마지막 눈일 거라는 예감, 눈보라 너머에 매달린 봄 냄새가 맡아졌다.

"외사님."

"예, 하백님."

"우성지부에 계신 중사님과 목귀대를 소환하시고 좌우 주작단에 기별을 보내서서 개전 날짜를 잡아주세요."

"예."

"현재 황보무문의 동태는 어떻습니까?"

"조용하다 하옵니다."

"다행입니다. 춘야월은 어떻습니까?"

"어떤……?"

"합류 제의를 외사님께서는 어찌 생각하고 계십니까?"

난처한 얼굴을 한 노공이 대답했다.

"이 늙은이야 합류하는 걸 바라지만 워낙 내사가 반대를 하니까… 명분이 없는 반대도 아니고요. 확실히 그들이 지닌 이념과 교리는 문제가 많사옵니다. 잘못됐다는 게 아니라 현실에 맞지 않는다는 말씀이옵니다."

"……."

우성에서 돌아온 후 소우는 백련과의 통합을 심각하게 고심했다. 덩치는 돈영회가 훨씬 컸지만, 돈영회는 이 정도까지 심각하지 않았다. 단순히 사업장과 인원만을 합치는 통합이었기 때문에 쉬웠던 것이다.

"하백님, 백련과의 통합은 돈영회와의 통합과는 차원이 다르옵니다. 공생(共生)과 공존(共存)을 목적으로 한 이념은 우리와 동일하옵니다만 교리는 아니옵니다. 우리는 상업을 통해 세상을 꾸려 나가야 한다고 믿는 반면, 저들은 기도와 수행을 통해서 세상을 얻어야 한다고 믿사옵니다."

"그렇습니다. 저도 그들이 준 교리집을 보고 그렇게 느꼈습니다. 문제는 세상을 '꾸려 나간다' 와 '얻어야 한다' 의 시각 차이 같습니다."

"바로 보셨사옵니다. 우리 상련이 지닌 '꾸려 나간다' 는 개념은 황제와 관부의 위엄을 인정한 상태로 살아가는 걸 말합니다. 하지만 그들이 지닌 '얻어야 한다' 는 아니옵니다. 황제와 관부의 위엄을 무너뜨리고 그 위에 자신들만의 세상을 세운다는 개념이옵니다."

소우는 고개를 끄덕였다.

"맞습니다. 그들이 말하는 공존이며 공생, 평등은 결국 이 '얻어야 한다' 라는 개념을 위해서 존재하는 가치입니다. 그래 이 '얻어야 한다' 가 충족되지 못한 세상은 불평등한 세상이고, 공존할 수 없는 세상이며, 공생 역시 가능하지 않은 세상이라고 규정지어질 수밖에 없겠지요."

"……."

잠시 사이를 두었던 노공이 소우를 보았다.

"하백님."

"말씀하세요, 외사님."

"솔직히 말씀드려서 이 늙은이는 그런 대의는 잘 납득이 안 가옵니다. 너무 비현실적이고 거대해서 잘 가늠되지 않사옵니다. 저들이 주장하는 좋은 세상이 이루어졌다고 다툼이 없어질 것이며 도둑들, 강도들, 파락호들이 사라지겠사옵니까?"

"……."

"그게 아닌 이상 저들이 지닌 대의는 '이상(理想)'일 뿐이지 않사옵니까? 이루어질 수 없는 목표인 줄 뻔히 알면서 언젠가는 닿아야 한다고 믿는, 그러나 현실에서는 불가능할 수밖에 없는 '꿈'! 그래 피를 흘리고 투쟁을 하면 할수록 더욱 간절해지는 '피안(彼岸)'이 아니옵니까?"

"……."

한참이나 침묵을 지켰던 소우는 노공을 보았다.

"외사님."

"예, 하백님."

"그런 '이상', '꿈', 간절한 '피안'은 우리 모두에게 있다고 봅니다. 백련은 그것을 드러내 놓고 이거다라고 규정했을 뿐입니다."

"……."

"물론 '규정한 것'과 '규정하지 않은 것'의 차이는 상당히 큽니다.

이건 '깨어 있다는 것' 과 '깨어 있지 않다는 것' 의 차이입니다. 규정해 버림과 동시에 타파해야 할 현실, 타파하지 않으면 안 되는 현실이 보이니까요."

"그렇사옵니다."

"……."

"문제는 거기에서 출발하옵니다. 보이는 모든 것을 타파해야 될 대상으로 인식하는 것이지요. 그래 피를 흘리고 투쟁을 거듭하옵니다. 그러나 세상은 얼마나 많은 변수들이 존재하는지요?"

"그래도 제가 목숨을 구원받았습니다. 적지 않은 도움을 받았습니다. 그들의 합류 제의를 모른 척할 수 없는 입장입니다. 저는 그것을 안타까워합니다."

"……."

다시 침묵이 흐른 후에 노공이 넌지시 제의했다.

"하백님."

"……."

"한번 춘야월을 방문하시옵소서. 그래 대두옹과 신녀, 그리고 장을 다시 만나보시옵소서. 그들도 우리 입장을 알고 있으니 무슨 생각이 있을 것이옵니다. 그 생각을 듣고 결정을 내리시면 되옵니다. 누가 감히 하백님의 결정을 번복할 수 있겠사옵니까?"

"……."

소우는 팔짱을 끼고 사선으로 몰려가는 눈을 바라보았다.

봄은 기다리는 이 없어도 오고 겨울은 잡는 이 있어도 간다. 수레바퀴처럼 돌고 도는 계절, 그 사이에 낀 피할 수 없는 인연과 전쟁이 목전에 다가와 있었다.

“날씨가 매우 춥사옵니다. 안 들어가시옵니까?”

돈영쌍부가 걱정스러운 눈으로 허리를 수그렸다. 그들이 가져온 횃불이 진저리를 치면서 어둠을 몰아냈다. 소우는 아직 할 일이 남아 있었다.

“대랑께서는 어디 계십니까?”

“내당에서 신랑 신부에게 인사를 받으시는 중일 것이옵니다.”

“손님이 오실 것입니다.”

“예?”

“이곳에서 만나자고 했습니다.”

“그럼 천막이라도 치오리까?”

“예.”

되돌아갔던 돈영쌍부는 천막을 가지고 바로 왔다.

천막이 다 쳐지자 두위주와 강염이 탁자를 들어놓았다. 곧 이어 달려온 마여가 노공을 보고 슬쩍 물었다.

“이봐, 도대체……?”

“꽃 같은 처자를 만나시네. 그러니 잘 준비하라고.”

“뭐? 이 추운 날씨에? 여기서?”

마여가 믿지 못하겠다는 눈으로 노공을 보았다. 순간 빙그레 웃은 노공이 되물었다.

“누구를 만나시냐고 물어봐야 정상이 아냐?”

“음? 그, 그렇구먼. 도대체 누굴 만나시는 건가?”

“이거야, 원.”

노공이 정색했다.

“아라이구미 영애, 니시다 후미코님을 만나시지!”

“음? 왜원거리의 해적들을?”

“이런, 에잉! 그럼 황하어옹 자넨 수적인가?”

“으? 으흠!”

“그쪽에서 먼저 만나자고 기별을 보내왔네. 그리고 점을 쳐보니 또 한 사람을 만나셔야 할 것 같아.”

“……”

“잉? 뭘 그렇게 멍청하게 쳐다봐? 어서 화롯불이나 넉넉히 가져와.”

4

사해상련주 하백은 칼잡이라는 게 믿어지지 않을 만큼 섬세하게 생긴 사내였다. 그는 문사(文士)에게서나 보여지는 예리함을 지니고 있었다. 후미코는 자신과 눈을 마주친 이 사내가 용장(勇將)이 아니고 지장(智將)임을 직감했다. 동시에 까만 눈망울이 참 아름다워 보인다고 생각했다.

“가운데 앉아 있는 자가 바로 하백입니다.”

동행한 집사 요시다 다카부미가 넌지시 귓속말을 건네왔다.

“와까리마시따.”

“끼오쯔께떼구다사이!”

하백 뒤에 버티고 선 쌍둥이를 본 가와다 요시오가 긴장했다. 덩치가 거대한 쌍둥이들은 유사시 언제라도 날릴 수 있도록 금부를 갈라 쥐고 있었다. 그 옆에는 얼굴이 검은 난쟁이가 묘한 시선으로 이쪽을 처다보고 있는데, 그의 눈이 얼마나 큰지 눈동자 굴러가는 소리가 들리는 것 같았다.

"쌍둥이들은 하백의 호위 돈영쌍부이고, 난쟁이 늙은이는 신안천리 노공이옵니다. 노공은 사해상련에서 정보를 총괄하는 외사를 맡고 있지요. 살림을 총괄하는 내사 우림과 함께 하백의 양팔로 불려지옵니다."

"…하이."

요시다 다카부미는 귓속말을 계속했다.

"그 옆에 서 있는 늙은이는 황하어옹 마여이옵니다. 살수 출신이지요. 현재 사해상련 문당 무공교두를 맡고 있사옵니다. 그 옆은 두위주와 강염, 역시 살수 출신이옵니다."

"와까리마시따."

자리에 앉기 전 후미코는 하백에게 고개를 숙여 보였다.

"하지메마시떼."

"……."

고개를 든 후미코는 다시 하백과 눈을 마주쳤다.

하백의 까만 눈동자는 여전히 고요했고 아무런 감정이 보여지지 않았다. 분명 이쪽을 보고 있지만, 보지 않는 것 같은 기묘한 눈이었다. 그 바람에 하마터면 뒤를 돌아볼 뻔한 후미코는 다시 말을 꺼냈다.

"흠, 와따시와 후미코또 모시마스."

"……."

"흠, 흠!"

"……."

소우는 이 여인을 모르지 않았다. 화려한 이국 정장과 화장으로 나이를 감추었지만 이 여인은 사실 이제 겨우 열일곱 살. 그렇게 보이지 않으려고 성장을 했고, 화장을 진하게 한 것도 다 알고 있었다. 목소리도 일부러 굵게 내고 있었다.

"오아이데끼떼 우레시데스."

"한어(漢語)를 쓰세요, 아가씨."

"하이!"

일단 대답부터 한 후미코는 자신이 즉각적으로 보인 대답에 경악했다. 기다렸다는 듯 씩씩하게, 마치 어린아이처럼 큰 소리로 대답을 해버린 것이다. 그렇게 대답한 이유는 생각해 보고 말고 할 게 없었다.

'흥, 제법 약은데?'

손님이, 그것도 여인이 먼저 인사를 건넸는데 말없이 지켜보는 건 예의가 아니었다. 감정이 생기지 않을 수 없었다. 그런 감정이 느닷없이 흘러나온 나른한 억양에 툭, 터져 버린 게 분명했다.

"당신이 하백인가요?"

약이 조금 오른 후미코는 물었다. 하지만 하백이란 건방진 작자는 이제 딴청을 부리기로 작정한 것 같았다. 물음에는 대답도 하지 않고 엉뚱한 쪽을 보고 빙그레 웃었다.

"요시다 다카부미님, 가와다 요시오님?"

"음?"

"어?"

요시다 다카부미와 가와다 요시오의 입에서 동시에 탄성이 터졌다. 후미코는 의아해졌다. 사해상련에서 정보를 총괄한다는 신안천리 노공이 자신들에 대해서 조사를 안 했을 리 없었다. 그래 이름을 모른다는 게 이상하지, 안다는 건 이상하지 않았다. 후미코가 이상하게 생각

하는 건 구면인 척하는 하백의 태도. 그리고 다음에 이어진 요시다 다
카부미와 가와다 요시오 반응이었다.

"가만, 이게 누구야?"

"육간 꼬마… 소우?"

요시다 다카부미는 처음 만났을 때 보았던 주작의 환영이 너무 선명
해서 소우를 금방 기억해 냈고, 가와다 요시오 역시 몇 달 동안이나 따
라다닌 전력이 있어서 금방 기억해 냈다. 그러잖아도 천막에 들어설
때부터 섬세한 생김과 까만 눈이 낯설지 않다고 생각했던 두 사람이었
다.

"오래간만입니다, 두 분."

"역시… 그랬었나?"

요시다 다카부미는 툴툴거리지 않을 수 없었다.

아라이구미 사정도 고려원과 동일했다.

황위를 찬탈하고 소심해진 황제가 봉쇄해 버린 바다 때문에 고전을
면치 못하고 있었던 것이다.

명조 수군은 해안을 틀어막은 것도 모자라서 엄청난 화력을 지닌 대
선을 띄워 먼바다까지 제압했다. 장거리 화포까지 장착한 대선과 충돌
한 등주의 늙은 도마뱀 야스다구미는 이제 수영(水營)에 고기를 납품하
는 어부 집단으로 전락했다.

중계무역을 할 수 없게 된 아라이구미도 마찬가지였다.

그래도 이제까지는 조공무역 운송과 밀수를 병행하면서 그럭저럭
버텨왔지만, 황제가 수영을 늘려 해안 봉쇄를 철저히 하면서부터는 오
로지 조공무역 운송에서 얻어지는 쥐꼬리만한 운송료만으로 조직을 지
탱해야 했다.

이에 궁지에 몰린 아라이구미, 더 정확히 말하면 요시다 다카부미는 활로를 찾아 눈을 내수로 돌릴 수밖에 없었다.

내수도 만만치 않았다.

사해상련이 있었던 것이다. 일개 지하 조직인 줄 알았던 사해상련이 가진 힘은 놀라웠다.

황하 양안에서 재배되어 제남에 풀리는 모든 소채, 태산 인근에서 채취되어 제남으로 넘어오는 모든 건채와 차, 등주와 관부에서 빠져나와 제남을 휘어잡는 모든 소금. 하다못해 제남 객잔에 깔리는 돼지고기와 기름까지 사해상련이 움켜쥐고 있었다.

사해상련은 상련이 흔히 그렇듯 중간 마진을 취하는 조직이 아니었다. 소채밭, 도살장, 공방, 옹기가마, 대장간 등을 갖추고 직접 물건을 생산해서 점방에 깔아버리는 조직. 생산자이면서 동시에 중간 상인이고 소비자이기도 한 완벽한 상련이었다.

그래 아라이구미는 제남에서 장사를 하려면 사해상련에서 물건을 받아야 했다. 그렇게 받은 물건에 이문을 얼마간이라도 얹어 팔아야 했으므로 당연히 경쟁력이 없었다.

그것도 문제였지만, 정작 큰 문제는 따로 있었다.

모든 점방이 사해상련 직영이었던 것이다.

그래 점방마다 걸려 있는 사해상련의 상징, 불을 문 주작이 없으면 아예 장사가 되지 않았다. 그만큼 좋은 물건을 싸게 공급하고 있다는 이야기였고, 손님들 또한 사해상련의 그런 노력을 인정한다는 이야기였다.

아침마다 사해상련의 각 당주들은 생산자들을 거느리고 점방을 직접 점검했다. 그 위엄과 기세가 얼마나 대단한지 마치 제왕의 행차 같았다. 이때 생산자와 상인들은 허심탄회하게 물건 특성과 장단점을 주고받았고 단점은 즉각 수정되었다.

사해상련은 교육에도 막대한 투자를 했다. 사해상련에 속한 사람들은 물론 속하지 않은 사람들까지 무료 교육을 실시했던 것이다. 문당이라고 이름지어진 이 교육장은 자체 식당까지 운영해서 아침과 점심을 무료로 공급했다.

이러니 관부에서도 가만히 있지 않았다.

전부터 관부와 인연을 맺어온 공릉의 역할이 컸겠지만, 세금을 감해주고 땅을 빌려주는 형태로 사해상련을 지원했다.

이런저런 노력들이 모여 사해상련은 제남제일상단을 벗어나 산동(山東)제일상단으로 나아가고 있었다.

긴 고민 끝에 요시다 다카부미는 결단을 내렸다. 사실 결단이라고 할 것도 없었다. 갈급한 존망의 기로에서 내린 결단은 결단이 아니라 순리를 따라가는 한 과정일 뿐이므로.

"역시 주작이었어. 불을 문 주작기를 볼 때마다 생각했지, 왜원거리에서 방황했던 새끼 주작을."

요시다 다카부미는 새삼 확인하지 않을 수 없었다.

"자네가 바로 하백이었나?"

"그렇습니다."

"그랬구먼."

수염을 쓸어 내리며 고개를 끄덕거린 요시다 다카부미는 가와다 요시오를 보았다. 당시 가와다 요시오에게 내렸던 명령을 생각한 것이다. 가와다 요시오가 얼굴을 붉혔다. 그 역시 명령을 생각하고 있는 게 틀림없었다.

"자넨 낭인(狼人), 한마디로 늑대다. 잘못 태어나 세상을 두리번거리고 있는 어린 주작쯤은 한입에 모가지를 분질러 버릴 수 있을 게야. 단, 적과 내 편을 구분할 수 없다면!"

'결국 하백이 되었어.'

가와다 요시오를 보며 요시다 다카부미는 심정이 복잡해졌다. 그것은 당시 자신이 아이의 운명을 알아본 것에 대한 자부로 뒤범벅된 아쉬움이었다.

그때 죽였으면 지금 사해상련도 없을 테고 당연히 제남은 자신들 아라이구미가 파고들 공간이 많이 있었을 것이다. 그러지 못해서 이렇게 흡수해 달라고 부탁하는 신세가 되었다는 자책.

'기왕 이렇게 된 것, 생판 모르는 자에게 애걸하는 것보다 낫지 않은가.'

요시다 다카부미는 다시 하백을 바라보았다. 그리고 기다리기로 마음먹었다. 당시에도 당당했던 꼬마는 지금도 당당하게 후미코와 이야기를 나누고 있었다.

"피에 굶주린 괴물인 줄 알았더니 의외로 다루이(나른하다)한 분이네요? 우리 집사님과 죽랑대주님을 어떻게 아셨죠?"

"만난 적이 있습니다."

"이 후미코도 알고 계세요?"

"대충."

하백과 눈이 마주친 후미코는 갑자기 빨라지기 시작하는 심장 박동을 이해할 수 없었다. 화장이 아니었으면 어쩔 뻔했나. 사과처럼 붉어진 얼굴을 들킬 뻔하지 않았나.

"그럼 말씀해 보세요, 어떻게 알고 계신지."

"이유는?"

"모르세요?"

후미코는 노공을 쳐다보았다. 그러자 찔끔한 표정인 노공이 얼른 천장으로 눈을 돌렸다. 쩝쩝 소리나게 입맛을 다시면서 괜히 커다란 눈을 이리저리 굴리는 노공을 외면한 후미코는 다시 하백을 보았다.

"전 당신에 대해서 잘 알아요. 당신 나이가 몇 살이고 무슨 무공을 쓰며 성격은 어떤지. 그만치 당신은 사해상련 전면에 서 있다는 이야기가 되겠죠? 내게도 똑똑히 보여지리만큼."

"……."

"하지만 저는 안 그랬어요. 집사님과 아버지 뒤에 서 있었지요. 한마디로 전면에 나서지 않았어요. 그런데 당신은 저를 알고 계시네요? 그래서 궁금한 거예요, 어떻게 알고 있는지. 언젠가 저는 착각을 한 적이 있어요. 벽에 얼비친 그림자는 분명 매였어요. 그런데 알고 보니 병아리였지 뭐예요?"

"요는?"

후미코는 다시 한 번 노공을 쳐다보고 나서 대답했다.

"잘못된 점이 있으면 고쳐 주려고요. 당신이 매 그림자를 봤을지 모르니까요."

"당돌하군."

"그런 소린 많이 들었어요. 어쨌든 평가는 이미 나왔네요? 욕인지 아닌지 모르겠지만. 이제 이야기해 보세요. 저를 어떻게 알고 계시죠?"

"왜 내가 답을 해야 하지?"

딱 부러진 반말이었다. 순간 요시다 다카부미와 가와다 요시오는 놀랐지만 노공과 마여는 당연하다는 듯 입술에 희미한 웃음을 머금었다가 바로 지웠다. 후미코도 개의치 않았다.

"제가 당신보다 어리니까 반말은 인정하겠어요. 그러니 어서 제 물음에 답을 주세요. 그래야 선입감이 없어지고 다음 이야기가 서로 편해요."

"다음을 먼저 물어본다면 이야기가 안 되겠지?"

"당연하죠!"

문득 날아온 눈빛에 요시다 다카부미가 대답했다.

"그렇다네, 하백!"

대뜸 건너온 반말에 돈영쌍부가 움찔했다. 그것을 제어한 소우는 빙그레 웃었다.

"더 말씀해 보세요, 요시다 어르신."

"우리 아라이구미가 왜 찾아왔는지 알고 계시리라 믿네. 거기에 대한 전권은 우리 아가씨께서 가지고 계시네."

"그랬군요."

소우는 다시 후미코를 보았다. 후미코는 무시당했다고 생각한 게 틀림없었다. 긴 속눈썹을 파르르 떨면서 입술을 앙다문 상태. 금방이라도 울어버릴 것 같은 표정으로 후미코가 물어왔다.

"거만해 보여요, 당신. 원래 성격이 그런가요?"

"그리 보인다면 그런 거겠지."

"좋아요. 어서 대답이나 해요."

소우는 노공에게서 받은 정보로 천천히 대답했다.

"니시다 후미코, 당 십칠 세. 제남 아라이구미 수령 니시다 아카나리의 외동딸. 본토 출생. 두 살 때 제남으로 이주. 본토에서 인술(忍術)의 대가로 알려진 암옥편자(暗獄鞭子) 오타 요시시게(太田義鎭)를 초청, 나기나타(薙刀)를 전수받았으나 아직 깊이가 없음. 뛰어난 두뇌 회전과 과감한 결단으로 현재 아라이구미를 암중 영도함. 더 말해야 하나?"

"당연하죠."

"날생선, 살구, 사과 같은 것과 소채를 좋아함. 고기는 입에 대지도 않음. 집사와 죽랑대주에게 어리광을 잘 부림. 말괄량이, 고집쟁이, 장난꾸러기. 한번 울음을 터뜨리면 거의 반나절 동안 그치지 않음. 아라이구미 내에선 구미호(九尾狐)라고 불림."

후미코 얼굴이 점점 찡그려졌다가 펴지기 시작했다. 정반대로 노공은 얼굴을 폈다가 점점 찡그리기 시작했다. 두 사람이 그러거나 말거나 소우는 계속해서 후미코에 대한 정보를 말해 주고 있었다.

"목욕은 하루에 두 번 아침과 저녁에 함. 가끔 늦잠을 잠. 해지는 역하 보기를 좋아함. 가끔 혼자 우는 모습도 보임. 새 같은 작은 짐승을 좋아하고 개 같은 큰 짐승을 싫어함. 아랫사람을 잘 다스림."

"그만 하세요! 참 철저하게 파악하셨네요."

후미코는 다시 노공을 쳐다보았다.

"에헴!"

얼른 눈을 피한 노공은 딴청을 부렸다.

"우리 더듬이들 눈이 워낙 정확해서. 흠흠."

노공은 아라이구미로부터 만나자는 제의를 받은 즉시 아라이구미 주변에 더듬이들을 풀었다. 그가 운영하는 더듬이들은 백여 명이었다.

그중 팔십여 명이 팔황맹 본전을 찾아 객지에 퍼져 있고 제남에는 이십여 명만 남아 있었다. 그들 이십여 명이 집중적으로 달라붙어서

캐낸 정보는 과연 믿을 만했다. 요시다 다카부미와 가와다 요시오를 향한 물음이 그것을 증명해 주고 있었다.

"정말 제 별명이 구미호예요? 그래요?"

"으, 으음!"

요시다 다카부미가 원망스럽게 노공을 보았다. 가와다 요시오도 대답을 못하고 얼굴을 붉히는 게 긍정이나 다름없었다. 후미코는 약간 어이없어하다가 다시 하백을 보았다.

"설마 이상한 상상은 안 하셨죠?"

"……."

"늦잠, 별명, 목욕 횟수… 꼭 이런 것까지 파악하셨어야 했나요? 더한 것도 알고 계시겠네요?"

"이를테면?"

"……."

후미코는 하백과 눈이 마주친 상태에서도 눈을 마주치려고 애쓰는 자신을 발견했다. 하백은 텅 빈 듯 꽉 찬 눈동자였고 꽉 찬 듯 텅 빈 눈동자로 자세히 들여다봐도 이쪽을 보고 있다고 확신할 수가 없었다. 후미코는 그것이 안타까웠다. 더불어 하백의 목소리 속에 섞여 있는 나른함이 안타까웠다.

"관두죠. 더 이상 말해 봐야 이 후미코가 손해일 테니까. 지금부터 본론으로 들어가겠어요. 제가 찾아온 목적을 말씀드리겠다는 말이에요. 이미 알고 계시겠지만."

"그래."

"당신이 우리 아라이구마를 책임지셔야 해요!"

간단하고 명료한 제의였다. 이번에는 소우가 의아해야 하는 차례였다. 흡수해 달라는 이야기를 이렇게도 당당하게 할 수 있다니. 마치 '당장 내 밑으로 들어와!' 라고 협박하는 것 같았다.

"왜 웃으세요? 제가 농담했다고 생각하세요?"

"……."

"농담이 아니에요. 전 최대한 격식을 갖춰서 진지하게 말씀을 드렸어요. 집사께서 그러시는데 내일이면 창고가 빈데요. 그럼 사람들이 먹을 게 없어요. 전 잘못한 게 없어요. 그런데 사람들은 다 저만 쳐다봐요. 제가 어떤 결정을 내리길 원해요. 이해하시겠어요?"

후미코가 갑자기 울먹였다.

"……."

소우는 후미코를 무겁게 내리누르는 책임을 이해했다.

풍문을 통해서 무역을 금지하는 해안 봉쇄령이 얼마나 많은 상인들을 좌절로 몰아넣었는지 알고 있었다. 바다 무역에 의존하는 강소(江蘇), 절강(浙江), 복건(福建), 광동(廣東)에선 자살자들이 속출하고 소규모 민란도 일어나는 중이었다.

"이젠 별수없어요. 이렇게 되지 않으려고 노력해 봤어요. 하지만 소용이 없었어요. 제가 밥을 아껴 먹는다고 창고가 채워지는 게 아니잖아요? 해안 봉쇄령이 없어지는 게 아니잖아요? 미치고 싶어요."

"……."

펄럭, 펄럭펄럭.

바람이 천막과 횃불을 흔들고 지나가자 역하가 출렁거렸다. 일어섰다가 가라앉는 물결 사이사이 눈송이가 박히고 있었다. 다시 바람이 불었고 천막이 울었고 횃불이 펄럭였다.

오랜 침묵 끝에 소우는 물었다.

“조직표 가지고 왔나?”

5

장두이는 개성(開城) 출신으로 타고난 칼잡이였다.

그러나 그는 무장(武將)이 되지 못했다. 신분이 천출(賤出)이었던 것
이다. 그에게 신분의 굴레를 벗어던질 수 있는 방법은 요원했다. 그래
장도(長刀) 한 자루만 들고 국경을 넘었고, 박제령을 만났다. 방랑을 운
명처럼 받아들였던 그가 고려원 무력단 백제사 수령으로 눌러앉은 건
방랑에 지쳐서가 아니었다.

박제령과 고려원이 품은 꿈을 믿었기 때문이다. 그는 아직도 박제령
과 고려원의 꿈이 다하지 않았다고 믿고 있었다.

“련주님, 단도직입적으로 말씀드리겠소. 우리 고려원을 믿어주시오.
귀측과 일 대 일 통합을 하고 싶소이다!”

소우는 깡마른 사내 장두이를 바라보았다.

“원주님 생각도 동일합니까?”

상투 아래 호랑이 가죽을 두른 장두이는 생김이 낯설지 않은 장도를
메고 있었다. 눈썹처럼 날렵하게 휘어진 신, 개문과 동일한 고려산 장
도를 멘 장두이가 대답했다.

“원주님께서는 아직 결정을 내리시지 않은 상태요. 하지만 우리는
같은 고려인이 아니오?”

“……”

“련주님께서도 고려인이라고 알고 있소이다. 이곳에서 출생하셨지만 아버님께서 고려인이시고 스승님 또한 분명한 고려인이오. 그러므로 련주께서도 고려인이 되시는 게요.”

“…….”

소우는 배에 대해서 설명해 주시던 아버지를 떠올렸다. 지금 생각해 보면 그때 아버지께서는 유목민(遊牧民) 같은 눈이셨다.

“바다 너머엔 또 다른 땅이 있어. 거길 가기 위해 타는 거여. 그냥… 그런 곳이 있구먼.”

스승님께서도 유목민 같으신 눈이셨다.

“천도를 이루겠다고… 약속해 줄 수 있겠니?”

두 분 다 고려에 대해 별말씀이 없으셨다. 아버지께서 유언을 하시긴 했다. 너는 고려 사람이라고. 소우는 착잡했다. 어느 날 갑자기 까맣게 잊고 있다가 이렇게 문득 다가온 고려는 분명히 가늠되지 않았다. 그런데 장두이는 강요를 하고 있었다.

“련주님께선 분명 고려인이시오. 동족의 어려움을 모른 척하시는 건 도리가 아니라고 생각하오.”

“…….”

소우는 고려를 가늠하려고 애썼다. 애를 써도 어느 날 갑자기 다가온 고려는 불분명했고 가늠되지 않았다. 소우는 한 번도 자신이 고려인이라고는 생각해 보지 않았다. 한인이라는 생각도 없었다. 상촌 역시 고향이라고 생각하지 않았다. 굳이 고향을 정해야 한다면 육간과 풍산이었다. 정이 흘렀던 육간, 정다운 사람들이 사는 풍산만이 소우가 생각하는 고향이었고 나라였다.

소우가 침묵을 지키자 노공이 끼어들었다.

"말씀이 심하시네."

"예? 무슨 말씀이신지?"

"하백님께서는 아직 아무 결정도 안 내리셨네. 그런데 왜 동족이 나오고 도리가 나오나?"

"그건……."

"동족 이야기가 나온 김에 한마디 하겠네. 동족이라고 주장하는 자네들은 여태 어디 있었나? 하백님께서 아버지를 잃고 우실 때, 스승님을 묻으시고 혼자 자부동에 들어가셨을 때, 육간으로 다시 오셨을 때, 우리 상련이 처음 시작할 때 과연 어디 있었나?"

"……."

"왜 대답이 없으신가? 물론 원주께서 일전에 큰 도움을 주셨다는 걸 아네. 하지만 그것도 동족이라고 생각해서 도와주신 건 아냐. 분노하셔서 그리된 게지. 그런데 왜 이제 와서 그런 식으로 말씀을 하시는가?"

노공은 얼굴까지 붉히고 있었다.

"자네들 시각으로 우리 련주님을 규정하지 말게. 그리고 이건 사업이네. 이태까지 없던 생경한 감정을 가지시라고 윽박지르거나 사사로운 정에 호소할 문제가 아냐."

"……."

장두이가 고개를 숙이자 노공도 물러섰다. 소우는 더욱 착잡해지는 심정을 어쩌지 못하면서 장두이를 보았다.

"장 공."

"……예."

"외사님 말씀이 맞습니다. 장 공은 분명히 사업을 위해 오셨습니다. 제게 고려를 강요하려고 오시지 않았습니다. 아닙니까?"

"……."

"그러니 오늘은 사업 이야기만 하셔야 합니다. 이유는 다름이 아닙니다. 죄송스럽게도 전 고려에 대해서 막연합니다. 다시 말씀드리면 아버님과 스승님께서 태어나신 곳, 그 이상의 의미를 두지 않습니다."

"아니옵니다. 련주님께선 분명……."

"더 들으세요, 장 공."

"……."

"현재 제 마음은 그렇습니다. 만져지지 않고 잡혀지지 않습니다. 하지만 이제부터라도 고려를 알고자 노력하겠습니다. 아버님과 스승님께서 태를 묻으신 곳인데 제가 너무 무관심했다는 생각이 듭니다."

"……."

"그럼 이제부터 사업 이야기를 합시다. 아까 일 대 일 통합이라고 말씀하셨는데, 그 일 대 일 통합이 뭔지 구체적으로 설명해 주세요. 일 대 일이 과연 무엇을 뜻하는지 저는 알지 못합니다."

장두이가 말한 일 대 일 통합은 난감한 방식이었다. 조직을 합치는 대신 이문을 공평하게 둘로 나누고 지도부 역시 고려원과 사해상련이 동수를 두는 방식이었다. 한마디로 사해상련 속에 사해상련과 동일한 위상을 가진 고려원을 두자는 뜻이었다.

"받아들일 수 없습니다."

소우는 잘라 말했다.

"이유는?"

"모르십니까? 사해상련은 저를 위한 조직이 아닙니다. 처음엔 그리 보였어도 장 공께서 지금 그리 보셨다 해도 아닙니다. 사해상련은 조직원 전체를 위한 조직. 그래 귀측의 제안을 납득하지 못합니다. 고려원만을 위한 일 대 일 통합은 어렵습니다."

"우리 고려원만을 위한 통합이 아니오. 전국에 퍼져 있는 고려방이 과연 몇 개인지 아시오이까?"

얼굴을 붉힌 장두이가 따졌다.

"전국이 아니지요."

소우가 손을 들어 장두이를 제지했다.

"봉쇄돼 버린 해안을 따라 강소, 절강, 복건, 광동에 하나씩, 내륙 지방은 이 해안 지방에 있는 것처럼 크지 않습니다. 그것들도 고려방이라 칭해야 한다면 고려방은 해안과 내륙을 다 합쳐서 총 스물다섯 개입니다."

"끄음."

장두이는 질린 표정이었다. 소우는 멍한 상태로 이쪽을 바라보는 장두이에게 웃어 보였다.

"장 공께서 우리 사해상련을 얼마나 알고 계신지 모르겠습니다. 흡수가 됐든 공조가 됐든 통합을 하려면 먼저 상대를 알아야 합니다. 동족이나 나라 같은 감정은 호의를 불러일으킬 뿐 통합과 무관합니다. 사업은 감정이 아닌 이성으로 하는 겁니다. 잘 모르고 오셨다면 돌아가셔서 우리 사해상련을 자세히 알고 난 이후 다시 오시기 바랍니다."

명백한 축객령이었다.

천막을 나온 장두이는 초라한 심정을 보이지 않으려고 하늘을 보았다. 그러자 위에서 펄럭이는 사해상련의 상징, 주작기가 보였다. 펑펑 쏟아져 내리는 함박눈에도 주작기는 힘차게 펄럭이고 있었다. 펄럭임에 귀를 문은 장두이는 잠시 후 자신이 성급했음을 깨달았다.

'고려인이라고 단정했던 건 무리였어. 하백은 고려인도 아니고 한인도 아니야. 말 그대로 수신(水神). 현란한 살기를 잘 갈무리한 맹수야!'

장두이는 등이 선뜻해졌다. 하백은 정말 소문 이상이었다.

맺고 끊음이 확실했고 이루 말할 수 없이 세심했다. 생각도 막힘이 없었다. 받아들일 부분은 받아들였고 버릴 부분은 과감하게 버려서 애매모호한 부분이 없었던 것이다.

"쳇! 다시 와야겠군."

천막을 나온 소우는 눈 속으로 사라지는 장두이를 바라보았다. 아버지 서량과 스승 고명경을 닮은 눈이었다.

유목로에도 눈이 내리고 있었다.

어둠의 측면을 미끄러져 내린 눈송이가 차가웠다. 얼굴에 닿은 차가움은 이내 속까지 전달돼 뼈를 얼렸다. 길을 막아선 겨울은 눈과 강풍으로 마지막 기승을 부리고 있었다. 이 눈 너머에, 이 바람 너머에 봄이 있었다.

뽀드득뽀드득.

발에 눌린 눈송이가 비명을 질러댄다.

죽 이어진 추녀에서 눈 더미가 떨어졌다. 그러면 몽환처럼 창의 불빛이 약간씩 흔들렸다. 저 불빛 아래 사랑하는 사람들이 있었다. 고단함으로 하루 해를 마감한 사람들이 누워서, 혹은 밥을 먹으면서 이야기들을 나누고 있을 게 분명했다.

무슨 이야기들을 나눌까.

많은 이야기를 주고받아도 바람은 하나일 것이다. 내일은 오늘보다 좀 더 나은 날이 되기를, 그래 고기가 오늘보다 좀 더 잡혀주기를, 그래 오늘보다 장사가 좀 더 잘되기를.

춘야월은 내리는 눈 속에 열려 있었고, 기별을 보내지 않았는데도 사람이 나와 있었다.

"어서 오소서, 하백님이시여."

달처럼 둥그렇고 말간 등촉을 든 장이 허리를 수그렸다. 장의 어깨에 올라앉아 있던 눈 더미가 와르르— 무너져 내렸다. 고개를 든 장은 호위도 없이 혼자 터덜터덜 걸어온 하백, 소우를 보았다. 핼쑥한 모습이었다.

"금(琴) 소리를 듣고 싶어서 왔습니다."

"아시다시피 등로는 여기 없나이다."

빙그레 웃은 장은 소우를 데리고 명안루를 향해 걸었다.

금빛 잉어가 헤엄치던 연못은 얼어 있었다. 버드나무 가지마다 눈꽃을 피운 춘야월은 눈만 펑펑 내리는 밖과 전혀 다른 세계였다. 여기저기서 들려오는 기녀들의 웃음소리, 함박눈을 거슬러 올라가는 금음, 향긋한 술 냄새… 춘야월은 불야성이었다.

"등로는 잘 있나요?"

친숙한 느낌이 든 장은 말투를 평어로 바꾸었다. 이렇게 나란히 걷다 보니 하백은 정말 훤칠해서 발끝을 세워도 어깨밖에 닿지 않았다. 치료하면서도 여실히 느꼈지만, 눈만 새까맣던 새끼 주작 열 살짜리 땅꼬마는 이제 키도 마음도 거인이었다.

“예. 열흘에 한 번씩 소식을 주고받습니다.”

“귀여운 아가씨께서는요?”

“마찬가지입니다. 제남에 오고 싶어서 몸살을 앓습니다.”

등로는 더듬이들을 통해 열흘에 한 번씩 안부를 전해왔다. 따뜻한 안부였다.

동생, 할아버지를 만나서 마음을 추스르고 있어. 어제부터 자부위공에 입문했는데 상당히 힘드네. 병행해서 병법을 배우고 있는데 워낙 머리가 나빠서 진도가 늦어. 풍산은 정말 좋은 곳이야. 여기 계시는 분들 모두가 좋은 분들 같아. 이런, 내 이야기만 했네? 몸은 좀 어때? 힘들게 싸웠다는 이야기를 들었어. 너무 무리하지 마. 사해상련은 대를 이어서 발전할 거야. 언제가 될지 모르겠지만, 다음에 만날 땐 누날 아리수(阿利水)라고 불러야 해. 할아버지께서 지어주신 직책 겸 별호야. 알았지?

반면 여리는 시도 때도 없었다. 많을 때는 하루 다섯 통까지 전서를 보냈다. 더듬이들이 여리만 보면 고개를 절레절레 내두른다는 소문이었다. 내용도 성격처럼 시시콜콜했고 아기자기했고 막힘이 없었다.

아직 아파요? 여리는 지금 우울해요. 보고 싶어 죽겠어요. 어제는 더듬이 분들과 막 싸웠어요. 당신의 전서를 감춰놓고 뭘 사달라고 떼를 쓰시지 뭐예요? 할퀴어주고 싶은 마음이 굴뚝같았는데, 당신에게 이를까 봐 간신히 참았네요. 전서 같은 걸 갖고 여리 애태우지 말라고 이분들께 당신이 여리 대신 말해 주세요. 밥은 꼭 챙겨 먹으시나요? 말랐으면 가만 안 둘 거예요. 언니는 정말 진도가 빨라요. 노력도 대단해요. 매일같이 밤을 새

우면서 공부하세요. 여리는 그런 언니 옆에서 쿨쿨 돼지처럼 잠이나 자요. 그래야 꿈을 꿀 수 있으니까요. 여리는 매일같이 당신 꿈을 꿔요.

소우는 두 사람의 전서를 지워 버렸다. 그러자 어떤 한숨 같은 것, 쓸쓸함 같은 것이 흘러내렸다. 그걸 본 장이 농담을 던졌다.

"두 사람 중 누굴 더 좋아하세요?"

"예?"

"등로와 여리 아가씨 중 누굴 더 좋아하세요? 등로는 차분하고 성실하고 야무져요. 반면 여리 아가씬 말괄량이에다가 솔직하고 애교가 많아요. 등로가 큰언니라면 여리 아가씬 막내라고 생각해요. 이 두 사람 중 누굴 더 좋아하세요?"

"어떤 의미로 물으시는 건지……."

"진 노대만 장가보내고 마시게요?"

씨익 웃으며 장은 소우를 몰아붙였다.

"하백님께서도 가서야 하잖아요. 얼마 전 애각구려 우단주께서 왔다 가셨는데 엄청 걱정하셨어요. 자기 앞가림도 못하면서 노총각 진 노대와 버릇없는 돈영회 작은대랑만 신경 쓰신다고. 참, 오늘 그 두 사람 혼례를 올렸지요?"

"예."

"좋아 보이셨어요?"

"…예. 어울리는 한 쌍이었습니다. 서로 겪은 게 많으니 행복하게 살 겁니다."

"어련하시겠어요. 돈영회 큰대랑과 하백님이 무서워서라도 잘살 거예요, 그 두 사람. 만약 삐딱하면 큰대랑께서나 하백님께서 그냥 두시겠어요? 그나저나 왜 대답을 안 해주세요?"

"무슨······."

"등로와 여리 아가씨 중 누가 더 좋으시냐고 여쭈었잖아요. 저야 당연히 자식처럼 키운 등로 편이지만, 하백님께서는 여리 아가씨와 같이 크셨죠? 그 예쁜 얼굴, 귀여운 덧니, 철철 넘치는 애교… 아마 하백님께서는 여리 아가씰 더 생각하고 계실 것 같아요. 하백님 성격에 둘을 다 좋아하실 수도 없고. 전 몹시 궁금해지네요?"

한동안 침묵을 지켰던 소우가 대답했다.

"짓궂은 데가 있으시군요, 장 누님께서는."

장은 불분명한 이 대답을 다시 캐묻지 못했다. 하백의 입술에 쓰디쓰게 지펴진 웃음 때문이 아니었다. 눈에 보이게 긴장시킨 어깨 때문도 아니었고, 마음 저 아래에서 터져 나온 한숨 때문도 아니었다.

"하백님, 지금 저를 누님이라고 부르셨죠?"

"예."

"아이, 좋아라. 한 십 년은 젊어진 기분이에요. 하백님께 누님 소리를 다 듣다니······. 하백님도 농담을 즐기세요?"

장은 그간 동물적 욕구를 가진 사내들에게 시달리면서 쌓였던 고통이 허물어지는 모습을 보았다. 늙은 대두옹과 어린 신녀 정랑을 모셔 오면서 쌓였던 회한이 봄 눈 녹듯 스르륵 녹아내리는 기분. 집 잃고 방황하는 소녀들을 데려와 글과 춤을 가르쳐서 몸의 소중함을 일깨워 준 지난 세월을 보상받는 느낌이었다.

"다시 한 번 불러주세요, 하백님."

"예?"

"제가 자격이 있나요? 제남제일조직 사해상련주의 누님으로서? 자격이 없어도 누님으로 생각해 주신다면 저는 좋겠어요. 하지만 하백님 체면이 깎이지 않을까요? 기루 따위나 하는 저를 누님으로 부르신다면?"

"장 누님 같으신 분이 그런 생각을 다 갖고 계셨습니까?"

"……."

"마음이 문제 아니던가요?"

장은 대꾸하지 못했다.

장과 이런저런 이야기를 나누며 명안루로 들어온 소우는 기다리고 있던 신녀 정랑과 대두옹을 만났다. 눈이 마주치자 정랑은 올 줄 알았다는 듯 빙그레 웃었다.

"으험험!"

대두옹은 약간 토라져 보였는데, 그간 마음 고생이 심했는지 몇 년은 더 늙어버린 모습이었다. 간단하게 술상을 봐온 장은 지난번처럼 저쪽 구석에 앉아서 금을 잡았다. 이어 장이 퉁겨 올리는 금음이 명안루 벽을 기어오르기 시작했다.

부채로 얼굴을 가리고 가만히 한숨을 쉬네. 정을 끊는다, 끊는다 하면서도 아직 끊지 못했지. 달 걸어놓고 님 오시기만 기다리네.

[却恨含情掩秋扇, 空懸明月待君王]

(唐詩―王昌齡).

장의 금음은 넓었고 깊었으며 섬세했다. 끊어질 듯 끊어질 듯 둥글게 말려 올라가면서 좋은 향기를 냈다. 밖에서는 눈 내려 쌓이는 소리 들리고 거칠게 뒤집어지면서 지붕을 뛰어넘는 강풍 사이사이 역하가 울고 있었다.

소우가 술을 따랐다.

쪼로록.

술잔 속에 담긴 주름진 눈매가 출렁거렸다. 기다림에 지치고 고뇌에 지친 진강봉은 말없이 잔을 비웠다. 주름진 울대를 꿀꺽꿀꺽 넘어가는 술의 궤적이 선명했다. 잔을 내려놓은 진강봉이 조용히 물어왔다.

"…왜 왔나?"

"어른과 술을 한잔하고 싶어 왔습니다."

"련주, 자네가 살 건가?"

"예."

"조건은?"

"없습니다."

진강봉이 술을 따랐다. 술잔 속에 그림같이 아름다운 눈매가 담겼다. 술이 몇 순배 돌자 어색했던 분위기가 사라지면서 벽을 타고 올라갔던 금음이 아래로 흘러내리기 시작했다.

금음은 함박눈처럼, 눈물처럼, 탄식처럼 흘러내렸다.

술상 앞에 앉은 세 사람은 말이 없었다. 서로를 보지도 않았다. 쪼로록, 술 따라지는 소리만 낼 뿐.

지친 듯 눈이 멎으면서 새벽이 몰려왔다. 정랑은 하백을 보았다. 창백한 이마에 감빛 미명이 물들어 있었다. 술잔을 쥔 창백한 손에도, 뒤로 넘어가는 울대에도 미명으로 차 있었다.

"드시겠습니까?"

문득 내밀어진 술잔. 정랑은 사양하지 않았다. 밤새 술을 마셨으면서도 하백은 단정했다. 들어 올린 잔에 얹히는 술병은 존재감이 없었고 떨리지 않았다. 주둥이를 타고 흘러내리는 술은 새벽처럼 맑았고 꽃처럼 향기로웠다.

"참 쓰네요, 이 술."

쓰고 뜨거웠다. 술 한 덩어리가 굴러 내려간 자국. 정랑은 고개를 흔드는 대신 입을 문지르고 잔에 묻은 자신의 연지 자국을 보았다. 연지 자국을 닦은 잔이 하백에게 건너갔다.

"드세요, 하백님."

쪼로록!

눈이 마주쳤다. 하백은 보면 볼수록 신비한 눈을 지니고 있었다. 세상의 진실과 거짓, 탐욕과 미련을 건너 언제나 세상 끝자리에 서 있는 눈.

"우리 백련이 무엇을 해드려야 하나요?"

"없습니다."

"부담스럽지 않나요?"

"부담스럽습니다."

"그런데 왜 껴안으려고 하시나요? 모른 척 지나가실 수도 있는데. 하백님께선 백련을 잘 아시잖아요? 우리 백련은 피밭을 걸어왔어요. 핏길만이 주어져 있어요. 같이 나아간다면 하백님께서 다치실 수도 있어요."

"압니다."

"그런데 왜?"

오랜 침묵이 이어진 뒤 대답이 나왔다.

"눈물을 알기 때문입니다."

"……."

"이유는 그것밖에 없습니다."

다시 눈이 마주쳤다. 정랑은 자신 속에 들어 있는 정랑이 천천히 눈을 떠 하백을 살펴보고 있음을 느꼈다. 하백 역시 정랑, 자신을 보지 않고 속에 든 정랑을 똑바로 주시하고 있었다. 억겁처럼 느껴지는 잠깐이 흘렀다. 먼저 입을 연 사람은 하백이었다.

"말씀하세요."

순간 정랑 속에 든 정랑이 정랑 입술을 통해 밖으로 흘러나왔다. 오래된 목소리, 모래가 흘러내리는 듯 거친 목소리였다.

"하.백.이.여."

"……."

"그.대.는. 한(恨).을. 버.렸.구.나. 다.른. 자.들. 같.으.면. 지.금. 쯤. 혈.귀.가. 되.어. 있.을. 텐.데. 그.대.는. 모.든. 죽.음.을. 살.인. 으.로. 인.식.하.고. 있.구.나. 어.떻.게. 그.럴. 수. 있.지. 왜. 한.을. 버.린. 것.이.지. 그.대.를. 살.려.주.고. 오.늘.날.까.지. 이.끌.어.준. 게. 한.이. 아.니.었.나. 그.대.는. 한.을. 파.먹.으.면.서. 살.지. 않.았. 나."

"그랬습니다."

"그.런.데. 왜. 버.렸.느.냐. 그. 끈.적.끈.적.하.고. 척.척.하.고. 향. 기.로.운. 한.을. 달.짝.지.근.한. 피. 맛.을. 잊.을. 수. 있.겠.느.냐. 피.의. 운.명.을. 벗.어.날. 수. 있.다.고. 생.각.하.느.냐. 한.을. 버.리. 고.도. 살. 수. 있.을. 것. 같.으.냐."

"노력할 뿐입니다."

"백.련.은. 한.이.다. 처.음.에.는. 지.금. 그.대.처.럼. 순.수.한. 사. 유. 그. 자.체.였.다. 그.러.나. 세.월.의. 옷.을. 껴.입.으.면.서. 한.을.

가.지.게. 됐.다. 반.목.과. 질.시. 핍.박.과. 압.제. 탐.욕.이. 한.이.라.
는. 괴.물.로. 만.들.었.지. 이.해.하.느.냐.”

“이해합니다.”

“그.러.하.냐.”

한동안 침묵이 흘렀다. 진강봉도, 장도 숨을 멈추고 정랑을 주시했
다. 마침내 정랑이 입을 열었다.

“어.쩌.면. 이.것.이. 백.련.의. 운.명.인.지.도. 모.르.겠.구.나. 피.
씻.음.인.지.도. 모.르.겠.구.나. 그.러.나. 하.백.이.여. 명.심.해.야.
한.다. 피.씻.음.은. 어.느. 한.쪽.만.으.로. 완.전.해.지.지. 않.는.다.
백.련.은. 영.원.히. 죽.지. 않.을. 것.이.다. 그.대. 또.한. 영.원.히.
한.을. 잊.지. 못.할. 것.이.다. 혈.귀.는. 되.지. 않.겠.지.만. 피.밭.에.
서. 피.를. 먹.으.며. 살.아.야. 하.는. 운.명.을. 벗.어.날. 수. 없.다.
하.백.이.여. 백.련.을. 잘. 보.듬.어.다.오.”

정랑 속의 정랑이 천천히 눈을 감았다. 동시에 파리해졌던 정랑의
안색이 제 빛깔을 찾기 시작했다. 턱에 걸려서 가파르게 오르내렸던
숨을 가라앉힌 정랑이 빙그레 웃었다.

“보시기 흉했지요?”

“이해합니다.”

“갓난아기 때부터 저를 키워주고 보살펴 준 분이세요. 어려서는 몰
랐는데, 철이 들면서 원망을 많이 했어요. 투정도 많이 부렸죠. 하지만
언제나 인자하셨어요.”

정랑은 형주의 시절부터 이야기를 풀어놓기 시작했다. 범상치 않았
던 출생, 경원받았던 능력. 그래 혼자 살아와야 했던 시절, 백련에 들
어간 다음 받았던 추앙과 기대, 팔황맹과 흘렸던 피, 운명을 찾아 제남

으로 내려온 일…….

"등로 언니를 볼 때마다 가슴이 미어졌어요. 그때마다 제 안의 정랑께서는 말씀하셨어요. 큰 물은 작은 물 여러 개가 합쳐서 이루어진 것이라고. 그 말씀을 아직 다 이해하는 건 아니에요. 하지만 지금은 조금 편해졌어요."

"다행입니다."

"전 풍산에 가 있을게요."

창에 새 볕이 물들어오고 있었다. 눈이 와서 그런지 평소보다 창이 밝았다. 소우는 진강봉의 잔에 마지막 남은 술을 따랐다.

쪼로록.

그리고 장을 보았다.

"금음 잘 들었습니다, 누님."

제2화 태산(泰山)에 지는 별

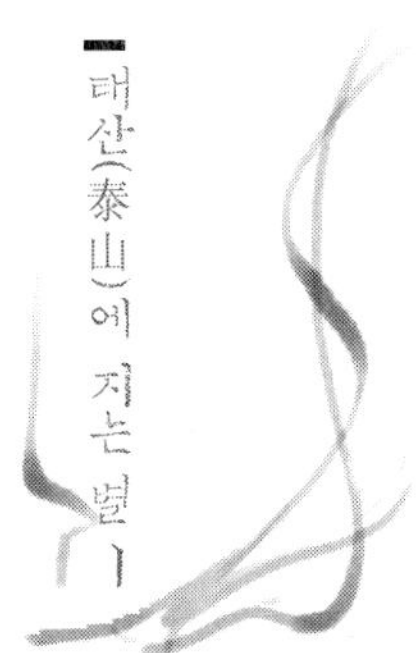

목귀대 귀환을 기다리는 동안 등로는 네 번, 여리는 열세 번 소식을 보내왔다. 풍산엔 벌써 봄이 온 모양이었다. 둘 다 풍산 인근에 핀 꽃들을 이야기하고 있었다.

황사가 몇 번 지나간 뒤 역하도 얼음을 떠내려 보내기 시작했다. 고려원에서는 아직 아무런 기별도 없었다.

소우는 노공을 아라이구미로 보내 죽랑대를 소집했다.

노공 더듬이들이 인육을 은밀히 사고파는 평동거리를 포착했던 것이다. 이런 행위는 관부인 제남부중에서도 그랬지만, 사해상련 입장에서도 그냥 두고 볼 수 없었다.

소우는 우선 제남부중에 기별을 넣어 색출과 처단 일체를 위임받았다. 죽랑대가 지닌 무력을 시험해 볼 좋은 기회였다.

"오라버니라고 불러도 돼요?"

죽랑대를 이끌고 만리향에 도착한 후미코가 대뜸 한 말이었다. 소우는 가만히 후미코를 바라보았다. 후미코는 화장을 지운 맨 얼굴이었다. 볼이 빨간 후미코가 손을 불면서 말했다.

"후후— 역시 반응이 없으시네요. 긍정도 부정도 아니지만, 뭐 좋아요. 이제부터 후미코가 오라버니로 모실 거니까. 어색하세요? 안 어색하시죠? 어색해도 어쩔 수 없어요. 큼큼!"

후미코가 인솔해 온 죽랑대는 대주 가와다 요시오를 포함해서 모두 오십 명. 하나같이 먹물에서 금방 건져 낸 듯한 흑의를 걸쳤고 날렵하게 휘어진 장도와 중도를 옆구리에 꽂고 있었다. 중원 칼잡이들과는 전혀 다른 기세였다. 그 기세는 날카롭고 예리했으며 절도가 있었다. 바닥에 엎드린 그들이 한목소리로 외쳤다.

"련주, 죽랑대 대령이옵니다!"

"큼큼, 우리 죽랑대 멋있죠?"

소우는 팔짱을 낀 후미코가 사내아이처럼 으스대는 걸 망연히 쳐다보았다. 귀염을 받고 곱게 자란 열일곱 살짜리 후미코는 거침없었다. 잠시 후면 피가 뿌려지고 목이 베어져 나가는 상황이 벌어질 걸 모르는 모양이었다. 아홉 마디로 이루어진 철편 나기나타(薙刀)를 장난스레 흔들면서 소풍이라도 가는 아이처럼 기분 좋아했다.

"우리 첫 임무가 뭐죠?"

"빠져라, 후미코. 이건 장난이 아니다."

"예?"

"사람을 베어봤나?"

"아, 아직. 모, 못할 거 뭐 있어요?"

"끈적끈적하다, 사람 살은. 칼에 척척 달라붙지. 뼈는 칼을 뒤로 팅

겨낸다. 엄청난 피가 뿜어진다. 생명은 그 너머에 있다. 끈적끈적하게 달라붙는 살 너머, 칼을 탕탕 튕겨 내버리는 뼈의 안쪽, 피가 생성되는 자리… 살과 뼈와 피가 정교하게 에워싸고 있는 황금빛 덩어리가 바로 생명이다. 아무나 그걸 건드리는 게 아니다. 네가 그걸 건들일 수 있을 것 같으냐?"

"까짓 거 모, 못할 것도 없잖아요?"

"아서라."

소우는 후미코를 똑바로 쳐다보았다.

"사람을 벤 자는 벤 그 순간 눈빛이 달라진다. 밝음이 함몰되면서 칙칙한 어둠이 깃들기 때문이지. 그래 자신이 베어버린 자의 망령을 안고 평생 살아가야 한다. 벨 때의 그 섬뜩한 느낌을 죽어서도 잊지 못한다. 넌 그런 여자가 되고 싶으냐?"

"……"

"사람을 베는 건 낭만이나 장난이 아니다. 마땅히 벨 자를 베도 개운치 않은 앙금이 남는다. 난 너의 밝음이 그런 앙금에 함몰되지 않기를 바란다. 명령이다, 따라오지 말도록!"

"……"

소우는 가와다 요시오를 보았다.

"출발합시다, 대주."

뒤에 남겨진 후미코는 투덜거리지 않을 수 없었다.

"잘났어, 정말!"

사공명진(司孔明珍)은 어깨를 움츠렸다.

역시 펑동거리는 사람 살 곳이 아니었다. 퀭한 눈망울로 해바라기를 하는 사람들, 지저분한 아이들, 더러운 개들, 질척한 바닥에 정체 모를 뼈가 굴러다니고 있었다.

"엄청 아프다는데. 쯧!"

환관이 꿈인 사공명진은 으스스해졌다.

환관은 원대(元代) 이전까지만 해도 권력의 중추였다. 그러나 강력한 유목 민족이 세운 원을 거치면서 환관은 도태되었다. 명조가 들어섰어도 초기엔 환관이 힘을 쓰지 못했다. 작금은 아니었다. 얼마 전 조카를 밀어내고 황위를 찬탈한 황제는 환관 중심의 정사를 펼치고 있었다. 환관이 되면 부귀와 영달을 보장받았다.

"잘되겠지 뭐."

평동거리 감(甘) 늙은이는 장기 밀매가 전문이지만, 솜씨 좋은 도자(刀子)이기도 했다. 벌써 여러 명이 양물 절단 시술을 받았던 것이다. 그러나 사공명진은 시술을 받을 수 없었다.

"저게 뭐야?"

긴 칼 찬 자들이 거리를 꽉 메우면서 이쪽으로 오고 있었다. 흑의를 걸친 그들은 매우 삼엄했고 무표정했다. 그들이 호위하는 자는 눈처럼 흰 백마를 타고 있었는데, 몸을 휩싼 흑의와는 정반대로 눈부신 얼굴이었다. 그자의 뒤에서 누런 깃발이 펄럭였다.

"주작기!"

사공명진은 그자가 바로 사해상련주임을 금방 알아보았다. 뒤에 흑마를 탄 거대한 덩치 둘은 금부를 봐서 돈영쌍부였다.

벽에 착 달라붙은 사공명진을 지난 그들은 곧장 감 늙은이 점방인 감씨양포(甘氏羊鋪)를 에워쌌다. 사공명진은 하백이 스쳐 지나갈 때 하백의 굳게 다물린 입술을 보았다.

“사방을 막으세요.”

“예, 련주!”

가와다 요시오의 손짓을 따라 죽랑대가 갈라졌다. 죽랑대는 기척없이 이동해서 감씨양포 곁문 네 군데를 틀어막으면서 벽에 달라붙었다. 소우는 돈영쌍부에게 눈짓을 했다. 순간 돈영쌍부가 금부를 휘둘러 정문을 부쉈다.

콰쾅!

감 늙은이, 감해성(甘海星)은 정문을 부수고 들어오는 칼잡이들을 우습게 생각했다. 그는 본문으로 올라간 조포 뒤를 이어 혈단을 이끄는 고참 살수 중 하나. 그는 당황하지 않았다. 이런 일은 종종 겪었다. 시술이 잘못된 자들이 어중이떠중이 칼잡이들을 사 복수를 하려 들었던 것이다. 화탄을 쓰고 자시고 할 일이 아니었다.

“죽여!”

순간, 사방에서 불쑥불쑥 솟아난 살수 이십여 명이 칼잡이들에게 쇄도했다. 이어 칼과 칼이 맞부딪치고 살과 뼈가 베어지는 소리가 방원 오십 평 감씨양포를 꽉 채웠다.

“어라?”

감해성은 눈을 의심했다.

상대들은 예상처럼 어중이떠중이가 아니었다. 살수들이 수수깡처럼 부러져 나가고 있었다. 일방적인 도살이었다.

목이 떠오르고 핏물이 튀었다. 창자가 비어지면서 팔이 떨어져 나가고 앞가슴을 관통한 도가 등판을 비집고 나왔다. 그렇게 비어진 도는 옆으로 미끄러지면서 상체를 절단했다.

도는 중원 게 아니었다. 구름같이 생긴 담금질 무늬가 현란한 도, 날렵하게 휘어진 신에 긴 혈조를 파 넣어 속도와 절단력을 배가시킨 왜도였다. 저런 왜도를 쓰는 집단은 제남에서 딱 한 곳이었다.

"아라이구미 주, 죽랑대!"

이자들은 사해상련 패거리였다. 감해성은 아라이구미가 사해상련에 흡수된 걸 알고 있었다. 그걸 증명하듯 살수들을 쩍쩍 갈라 버리는 두 자루 금부 한가운데를 하백이 걸어오고 있었다.

팔짱을 끼고 고개를 약간 기울인 채.

"살도자(殺刀子) 감해성."

나른한 목소리, 약간 숙여진 얼굴 저 아래에서 건너온 까만 눈이 말했다. 감해성은 피가 점점이 튄 하백의 얼굴을 보았다. 생전 햇빛을 한 번도 안 받은 것 같은 얼굴이었다. 그 얼굴에 실금이 한 줄 죽 그어졌다.

"꿇어라."

"이익!"

감해성은 검을 잡아갔다. 그러나 그보다 몇 배 먼저 날아온 금부가 감해성의 머리를 쪼갰다.

퍽!

두개골이 빠개지면서 뇌수가 튀어 오르고, 그 뇌수를 따라서 피가 튀어 올랐다. 두개골을 쪼갠 금부는 목뼈를 헤집으면서 아래로 밀려 내려갔다. 쇄골을 부수고 흉골에서 잠시 머문 금부는 대흉근을 가르면서 횡경막을 터뜨렸다.

후두두둑!

털썩―

좌우로 쩍 갈라진 감해성이 쓰러졌다.

소우는 감해성을 가른 흑부 요마자를 바라보았다. 순간 요마자가 금부를 털면서 허리를 꺾었다. 그의 얼굴에 약간 과하게 손을 썼다는 자책이 새겨졌다.

"어쩔 수 없었사옵니다, 련주."

"……."

다음 지목된 곳은 거리 끝에 있었다.

귀해장(歸解莊).

성곽처럼 높은 담으로 둘러싸인 장원은 진입이 용이치 않았다. 장원 좌우에 자리 잡은 점방들은 장원을 보호하기 위해 만든 초소가 분명했다. 빗발치듯 화살이 날아왔다. 선봉 가와다 요시오가 현지인 한 명을 끌고 뒤로 달려왔다.

"저 장원에서 조포란 자가 인육을 팔았답니다."

현지인은 겁에 질려 묻지도 않은 말을 주워섬겼다.

"저, 저 장원은 현재 텅 비었슈. 얼마 전까지 미친 여인네 하나가 남아 있었는디… 얼마 전 조포가 데려갔슈. 그래서 지금은 아무도 없슈."

소우가 말했다.

"분지릅니다!"

"하이!"

읍하고 달려간 가와다 요시오가 점방들을 먼저 제압해 나가기 시작했다. 소우는 조포를 만났던 기억을 떠올렸다. 당시 조포는 화탄을 품고 있었다.

'화탄…….'

화탄은 대단히 무자비하고 비효율적인 발명품이었다.

인간의 노력과 세월을 부정하는 귀물(鬼物). 화탄 한 방이면 백 자루의 칼과 그 칼에 새겨진 고뇌와 세월이 한순간에 무용지물로 변했다. 소우는 이 사실을 인정할 수 없었고 이해할 수 없었다. 소우에게 화탄은 가늠되지 않고 용서되지 않는 세계였다. 반드시 손에 넣어야 하는 세계이기도 했다. 저 황천 끄트머리, 죽은 자들만이 배회하는 땅에 영원히 봉인시켜야만 할 세계.

깡깡! 가각! 쨍쨍쨍!

죽랑대는 기민하게 움직였다. 새까맣게 날아오는 화살을 요리조리 피하면서 점방들을 하나씩 꿇렸다. 생존자는 없었다. 하나같이 죽기를 각오하고 대드는 무리들, 그 무리들은 불나방처럼 베어졌다. 비명도 지르지 않았다. 질척한 거리가 피로 물들면서 피비린내가 진동했다.

콰당!

마침내 조포가 생활했다던 귀해장 정문이 깨어져 나갔다.

방원 칠십 평 대지 위에 엎드린 장원은 잘 관리되고 있었다. 오래된 우물과 넓은 평상이 있는 장원. 누가 가꿨는지 모르겠지만, 잘 가꿔진 정원엔 봄꽃이 만발해 있었다. 그 정원 한쪽 가산 위에 허름한 보따리가 놓여져 있다.

"저건 뭐지?"

소우는 운명처럼, 홀린 것처럼, 자신도 알 수 없는 기이한 감정에 이끌려 보따리를 향해서 걸어갔다. 가슴이 뛰었다. 가슴이 답답해졌다. 모든 핏줄이 눈을 뜨고 보따리를 주시했다. 보따리는 뭔가 아주 소중한 느낌이었다.

"가와다님."

"예, 련주."

"아까 그 현지인을 데려오세요."

헐레벌떡 달려온 현지인은 보따리를 보자마자 입을 열었다.

"그 미친 여인네 거유. 말로는 어떤 총각 놈 꼬임에 넘어가 집을 나왔다고 했는디… 아마 집에 젖먹이 자식을 두고 나온 모양이유. 그 아이 옷을 해줄 거라고 말하면서 히득거렸슈. 그 총각 놈에게 버림받아서 정신이 헤까닥된 것 같았슈. 인상은 반반했는데… 참 아깝다는 생각을 했슈."

핏줄을 울리는 어떤 예감이 머리를 스쳤다.

"그 여인네 이름을 아나?"

"모르지유."

"어디 살았다는 이야길 들었나?"

"상촌? 하촌이랬나? 미친 여인네 말을 믿을 수 있어야지유."

현지인을 돌려보낸 소우는 보따리를 끌렀다. 보따리를 열자 칙칙하게 퇴색한 꽃향기가 풍겨졌다. 속에 든 것은 꽃 이파리들이었다. 그 꽃 이파리들이 흩어져 발등을 덮었다.

"니 어미는 참으로 고왔어. 목소리가 꾀꼬리 같았지. 웃을 때마다 하늘을 품은 개울물이 다 흔들렸어. 참으로 천금같던 사람이었는디……."

소우는 망연히 보자기와 꽃 이파리를 보았다. 마음 저 아래에 숨어있던 핏줄이 징징징 울었다.

'조호천!'

2

추적추적 봄비가 내렸다. 봄비는 무거웠다.

대지를 깨우며 내리는 비, 겨우내 쌓였던 냉기와 잔설이 추녀 아래로 떨어졌다. 세상이 기지개를 켜고 있었다.

농부들은 농사 준비에 여념없었고, 어부들은 봄 고기 잡을 마음에 들떠 있었다. 상인들은 점방을 치장했다. 이렇게 부지런히 움직이는 사람들 마음속에 봄은 이미 와 있었다. 진달래가 산을 붉게 물들였다. 연두색으로 물든 산이 움찔움찔 커졌다.

고려원은 소식이 없었다.

목귀대가 복귀한 날 내사 우림도 복귀했다.

춘야월은 거연창과 우림을 위한 조촐한 술자리를 마련했다.

사해상련 출정을 위한 자리이기도 했다. 이 자리에서 우림은 백련에 대한 소우의 결정을 따랐다. 그도 언젠가는 이루어져야 할 통합임을 알고 있었다. 소우의 성격에 핍박당하면서 살아온 백련을 외면할 리 없었다. 백련 측에서 진강봉과 장. 돈영회 측에서 공릉과 적산월. 아라이구미 측에서 후미코와 요시다 다카부미, 가와다 요시오가 참석한 자리. 술자리는 화기애애했다.

술자리를 끝낸 뒤 만리향으로 돌아온 상련 지휘부는 출정을 상의했다. 상의는 우림이 좌우 주작단의 상황을 보고하면서부터 시작되었다.

"애각구려 우단주께서 계시는 장청(長淸)과 평월(平月)을 확보하시고 동쪽으로 방향을 틀어 차평(茶平)에 머물고 계시옵니다. 차평은 차의 산지로 태산과 삼십 리 거리이옵니다. 거기 대농들은 우단주님을 신뢰하옵니다. 인심이 후하시기 때문이옵니다. 거기서 우단주님께선 사천에서 차포(茶鋪)를 운영하시는 애각 대인으로 통하옵니다. 해서 우주작단은 애각 대인의 호위 무사들 정도로 인식돼 있사옵니다.”

“좋습니다. 애각 동생의 상황은?”

“좌주작단은 초구(草丘)와 왕촌(王村), 주촌(周村)을 확보하며 동진한 다음, 박산(博産), 묘산(苗山)을 거쳐 황보무문이 자리 잡은 태산을 우회, 신태(新泰)까지 밀고 내려갔다가 현재 태산의 턱밑인 곡리(谷里)에 포진해 있사옵니다. 좌단주님께선 벌목을 감독하러 온 대갓집 자제 분으로 위장해 계신데, 집안 위세만 믿고 돈을 펑펑 쓰는 철부지로 인식 돼 있사옵니다.”

“황보무문은 어떻습니까?”

이번엔 노공이 대답했다.

“검가(劍家)로 유서 깊은 가문이옵니다, 하백님. 하북팽문 턱밑인 신 보안수로 지부에 파견된 인원이 사백, 본문에 상주하는 무사들은 이천 이 넘사옵니다. 태산 이남의 제일 큰 상권인 회하(淮河)와 홍택호(洪澤 湖)를 거머쥐고 있사옵니다. 전대 가주 뇌벽공 황보염이 염로에서 패 사한 이후 그의 아들 비정뇌검 황보자후는 아비 원수를 찾는다며 일 년에 한 번씩 염로로 무사들을 파견하옵니다.”

“……”

“그들이 우리 상련의 본향인 풍산을 발견한다면 큰일이옵니다. 또한 하북팽문 제남지부가 분질러진 걸 알면 제남을 욕심 부릴 것이옵니다. 우리 상련 입장에선 반드시 분질러야 할 턱밑의 가시이옵니다. 다행히 그들은 하북팽문과 마찰이 심한 신보안수로에 온 신경을 집중해 제남 사정에 어두운 편이옵니다.”

“좋습니다, 외사님.”

곧바로 편제가 이루어졌다.

전투 경험이 많은 아라이구미 죽랑대가 선봉을 맡고 목귀대는 중군, 잠요와 잠균이 이끄는 백련사(白蓮社)가 후군, 돈영회가 보급을 담당했다. 편제가 끝나고 다섯 번에 걸친 훈련과 토의가 이루어졌다. 그사이에 고려원에서 사람이 왔다.

장두이와 함께 온 고려원주 박제령은 많이 지쳐 보였다.

“련주, 고려원이 왔네.”

“기다렸습니다.”

할 말은 참 많았지만 소우는 그 많은 말을 눈빛으로 대신했다. 박제령도 십 년 전 송도가에서 보여줬던 눈빛으로 화답했다. 이로써 제남의 완전한 통일이 이루어졌다. 만리향 본전엔 공룡이 남기로 최종 결정이 내려졌다.

“출발합니다!”

돈영회 잔여 병력과 장두이가 이끄는 백제사 병력에게 본전 경비를 맡긴 소우는 길일을 택해 병력을 남하시켰다.

이때가 산하를 붉게 물들였던 진달래가 다 지고 철쭉꽃 붉게 타오르기 시작하는 삼월 열여드레였다. 이백오십에 달하는 사해상련 병력이 도착한 곳은 태산의 이마이자 관문인 관사(關沙)였다.

“백련사는 병력을 둘로 나눠 좌우 주작단과 합류합니다. 외사님께선 우주작단을 도와주시고 내사님께선 좌주작단을 도와주세요. 삼면에서 동시에 밀고 들어가되, 최대한 희생을 줄이는 방향으로 움직입니다. 희생을 많이 낸 단은 상련 내규(內規)에 의거, 문책이 있을 겁니다.”

　노공과 우림이 백련사를 인솔해서 떠난 뒤 소우는 박모가 내리는 광경을 지켜봤다. 작은 구릉 끝 간 데 없이 이어진 관사, 새들이 둥지를 찾아 돌아오고 있었다. 피풍에 달라붙어 떨어지지 않는 바람 몇 편, 마른 억새 숲이 울었다.

　'어머니…….'

　소리 내어 부르지 못하는 건 생경함 때문이었다. 생각하지 않은 적이 없었지만, 구체적으로 느낀 적 또한 없었다. 아버지의 씁쓸했던 눈빛에서, 우울했던 수염에서, 구부정했던 어깨에서 어머니는 형체없는 그리움으로만 존재했다. 간절하지 않았다, 사실.

　그리움은 아지랑이처럼 엷었고 항상 그 색깔을 유지했다. 기억에 없는 어머니.

　'만난다면 무슨 말부터 먼저 해야 하지?'

　자신은 이렇지만 누나인 등로는 어렴풋하게라도 공릉을 기억할 게 분명했다. 세상 인연은 얼마나 불가사의한가. 제남이란 한 하늘을 이고 있으면서도 만나지 못했다.

　'이번 일을 마무리하고 풍산에 기별을 넣을까?'

　진작 알려주어야 했지만 그럴 수 없었다.

　등로는 상처를 극복하려 안간힘 쓰고 있는 중. 아직 등로는 아파하는 중이었다. 여기에 다른 남자와 살려고 자신을 버린 어머니가 나타나면 또 다른 상처가 될 수 있었다. 등로가 힘을 가지게 되면, 자신을 가지게 되면 어머니를 만나도 담담할 수 있을 것이다. 이런 걱정에 소우는 등로에게도, 공릉에게도 여태 말을 꺼내지 못했다.

　"오랜만에 별을 봐요."

　생각을 흔들며 장이 다가왔다. 부상자 치료를 위해 따라온 장에게서

깔끔한 약내가 맡아졌다. 여인의 몸으로 행군이 피곤했을 텐데 장은
오히려 활기에 차 있었다.

"련주님, 항상 그러고 계세요? 고개를 약간 기울이시고 팔짱을 끼시
는 거. 저는 종종 봤어요. 멋은 없지만 그럭저럭 봐줄 만은 해요."

"피곤하지 않으십니까?"

"방해하지 말라는 말씀으로 들려요."

"장 누님께선 약간 강짜스러운 데가 있으십니다?"

"어머? 어떻게 아셨죠?"

까르륵, 웃는 장은 격의없었다. 기루를 경영해 온 이력 때문만은 아
니었다. 언뜻 보면 얼음이 쩡쩡거릴 정도로 차가운 인상이었지만, 의
술로 가난한 사람들과 아이들을 돌볼 만큼 포근한 성격. 눈물이 뭔지
알았다.

"별은 멀리 있어요. 멀리서 우리를 지켜보지요. 보세요, 련주님. 저
렇게 영롱해 보여요. 멀어서 더 영롱해 보이는 것일까요?"

박모 속에서 한 점씩 두 점씩 돋아난 별들이 지천이었다. 별들은 장
의 말대로 멀었고 영롱했다. 시리게 와 박히는 느낌이었다.

"누님께선… 시집 안 가십니까?"

"퇴물 같아 보이세요?"

"예."

"어머나? 어쩜! 어떻게?"

"누님께 얹혀져 있던 무게가 조금 가벼워졌기를 바랍니다."

"가벼워졌어요, 많이."

장의 눈빛이 깊어졌다.

"하백님께서 맡아주셨잖아요. 그래서 날듯이 가벼워요, 지금. 하지

만 전 영원히 백련에 남을래요. 전 백련을 위해서 태어난 운명이거든요. 백련을 버리면 전 아무것도 아니에요. 봉사와 헌신, 공생을 믿어요. 가향을 믿어요. 물론 이 땅에서 가향이 안 이루어진다는 것도 알고 있어요. 저의 가향은 저 별과 같아요. 멀어서 더 영롱해 보이니까요."

"저도 저 별과 같은 게 있습니다."

"알아요, 하백님."

"우린 참 평범한 소망을 가지고 있는데, 더 이상 바라지 않는데… 세상은 자꾸만 우리에게 무엇을 요구합니다. 윽박지르고 비명을 질러댑니다. 우리가 변하길 바랍니다. 그게 바람직한 방향이 아니라 해도, 바람직하지 않다는 걸 알고 있으면서도 우리는 빠져들 수밖에 없습니다. 그래 차가운 이성은 묻히고 날 선 감정만이 남습니다. 목소리 큰 자들이 주도하는 세상은 얼마나 철딱서니없고 난감한지요."

"세상이 다 그런 것만은 아니에요, 하백님."

바람이 몇 편 지나갔어도 별은 영롱했다.

"세상엔 하백님 같은 분도 있어요. 하백님, 세상을 한쪽만 보지 마세요. 하백님 같은 분들이 많을수록 별은 가까워져요. 전 그렇게 믿어요."

장이 돌아간 뒤에 찾아온 사람은 적산월이었다. 소우는 돌아보지 않았다. 소우의 등을 보면서 한참이나 서 있던 적산월은 천천히 무너져 내렸다.

"하백님!"

적산월은 입술을 깨물고 사과했다.

"미안해, 정말 미안해… 소우야, 내가 잘못했어."

"아냐. 난 다 잊어버렸다."

"내가 어떻게 해줬으면 좋겠니?"

"잘살아줘, 잘사는 모습을 보여줘."

"소우야."

적산월은 펑펑 울었다.

축시정.

별이 아스라한 지평을 향해 아라이구미 죽랑대가 출발했다.

이어 목귀대가 출발했고 백련사가 뒤를 따랐다. 많은 인원이 한꺼번에 움직임에도 요란하지 않았다. 어둠과 별빛, 진흙이 달라붙는 행군이었다. 구릉을 몇 개 지나자 저쪽 지평에 태산 줄기가 나타났다. 그 줄기를 우회해서 동북쪽으로 뚫린 소로로 들어서자 오래된 참나무 군락이 나타났고, 참나무 가지 사이사이로 미명이 물들어왔다. 미명이 걷히면서 금빛 햇살이 쏟아졌다.

상련 병력은 햇살 측면을 가르면서 태안(泰安) 입구에 당도했다. 물살 빠른 태강(泰江) 너머 태안은 평화로워 보였다. 상련 병력이 태강을 건너기 시작하자 강변에 나와 있던 사람들이 어디론가 달려갔다.

"기습이다!"

황제가 봉선(封禪)을 행하는 고장이라 태안은 잘 정돈돼 있었고 고색창연했다. 이끼 기어올라 가는 오래된 추녀, 벽돌로 가지런히 쌓아올려진 담장, 청석 깔린 거리, 컹컹 짖다가 꼬리를 말고 사라지는 개들. 사람들이 호기심 어린 눈으로 아침에 들이닥친 사해상련의 병력을 바라보았다.

"련주, 이 거리를 죽 따라가면 끝자락에 황보무문이 경영하는 대규모 전장과 기루가 있사옵니다. 그것들을 격파하고 좌측으로 돌면 역시 황보무문에서 경영하는 화가가 죽 이어지옵니다. 그걸 지나면 다시 기루가 죽 이어지는데… 위장이옵니다. 거긴 직할 병력이 상주하는 곳이옵니다."

노공이 파악한 정보를 토대로 거연창이 말했다.

소우는 황보무문처럼 유서 깊은 가문이 전장과 기루, 화가를 경영한다는 사실에 씁쓸해했다. 사람의 살을 팔아 유지를 해나가는 명문. 황보무문은 회하와 홍택호에 있는 기루와 화가 구 할을 움켜쥐고 있다. 술, 여자 같은 끈적끈적한 환락을 경영해서 대대로 번영을 누려온 것이다.

"구역질납니다, 명문이란 거."

"……."

황보전장(皇甫錢莊) 총관 황보취(皇甫鷲)는 언제나처럼 느긋하게 아침을 시작했다. 어제 들어온 돈을 점검했고 오늘 나갈 돈을 예상했다. 근래 들어 차평과 곡리 쪽이 조용했다. 차평은 차 농사짓는 대농들이 많아 뭉칫돈이 오고 갔던 곳이었고, 곡리는 벌목장이 많아 거래가 끊이지 않았던 곳.

"사충(司充)."

황보취는 금전 출납을 담당한 사충을 바라보았다.

"예, 총관 나으리!"

"뭔가 이상하지 않나? 차평과 곡리 말이야. 지금쯤 돈이 필요할 텐데? 농사와 벌목이 시작된 지가 언제야? 그런데 왜 이렇게 조용해. 다른 때 같으면 문턱이 닳도록 들락거렸지 않았나?"

"그게 저어……."

머리를 몇 번 긁적인 사충이 옆을 보았다. 그러자 전장 수비를 책임 진 쌍검무영(雙劍無影) 철패(鐵覇)가 허리를 수그렸다.

"총관 나으리, 거기엔 그럴 만한 이유가 있사옵니다."

"음? 그래. 자네가 차평과 곡리를 조사했다고 했지?"

"예이."

"어서 말해 보게. 도대체 이유가 뭐야? 우리 이자가 비싸다는 건가? 삼 할 오 푼이면 급전치고 좋은 조건이야."

"그런 게 아니옵니다. 이상한 놈들이 나타나서 후하게 선금을 치르 고 차밭과 벌목장을 싹쓸이해 버렸기 때문이옵니다."

"뭐라?"

"나으리."

"말해 봐."

"우선 차평부터 말씀을 드리겠사옵니다. 차평은 사천에서 차 거상을 한다는 애각 대인이라는 놈이 시가보다도 사 할을 더 얹어서 차밭을 다 샀사옵니다. 밭은 그대로 두고 심어진 차를 몽땅 사들였다는 말씀 이지요. 그러니 대농들이 올해 우리 전장의 돈을 쓸 일은 아예 없사옵 니다."

"허!"

"곡리도 마찬가지이옵니다. 벼슬아치 자제 놈이 내려와서 벌목장 서 른다섯 개를 몽땅 장악했사옵니다. 판매권을 사버린 것이옵니다. 이놈 도 선금을 치렀는데, 손이 보통 큰 게 아니옵니다. 현재 곡리의 모든 객잔은 이놈 때문에 먹고산다는 말까지 나돌고 있사옵니다."

"도대체……."

기가 막힌 황보취는 입을 딱 벌렸다. 차평과 곡리를 장악했다니. 엄청난 자금력이 아닐 수 없었다. 천하에서 그 정도 자금을 가진 자들은 흔치 않았다.

"놈들을 캐보았는가?"

"예, 나으리."

"누구냐? 어떤 놈들이기에 허락도 없이 감히 우리 황보무문 텃밭을 손아귀에 넣었단 말이냐? 팔황맹에 속한 놈들이더냐?"

"아니옵니다."

"허면?"

"정체를 알 수 없는 놈들이옵니다. 하오나 대충 짐작 가는 데가 있긴 하옵니다. 차평과 곡리가 우리 황보무문 텃밭인 것은 천하가 다 아는 사실이옵니다. 그래 어떤 거상도 감히 넘보지 못했사옵니다. 하지만 딱 한 군데의 입장은 다를 것이옵니다."

"음?"

"아무것도 모르는 신생 상단이라면 가능하지 않겠사옵니까? 더구나 팽창일로를 걷고 있는 파락호 상단이라면. 지하 조직을 장악해서 힘을 기르고 상련을 운영해서 자금을 만들어온 조직이라면… 욕심을 한번 부려볼 만하지 않겠사옵니까?"

"……."

황보취는 벌어진 입을 다물지 못했다. 사람과 자금, 무력을 갖춘 상련. 순서 차이는 있겠지만 상련 대부분이 다 그런 식으로 만들어진다. 먼저 상인들을 규합하고 자금을 갖춘다. 이어 그 상인들과 자금을 보호할 목적으로 무력을 갖추게 된다. 팔황맹의 어떤 가문도 이 원칙을 벗어나지 않았다. 황보취는 자신도 모르게 가장 최근에, 가장 가까운 곳에서 그렇게 만들어진 상련을 떠올렸다.

“제남 사해상련?”

순간 밖이 소란해지면서 누군가 뛰어들어 왔다.

“총관 나으리!”

그는 정문 수비를 담당한 파풍검(破風劍) 양광(梁廣)이었다. 양광은 하얗게 질려 있었다.

“기습이옵니다!”

3

일백예순여덟 개의 화가를 총괄하는 설자검(雪紫劍) 황보자영(皇甫紫英)은 황보무문 가주 황보자후의 동생이었다. 그녀는 오늘도 역시 어제와 다르지 않을 거라고 생각했다. 그래 어제도 그랬듯 일어나자마자 목욕을 즐겼다.

“아아……..”

젖 반 통을 넣어 데운 물은 몸을 나른하게 만들었다. 화청지에서 양귀비가 즐겼다는 젖 목욕. 젖은 화가에서 올라온다. 황보자영은 이 젖 목욕을 즐기기 위해 화녀들의 몸과 유방을 동시에 쥐어짰다. 그녀가 생각할 때 화녀들은 인간이 아니었다. 인간 형상을 가진 암캐, 배설을 위한 도구에 불과했다.

“인생은 정말 살아볼 만한 거야.”

목욕을 마친 그녀는 아침상을 받았다. 보양 음식으로 유명한 광동에서 초빙해 온 숙수 육모방(陸模旁)은 실력이 대단했다. 모기 눈알과 제

비집, 곰 발바닥, 사슴 힘줄, 원숭이 뇌, 뱀 창자, 인육에 이르기까지 못 만드는 음식이 없었고 맛 또한 일품이었다.

"오늘 요리는 뭔가요?"

"예, 아가씨. 닭 벼슬과 오리 혓바닥, 상어 알, 잉어 아가미, 구렁이 허물을 인유(人乳:사람 젖)에 살짝 데친 봉어용황탕(鳳魚龍皇湯)이옵니다요. 헤헤!"

육모방은 머리를 조아리면서 손을 비볐다.

"몸에 좋아요?"

"그럼문입쇼. 자궁이 튼실해지고 피부가 백옥처럼 고와지지요. 장복하시면 칠십에도 임신이 가능합니다요. 에헤헤헤!"

"꿈보다 해몽이라더니, 식욕 당기네요. 수고했어요."

황보자영은 육모방에게 몇 푼을 던져 주었다.

철컹!

"복받으실 겁니다, 아가씨!"

육모방이 나가자 황보자영은 봉어용황탕을 음미했다.

"맛있네?"

말이 떨어지기 무섭게 정문 쪽에서 굉음이 들려왔다. 상이 흔들릴 정도로 강력한 굉음. 문짝 떨어져 나가는 소리였다. 그러나 황보자영은 느긋하게 봉어용황탕을 먹었다. 지금 이곳엔 가솔들 이백여 명이 있고 호원 무사들 삼백이 있다. 어떤 일이 벌어지지도 않겠지만, 설사 벌어졌다 해도 자신이 나설 일은 아니었다. 몸에 좋은 음식이나 즐기다가 보고만 받으면 되는 일이다.

"일하다 실수한 모양인데… 육모방이 바빠지겠네."

황보자영은 정문을 떨어뜨린 자로 장을 담글 생각이었다. 가끔 인육을 먹어보았지만, 부위별로 먹어서 그리 깊은 맛을 느끼지 못했다. 육모방은 말했다.

"전체를 맛보시려면 염장(鹽藏)이 최고입니다요. 뇌수와 창자를 들어낸 시체를 항아리에 넣어 소금과 각종 약초를 넣어 육 개월 동안 삭히면 정말 기막힙니다요."

육모방을 떠올린 황보자영은 피식 웃었다. 육모방은 음식 솜씨만 좋은 게 아니었다. 좋은 음식만 먹어서 그런지 수소처럼 강했다. 양물 또한 거대해서 그녀의 허전했던 자궁을 빈틈없이 채워주었던 것이다.

우당탕!

"정말 시끄럽네?"

밖은 전쟁이라도 벌어진 것처럼 소란했다. 가솔들이 뛰어가는 소리, 칼 부딪는 소리, 비명 소리가 점점 가까워지고 있었다. 황보자영은 봉어용황탕을 깨끗이 비우고 일어섰다.

"삼파(森婆)!"

순간 황보자영의 뒤, 벽이 좌우로 열리면서 철장을 쥔 노파가 나타났다. 구부정한 허리, 깊은 주름, 하얗게 센 백발. 노파는 나이를 추측하기 힘든 외모였다.

"부르셨사옵니까, 아가씨?"

"왜 소란하죠?"

"알아보겠사옵니다."

삼파는 알아보는 수고를 하지 않아도 됐다.

콰릉!

문짝 터져 나가는 소리와 함께 날아온 호원 무사가 방으로 떨어졌다. 밖은 아수라장이었다. 철기 탄 자들이 난입해서 피를 뿌리고 있었다. 그들이 휘두르는 삼첨양인도에 호원 무사들이 수수깡처럼 분질러진다.

깡깡! 퍽! 쨍쨍!

황보자영은 망연해졌다. 이건 싸움이 아니라 일방적인 도살이었다. 중병 삼첨양인도에 검(劍)은 상대가 되지 않았다. 은빛 철갑과 투구를 쓴 자들, 그들이 탄 말도 은빛 철갑을 입었다. 이 은빛이 햇빛을 받아 찬란하게 번쩍이는 사이로 시뻘건 피가 뿌려지고 비명 소리가 난무했다.

퍽퍽! 깡! 챙챙챙!

철갑들은 쏟아진 화살처럼, 밀물처럼 호원 무사들을 가르며 똑바로 이쪽으로 밀려들고 있었다.

"도대체 저게 뭐예요?"

황보자영은 은빛 철갑들의 중심에 우뚝 선 깃발을 보았다. 깃발은 누런 바탕이었는데, 그런 바탕은 별로 중요하지 않았다.

"금빛 주작… 저게 어디 상징이죠?"

삼파 역시 정신 나간 표정으로 깃발을 바라봤다. 황보무문에서 오십 년 칼밥을 먹어온 삼파는 강호 경험이 풍부했다. 삼파는 처음 팔황맹의 어느 가문이 습격해 온 줄 알았다. 그들 말고는 감히 황보무문에 도전할 세력이 없었다. 그런데 아니었다.

"사해상련, 이 애송이들이 감히!"

"사해상련이오?"

"예, 아가씨. 제남의 신생 파락호 조직이옵니다."

"그들이 왜?"

대답은 상상치 못한 곳에서 날아왔다.

"손톱에 박힌 가시는 파내야 하지!"

"……!"

황보자영은 대답 날린 자를 보았다. 그자의 차림은 다른 자들과 마찬가지였다. 말 또한 다르지 않았다. 하지만 그자는 이 무리의 수령이었다. 흉갑에 양각된 금빛 주작, 피풍 또한 다른 자들처럼 흑색이 아니라 눈부신 백색.

퍽!

거궁을 휘둘러 막 달려든 호원 무사 둘을 간단히 날린 그자가 웃었다.

"히히! 난 사해상련 좌주작단 애각구충이거든?"

그 옆의 늙은이도 한마디 했다.

"사해상련 내사 우림일세. 황보무문을 접수하겠네."

황보자영이 어어, 하는 사이에 애각구충은 거궁을 당겼다.

크릭!

"움직이지 마, 계집!"

"흐흐, 죽고 싶다면 움직여도 좋다!"

황보무문 동남쪽 최대 거점 만경루(萬景樓)를 제압한 시간은 이각(二刻:30분)이 안 걸렸다. 노공이 환술을 펼쳐 호원 무사들의 시각을 교란시킨 다음 진입했기 때문이다.

우주작단이 진입을 완료했어도 호원 무사들은 끔찍한 환영에 취해 가랑잎처럼 몰려다녔다. 안채에 있어서 환술에 당하지 않은 뇌검(雷劍)

황보자균(皇甫紫均)은 안채까지 밀고 들어온 자들을 보고 어이가 없어졌다.

"도대체 네놈들은 누구냐?"

그러자 은빛 철갑에 휩싸인 거구, 흉갑에 금빛 주작을 아로새긴 자가 대답했다.

"사해상련 우주작단 애각구려여!"

"사해상련? 제남 신생 파락호 조직 말이냐?"

뇌검 황보자균은 황보무문 가주 황보자후의 동생, 황보자영 바로 아래다. 그는 황보무문에서 정보를 총괄하기에 사해상련을 잘 알고 있었다. 그가 알아본 바, 사해상련은 마적단인 우성 목귀파가 남하해서 만든 조직이었다. 기존에 있던 엉성한 파락호 조직 몇 개를 통합하고 한참 기세를 올린다 싶더니.

쩡!

황보자균은 신병 뇌검을 뽑아 들었다.

"겁대가리없구나, 이놈들!"

황보자균은 가전무공 벽력신장과 뇌전검법을 믿었다. 벽력신장과 뇌전검법은 하늘과 구름의 무공. 이런 무공을 파락호들 따위에게 사용해야 한다는 것이 못내 억울했지만 어쩔 수 없었다.

카릉―

혈거도도 뽑혀졌다.

"흐흐, 한번 붙어보겠다고?"

말이 떨어지는 것과 동시에 황보자겸은 뇌검을 쳐들었다. 순간 뇌검에서 천지를 사위어 버릴 듯 강력한 빛이 폭발했다.

펑펑펑!

황보전장 황보취는 눈을 크게 떴다.

철기대와 왜인들을 좌우에 거느린 사내는 젊었다. 하지만 사내가 피워 올린 살기는 호원 무사 이백 명 전체를 압도했다. 반듯한 이마, 창백한 얼굴빛, 까만 눈은 깊이를 알 수 없었고 이쪽을 바라보는 것 같지도 않았다. 상복처럼 펄럭이는 흑의에 백설처럼 흰말을 탄 그자가 입술을 비틀었다.

"무기 버리고 꿇어."

황보취는 하마터면 검을 떨어뜨릴 뻔했다. 뭔가, 이거? 저자의 목소리가 왜 이렇게 다정하게 들리지? 이해할 수 없는 일이었다. 그런 감정도 잠깐, 황보취는 사내의 나른한 목소리 속에 들어 있는 가공할 자신감과 위협, 살기를 감지할 수 있었다.

"우아아아—"

황보전장 무두(武頭:호원 무사 수령) 쌍검무영 철패가 사내를 향해 달려나갔다. 철패는 도처럼 생긴 쌍검으로 강남 일대를 주름잡았던 살수 출신으로 기교 부리지 않는 검수었고 빠른 검수였다. 그의 장기 쌍정파란결(雙晶波浪訣)은 일수에 십육 방을 쓸어버릴 수 있었다.

"받아라, 애송이!"

철패는 쌍정파란결을 뿜어냈다. 황보무문 혈족이 아니어서 전장 무두였지 무공의 고하로 따진다면 철패는 황보무문에서 열 손가락 안에 드는 고수. 순간 철패가 쳐낸 쌍검이 불규칙한 호선을 그리면서 사내를 압박해 들어갔다.

휘르릉—

풀려 나오는 실처럼 연속적으로 공기를 칼질하며 날아가던 쌍정파

란격이 툭 끊어졌다.

"컥!"

철패는 눈을 부릅떴다. 언제 끼어들었을까. 사내와 자신 사이에 선 자가 길게 휘어진 도를 한 바퀴 돌려서 옆구리에 꽂았다. 그자가 씹어 뱉은 말이 생소했다.

"칙쇼!"

순간 철패는 자신의 왼쪽 어깨가 쩍― 벌어짐을 느꼈다. 벌어진 살 사이에서 피가 튕겨 오르고 동시에 오른쪽 옆구리로 내장이 빠져나왔다. 그제야 철패는 자신의 왼쪽 어깨로 들어간 그자의 도가 오른쪽 옆구리로 빠져나왔음을 깨달았다.

털썩!

절단된 상체가 땅에 떨어지면서 인분 내, 지독한 피비린내가 사방을 흔들었다. 이 소리를 신호 삼아 싸움이 시작됐다. 수령의 죽음에 분노한 황보전장 호원 무사들이 덤벼든 것이다. 순식간에 비명 소리, 칼 부딪는 소리, 피비린내가 가득해졌다.

깡깡! 챙캉! 창! 펑펑!

"어, 어떻게……!"

황보취는 뒤로 물러섰다. 이건 싸움이 아니라 일방적인 도살이었다. 사해상련은 생각처럼 신생 조직, 그것도 어중이떠중이 파락호들을 규합한 조직이 아니었다. 쌍검무영 철패를 단 일 합에 양단해 버린 조직. 황보무문 정예라는 전장 호원 무사들을 일방적으로 두들겨도 될 만큼 패기와 실력으로 뭉쳐진 조직이었다.

"두 번 말하지 않겠다. 꿇어, 황보취!"

많이 물러섰다고 생각했는데 사내는 여전히 같은 거리를 유지했다.

황보취는 물러나기를 멈추고 입술을 깨물었다. 여기서 무너질 수 없었다. 전 가주 동생이자 현 가주 삼촌이 이렇게 분질러질 수 없었다.

"넌 누구냐?"

대답은 금방 나왔다.

"사해상련주 하백!"

"왜, 무슨 이유로?"

"스승님을 돌아가시게 만든 원한, 아이를 핍박한 원한, 위선 명문에 대한 혐오, 상권의 확장, 팔황맹 척결. 더 말해 줘야 하나?"

"……."

"권유는 두 번이면 족하지."

소우의 말이 끝나자마자 거연창이 박차를 가했다.

"이랴!"

두둑―

은빛 철갑에 휩싸인 말은 거칠었고 홍창은 예리했다. 단창에 황보취가 꿰였다. 어깨를 관통당해 비틀거리는 황보취를 말발굽이 짓이겼다. 비참한 최후였다.

"다음 단계로 이동, 좌우 주작단과 합류합니다!"

퍽!

빈 거궁에서 날아온 주먹만한 덩어리가 배를 강타했다.

"으웩!"

황보자영은 구역질을 했다. 목을 거슬러 올라온 뿌연 토사물이 땅에 뿌려졌다. 좀 전에 먹었던 봉어용황탕. 냄새가 지독했다. 입을 닦을 사이도 없이 또 한 개의 덩어리가 날아들었다. 전 것과 마찬가지로 형체는 없지만 분명한 무게와 힘을 지닌 구체.

쑤—앙!

구체에 휘말린 공기가 일그러졌다. 동시에 엄청난 충격이 황보자영을 강타했다.

퍽!

황보자영은 뒤로 이 장이나 날아가서 피를 뱉어냈다.

울컥!

덩어리진 피는 붉었다. 황보자영은 믿을 수 없었고 이해할 수 없었다. 나오지도 않는 젖을 억지로 쥐어짜 바치는 화녀들이 가진 빛깔과 똑같은 피와 빈 거궁에서 튕겨진 형체없는 화살, 그 두 가지가 준 충격에 혼란해진 머리.

"이놈!"

크릭!

"움직이지 마, 상판 날려 버리는 수가 있어!"

말은 이렇게 했으면서도 무시는 튕겨졌다.

파—앙!

순간 무시와 황보자영 사이로 흐릿한 무엇이 끼어들었다.

퍽!

"애고! 할매가 맞았네?"

"이—노옴! 감히 황보무문의 귀하신 영애님을 놀려?"

무시를 튕겨낸 삼파가 철장을 흔들었다. 그러나 애각구충은 희희낙락이었다. 애각구충은 검지를 쪽쪽 빨면서 눈을 몇 번 끔벅거리다가 삼파에게 물었다.

"할매, 그럼 저 여우가 황보자영이란 년이여? 불쌍한 화녀들 젖으로

목욕하고, 괴상한 음식을 즐기며, 하룻저녁에 남자 세 명을 갈아치운다
는?"

"주둥이 닥쳐라, 이놈!"

"우씨! 소리 지르지 마, 할매. 난 몰랐지. 알았으면 진작 죽였다구.
얼쩡거리지 말고 비켜봐. 한 방에 끝내줄게."

끼이이―

거궁이 휘어지면서 달려들어 온 공기가 시위에 걸렸다.

"할매! 좀 비켜보라니깐?"

"이, 이놈!"

삼파, 진노군(震怒君) 삼련(森蓮)은 어이도 없었고 대책도 없었다. 녀
석은 싸움을 장난으로 여기는 게 분명했다. 아니면 격장을 지르거나.
하지만 녀석 쪽에서 이미 승리한 싸움, 격장이 필요치 않았다. 그렇다
면 분명 장난. 손안에 든 새알처럼 언제 터뜨려 버릴까를 고민하는. 녀
석은 충분히 그럴 자격이 있었다.

형체없는 화살은 똑바로만 날아오는 게 아니었다.

피융!

날아갔던 것이 되돌아오기도 하고 불규칙한 곡선으로 날기도 했다.
한 발만 날리는 것도 아니었다. 한 시위에 두 발, 세 발을 날리기도 했
던 것이다. 설자검(雪紫劍)이라는 연검고수 황보자영은 이런 공세를 어
쩌지 못하고 전의를 상실한 지 오래였다.

삼파 자신 역시 칼밥을 오랫동안 먹었지만 이런 경우는 처음이었다.
도대체 어떻게 방어를 해야 할지 난감했다.

"끄음―"

삼파가 난감해하자 애각구충은 당겼던 시위를 놓았다.

"우씨! 팔 떨어지겠네. 이봐유, 할매. 당신 저런 년을 위해 죽을 생각이셔? 그게 충성이라고 생각혀?"

"괴변 늘어놓지 마라, 이놈!"

"에이, 괜한 생죽음하지 말라구. 할매가 어찌 나가도 저년은 오늘 죽을 수밖에 없는 운명이여. 왜냐? 이 구충이가 젤 싫어하는 부류걸랑? 난 저런 년 마차로 갖다 줘도 싫어, 재수없어서. 히히!"

"헉!"

삼파는 깜짝 놀랐다. 말을 마친 애각구충이 희미해진다 싶더니 갑자기 사라졌기 때문이다. 애각구충은 비연회추, 자부위공 유일이자 희대의 보법을 펼친 것이다. 문득 정신을 차린 삼파가 뒤를 돌아봤을 때, 애각구충은 이미 황보자영을 관통해 버린 뒤였다.

"걕!"

비명 소리를 들었으면서도 삼파는 움직이지 못했다. 얼굴과 체형이 똑같이 생긴 쌍둥이들이 내민 장도 때문이었다. 삼파는 이 쌍둥이들이 어디서 나타났는지 알고 있었다. 그들은 삼파 자신의 그림자 속에서 불쑥 솟아올랐다.

"파파, 항복하세요."

잠요와 잠균이 말했다.

쨍그렁—

철장이 바닥을 굴렀다.

깡!

단 한 번의 부딪침이 무엇을 결정한 건 없었다.

하지만 결정하지 않은 무엇도 없었다. 파(把:검 자루)를 타고 전해진

강력한 진동이 자신감을 함몰시키면서 저 아래로 흘러내려 갔다. 황보자균은 자신에게 죽음이 임박했음을 느꼈다.

일수에 열두 번을 후려 쳐버리는 도세는 처음이었다.

"흐흐! 황보자균. 황보무문 이인자. 정보 집단 암당(暗堂)을 총괄. 맞지? 너 그럼 항복하지 마. 항복해도 소용없어."

"왜 하필이면 우리 황보무문을?"

"내 스승님을 해쳤지, 네 아비 황보염이."

"그럼?"

"그래, 우리 사해상련 본향이 바로 풍산이여."

"으으……."

그제야 황보자균은 사해상련이 지닌 진정한 정체를 깨달았다. 하지만 가문 내외의 정보를 주물러 온 암당주로서 너무 늦은 깨달음이었다. 등잔 밑이 어둡다고, 지척인 제남에 풍산 무리가 있을 줄은 생각하지 못했다. 아니, 생각할 수 없었다.

제남은 하북팽문이 장악한 곳. 자연히 관심은 하북팽문 거점과 지척인 신보안 수로로 집중될 수밖에. 더불어 이제 산개되어 버린 팔황맹 각 가문 동태를 주시하느라 정신없었다.

그러나 이것들도 가만히 생각해 보면 핑계였다. 워낙 유서 깊고 오래된 가문이라 선조들이 피땀 흘려 이뤄놓은 업적을 과시하며 선조들이 남겨놓은 단물만 빨아먹고 있었던 것이다.

황보자균은 툴툴거렸다.

"후후! 오늘부로 우리 황보무문은 영원히 지워지겠군."

"억울하겠지만, 그려!"

"인정할 수 없다!"

“그 마음 이해혀!”

쑤—앙!

애각구려는 혈거도를 날렸고 황보자균은 뇌검을 들어 그 혈거도를 막았다.

깡!

소리와 동시에 뇌검을 분지른 혈거도가 황보자균을 양단했다.

서걱!

“련주와 합류, 본전으로 밀고 들어갈겨!”

4

창에 얹힌 봄 햇살이 나른했다.

언제나 그랬지만, 내일도 마찬가지이겠지만 황보자후는 늦은 아침을 먹었다. 자신이 가주를 맡은 이후 가문은 비약적으로 발전했다. 조카를 밀어내고 황위를 찬탈한 황제는 취약한 정통성을 확보하고자 의욕적으로 정국을 안정시켰다. 그래 신보안수로를 통과하는 물목이 늘고 회하와 홍택호는 연일 불야성이었다.

회하에서 뜬 해가 홍택호를 거쳐 태산에서 다시 뜬다는 소리는 그저 우스갯소리만이 아니었다. 남들이 다 꺼려하는 화가와 주루, 전장과 도박장은 엄청난 이문이 남는 장사였다.

그렇게 모아진 돈으로 황보자후는 무력을 늘렸다.

“으음.”

전대 아버지 황보염 시절 겨우 오백에 불과했던 무력을 여섯 배 이상 늘린 것이다. 그래 이제 본문에 상주하는 무사들 숫자가 이천을 넘었다. 그들은 손가락 하나 까딱하지 않고 수련에만 매진한다. 그가 이렇게 무력을 늘린 건 당연했다.

팔황맹이 거의 와해 상태인 지금 자금과 무력만 있으면 어느 방향으로도 진출이 가능했기 때문이다. 맹주 신산군 제갈조는 병마에 허덕이느라 이제 종이호랑이였다. 각 가문들 역시 패기를 잃고 있었다.

그것은 가주들이 늙었기 때문이다. 그런 이유로 차기 가주 후보자들 간의 치열한 암투가 벌어지고 있었다.

"하하! 우리도 큰일날 뻔했지."

황보자후는 타 가문들이 자중지란에 빠져 우왕좌왕하는 꼴을 보며 가슴을 쓸어 내렸다. 아버지 황보염이 염로에서 베어진 건 결과만 놓고 생각하면 다행이었다.

황보자후는 황보염이 여태 살아 있었다면 자신의 가문도 별수없었을 것이라고 단정했다. 막내인 황보자균도 마찬가지였지만 여동생인 황보자영은 특히 욕심이 많았다.

"나쁜 년!"

가주 자리를 위해서라면 오빠나 동생은 안중에도 없을 게 분명했다. 뿐만 아니라 아버지 침상에 올라가 옷 벗는 것도 마다하지 않을 악질이었다. 불행 중 다행으로 황보염이 패사하는 바람에 그런 불미스러운 일은 일어나지 않았다.

당시 동생들은 어렸다. 아버지 시체 앞에서 엉엉 울기 바빴다. 지금이라면 어림도 없었을 것이다. 그동안 기른 친위 세력들을 규합, 장남을 베어버리려고 달려들었을 게 분명했다.

"그랬다면 이 평화롭고 좋은 아침을 내가 이렇게 즐길 수 있었을까? 어림없는 소리지."

일 년에 한 번씩 염로로 무사들을 파견하는 건 사실 풍산을 찾으려는 목적이 아니었다. 당당한 가주로서 동생들에 대한 경고였다. 난 이렇게 아버지를 잊지 않고 있다, 너희는 어떠냐, 하는.

아버지 황보염이 그렇게나 믿었고 결국 목숨까지 바쳤던 풍산은 전설이었다. 그렇게 생각할 수밖에 없는 이유는 참 많았다. 하지만 황보자후는 그 이유에 매달리지 않았다. 지금 천하를 지배하는 건 무공이 아니라 자금과 조직이었다.

"다 드셨나이까?"

"오! 들어오시구려."

문이 열리면서 들어선 여인네는 미인이었다.

그녀는 황보자후의 정실로 봉양붕문(奉陽鵬門) 장녀 일점십향(一點十香) 붕주려(鵬朱呂)였다.

"오래간만이구려, 부인."

"그렇사옵니다, 가가."

빤히 보이는 정략결혼이어서 그런지 황보자후도, 붕주려도 애정이 없었다. 황보자후는 붕주려를 정실로 맞아들임으로써 취약한 북쪽에 봉양붕문이라는 지원 세력을 얻었다.

붕주려 또한 아이를 생산해서 황보가를 차지하려는 욕심이었다. 그러나 교활한 황보자후는 절대 곁에 오지 않았다. 아니, 곁에 오는 걸 겁내는 것 같았다. 유모를 통해 알아본 바, 황보자후는 이미 아들이 있었고 어딘가에 숨겨놓고 키운다는 것이다. 붕주려가 오늘 황보자후를 찾아온 용건은 바로 이것이었다.

“가가, 별호가 왜 비정뇌검인가 했네요.”

“무슨 말씀이시오?”

“소문에 듣자 하니 첩을 꽤 여러 명 두셨다지요?”

“낭설이외다. 부인께선 어리석게 소문을 믿으시오?”

“그럴 리가요. 가가께선 저를 소문과 진실을 구분하지 못할 만큼 철 딱서니없게 보시나요?”

“그게 아니니까 물은 거요.”

“호호!”

붕주려는 입을 가리고 웃었다. 순간 그녀 몸이 약간 기울어졌다. 그 기울어짐이 참으로 우아하고 기품있어 보이는 몸짓을 그려냈다.

“이보세요, 가가. 소문이 소문 같지 않으면 진실이랍니다. 제가 듣 기엔 아주 구체적이던데요? 아들까지 두셨다는 그 소문.”

“우습구려. 아무려면 내가 아름다운 부인을 두고 그런 짓을 할 리가 있겠소? 괜한 헛소문이외다.”

“어머, 그래요?”

“끄음—”

“남들이 들으면 가가와 제가 밤마다 별을 따는 줄 알겠나이다. 한 번도 합방한 적 없는데. 아니 그렇습니까?”

“별이라니요?”

“하늘을 봐야 별을 따는 게 아닙니까?”

“허! 부인답지 않게 천박한 말씀을 하시는구려. 일이 바쁜 걸 내 어 찌하겠소? 부인께서도 아시다시피 본 문은 현재 매우 중대한 기로에 서 있소이다. 동쪽 바다를 거머쥔 모용세가(慕容世家)의 움직임이 심상 치 않소.”

"호호! 가가께선 저를 정말 바보로 아시나 봐요."

"음?"

낙양을 지배하는 세가 장녀답게 붕주려는 만만치 않았다.

"가가?"

"말씀해 보시오."

"모용세가가 중앙 진출을 꾀했던 건 어제오늘 일이 아니잖아요? 또한 그게 우리 황보무문에만 국한된 사안이 아니잖아요? 팔항맹 전 무문과 세가가 다 똑같은 입장이에요."

"……."

"참! 모용세가는 지금 자중지란에 휘말려 있지 않나요? 제가 듣기론 호랑이 같은 자식이 일곱이나 돼서 사정이 아주 나쁘다던데요? 얼마나 치열하게 싸우는지, 향후 십 년은 걱정없다던데… 아닌가요? 둘째 자균 도련님께서 해주신 말씀이니까 믿어도 되겠죠?"

"사실은 그게 아니라……."

"그만 하지요. 전 오늘 팔항맹 각 가문과 세가의 정세를 들으러 오지 않았어요. 들어야 할 이유도 없어요. 제가 말씀드리고 싶은 건 다른 것이에요. 가가, 정말 숨겨놓은 아이가 있긴 있나요?"

'이런 제길!'

황보자후는 무슨 말을 해야 좋을지를 생각했다.

사실 소문이 아니었다. 홍택호 인근 비밀 장원, 그곳에 그가 진정으로 사랑하는 부인과 아이가 산다. 황보자후는 입술을 깨물었다. 누가 이런 소문을 붕주려에게 흘렸는지 뻔했다.

암당을 맡고 있는 동생 황보자균을 잠시 떠올려 본 황보자후는 다시 붕주려를 보았다. 붕주려는 아직 구체적인 확증을 잡은 것 같지 않았다.

"왜 말씀을 못하세요?"

"자균이 놈이 당신 유모를 만났구려."

"그건 모르지요. 전 어디까지나 소문만 들었으니까. 이런 기분 나쁜 소문을 듣고도 확인하지 않는다면 우린 부부가 아니지요."

붕주려가 빙긋 웃었다.

"무슨 뜻이오?"

"철저히 조사해서 그게 헛소문임을 밝히겠다는 말입니다. 어떤 미친 년이 우리 부부 사이에 아이가 없는 걸 보고 턱도 없는 욕심을 부렸는지 뉘 알겠습니까? 그렇다면 그년과 아이를 찾아내서 죽여야겠지요."

"당신 정말!"

황보자후는 말을 더 이상 잇지 못했다.

붕주려 말이 너무 잔인해서가 아니었다. 총관 구염(具廉)이 뛰어들어 왔기 때문이다. 단창일섬(短槍一閃) 구염은 새파랗게 질려 있었다.

"가, 가주, 기습이옵니다!"

"뭐?!"

태산을 휘도는 샛강 위에 다리 두 개가 나란히 걸려 있다.

이 다리들을 건너면 바로 좌측부터 태산이 펼쳐진다. 태산은 오악(五岳) 중 동악(東岳)이라 불리는 영산. 이 산 아래 호산수로(虎山水路)라 불리는 커다란 연못을 의지해 반경 삼백 장 넓이로 황보무문이 웅크리고 있었다.

성벽을 연상시키는 붉은 담, 끝 간 데 없이 펼쳐진 고루전각은 황보무문이 가진 저력을 대변하는 듯했다.

사해상련은 황보무문 전체가 훤히 조망되는 구릉에 포진했다.

“기세가 당당합니다.”

땡땡땡땡—

쇠종이 요란하게 우는 걸 보니 기습을 알아챈 모양이었다.

하긴 외곽을 깡그리 분지른 상황, 바보들이 아닌 다음에야 눈치 채지 못할 리 없었다. 좌우 주작단이 오기를 기다리며 소우는 자신의 병력을 둘러보았다. 하북팽문과 일전을 치른 이후 목귀대와 좌우 주작단은 무적 군단으로 변신했다. 철갑을 착용했고 쇠뇌를 장착한 것이다. 철갑은 파괴력을 강화시켰다. 쇠뇌는 중병 삼첨양인도가 가진 단점을 보완하면서 살상력을 높였다.

그 찬란하게 번쩍이는 은빛 철갑과 쇠뇌는 이번 작전에서 진가를 발휘했고, 또 발휘할 것이다.

“저기 오시옵니다.”

주작기를 펄럭이면서 제일 먼저 합류한 병력은 우주작단과 백련이 연합한 병력이었다. 소우와 거연창을 본 애각구려가 씨익 웃었다. 밤새 행군해 왔고 바로 일전을 치러서 많이 피곤할 텐데 애각구려는 힘이 넘쳐흘렀다.

“련주, 나 많이 보고 싶었지?”

“예, 형.”

“나도 보고 무지 싶었다구.”

다가온 애각구려가 손을 잡았다. 그 손이 참 거칠고 따뜻해서 소우는 뭉클해졌다. 겨우 두 달간 헤어져 있었을 뿐인데, 육십 일밖에 안 떨어져 있었는데 육 년 만에 만나는 기분이었다.

애각구려는 많이 변해 있었다. 더 무성해진 수염, 구릿빛으로 번쩍이는 얼굴에 위엄과 자신감이 넘쳐흘렀다. 잠깐 육간 시절을 떠올린 소우는 빙그레 웃었다.

"형, 차평에서 대인이 되셨다 들었습니다. 이제부터 형을 차평대인이라 부르겠습니다."

"흐흐!"

웃은 애각구려는 소우를 물끄러미 쳐다보았다. 소우는 더 야위어 있었다. 소우는 깨물어지지 않는 무엇, 버려지지 않는 무엇, 잡혀지지 않는 무엇을 지니고 있었다. 애각구려는 그것들이 뭔지 알고 있었다. 백 년 천 년이 흘러도 그것들은 없어지지 않을 것들이었다. 그것들은 소우를 오늘날까지 이르게 한 소우 자신만의 무게였고, 몫이었고, 아픔이었다.

"진 노대와 적산월을 성혼시켰다며?"

"예, 형."

"잘했어."

잠시 침묵이 흐른 뒤 소우는 말했다.

"아시겠지만, 백련과 아라이구미, 고려원도 받아들였습니다. 이해하세요. 형과 상의없이 일을 진행해서 미안해요."

"아냐. 난 련주를 믿어."

"상화 누나도 잘 계세요, 형."

"음?"

"보시겠어요?"

소우가 옆으로 물러서자 그 뒤에 있던 거연창도 옆으로 물러섰다. 다시 그 뒤에 있던 목귀대가 물러섰고 이런 물러섬 속에서 뒤로 죽 길이 열렸다. 그 길 끝에서 장이 허리를 수그렸다.

"어서 오소서, 우단주님!"

장이 물러난 자리를 상화가 채웠다.

"건강한 모습이어서 다행이에요, 구려."

"사, 상화……."

"형, 이번에 백련은 부상자 치료도 맡았어요. 원래는 어제 누나를 차평으로 보내 드릴 생각이었는데 누나가 늦게 도착하셨어요. 약이 부족할 것 같아 춘야월을 한 번 더 다녀오셨어야 했거든요. 그래 오늘 만나시는 겁니다."

"괜찮아, 련주. 난, 난……."

벌게진 애각구려는 말을 못하고 우물거렸다.

"진 노대 다음 차례는 어째 애각 단주님 같은데?"

거연창이 농담을 하자 왁자한 웃음이 터졌다. 바로 그때 애각구충이 당도했다. 애각구충은 잠시 당황한 표정이더니 웃음의 원인을 알고 입을 삐죽거렸다.

"형님은 참 좋으시겠수?"

"음?"

"형수님께서 응원을 나와 계시니. 히히!"

선봉은 목귀대와 좌우 주작단, 철갑을 착용하지 않은 죽랑대와 백련사는 중군과 후군을 맡았다. 소우는 병력 편제를 끝내고 항복을 권유하는 전서를 먼저 날렸다.

황보자후. 십 년 전 염로를 기억하리라 믿는다. 나는 그때 모든 것을 다 잃고 세상 끝에 당도해 있었다. 그대는 당시 모든 것을 거머쥔 상태에서 더 거머쥐려고 세상 끝을 찾아왔다. 거기서 우리 두 사람은 만났다. 구구하게 이야기하지 않겠다. 당시 그대가 찾지 못했던 벽력(霹靂)과 뇌환(雷丸)을 내가 지녔다. 그러니 여러 사람 피 흘릴 것 없이 단둘이 승부를 가리자. 답신을 기다리겠다.

사해상련주 하백.

한 시진을 기다려도 답신은 날아오지 않았다. 대신 정문 경비가 강화되면서 무사들이 연무장 가득 집합하는 모습이 보였다.

무사들은 창과 검, 부, 활과 도로 완전 무장했는데 언뜻 봐도 이천이 넘었다. 그러나 소우와 사해상련은 동요하지 않았다. 숫자로 하는 전쟁이 아니었다. 장비의 월등함과 작전의 효율성으로 하는 전쟁이었다. 노공과 우림이 지닌 연륜이 빛을 발하기 시작했다.

"련주, 저들은 수적 우위를 믿고 있음이 분명하옵니다. 해서 저들은 이보다 넓은 장소로 우릴 유인하려 할 것이옵니다. 그래야 우리의 종심을 잡아 포위가 가능하옵니다. 포위한 상태에서 일단 활로 맹공을 가하고 창과 부로 두들길 생각이겠지요."

"끌끌. 맞사옵니다, 하백님. 단순하지만 꽤 현명한 생각이옵니다. 일단 일차로 한번 붙어본 다음 집을 비우고 뿔뿔이 흩어져 도주하는 척하겠지요. 그러면 우리는 승리에 들떠서 녀석들이 버린 집으로 진입, 약탈할 것이라 생각할 것이옵니다."

"……."

"그때 전열을 가다듬어서 이차 공격을 퍼붓고 잽싸게 뒤로 물러납니다. 그런 과정을 반복하면서 우릴 평원으로 끌어낼 생각이옵니다. 여기서는 저 많은 병력을 절대 운용하지 못하옵니다. 사방을 담으로 둘러친 상태가 아니옵니까? 이 상황에서 우리가 화공이라도 쓴다면 제대로 싸워보지도 못하고 다 죽는다는 것을 알고 있을 것이옵니다. 허허!"

"황보자후는 저 많은 인명을 앞세울 생각이군요. 후후."

소우는 무사들을 보며 씁쓸하게 웃었다. 소우는 황보자후와 단둘이 만나 결판내길 원했다. 그래야 인명 피해를 최소한으로 줄일 수 있었다. 하지만 황보자후의 생각은 아니었다.

"결국 그랬군. 황보자균, 이놈이 날 골탕 먹인 거야!"

황보자후는 정보를 맡은 동생에게 모든 책임을 전가시켰다.

그럴 수밖에 없었다. 사해상련에 대한 소문은 몇 달 전부터 들었다. 소문을 들을 때마다 조사를 지시했지만 동생 황보자균은 언제나 한결같이 대답했다.

"마적단이 만든 신생 파락호 조직을 겁내시옵니까, 형님?"

"총관, 우리 상황을 말해 봐!"

"예, 가주! 황창대(皇槍隊) 오백, 보도대(甫刀隊) 오백, 무부대(武斧隊) 오백, 문궁대(門弓隊) 오백에 가주 친위대인 황보검대(皇甫劍隊) 이백 포함, 도합 이천이백이옵니다."

"좋아! 암당이나 내당, 전장 쪽 상황은?"

"소식 없사옵니다."

"배신인가?"

"아니옵니다. 아마 분질러졌을 것이옵니다."

"왜?"

"보시옵소서, 가주. 그들을 분지르지 않으면 저들이 저렇게 위풍당

당하게 예까지 당도할 수 없사옵니다.”

단창일섬 구염을 따라 구릉을 올려다본 황보자후는 은빛 찬란한 철갑이 눈부셔 이를 악물었다. 구염이 말을 이었다.

“동생 분들과 숙부께서 배신했다면 저들의 선봉에 서 있을 것이옵니다. 더불어 가주께 항복을 권하는 전서를 진작 보냈을 것이옵니다. 하지만 여태 아무런 소식이 없질 않사옵니까?”

“멍청한 놈들!”

황보자후는 욕을 씹어뱉었다. 그의 욕이 떨어지기 무섭게 정문 수비를 책임진 황창대주 산동창마(山東槍魔) 사평주(司評朱)가 뛰어왔다.

“가주, 전서가 또 날아왔나이다!”

“뭐?”

황보자후, 이러지 말자. 수하들을 다 죽일 셈인가? 그대 수하들도 그대처럼 가족이 있고 지킬 것이 있다. 괜한 고집 부리지 말고 그대와 나, 둘이 결정하자. 그대가 나를 이긴다면 우리 사해상련은 깨끗이 물러갈 것이다. 답신을 기대한다.

사해상련주 하백.

“미친 새끼!”

황보자후는 전서를 벽력으로 날려 버렸다.

화르륵—

재가 된 전서를 힐끔 바라본 황보자후는 금으로 만든 흉갑과 투수를 착용하고 교룡 심줄로 만든 피풍을 걸쳤다. 가주의 상징인 벽력검(霹靂劍)을 꼼꼼히 비끄러매는 황보자후에게 구염이 물었다.

"답신을 안 보내시옵니까?"

"총관."

"예, 가주!"

"내가 답신을 보내야 한다고 생각하나?"

"……."

"파락호 수령 따위에게?"

허리를 숙인 구염 등에게 명령이 떨어졌다.

"정문을 개방, 일단 밀어붙여! 후문 개방은 따로 지시하겠다!"

5

단창일섬 구염은 정문을 개방하자마자 죽음을 보았다.

은빛 찬란한 철갑을 가르면서 나타난 백마, 그 위에 올라앉은 사내는 사람이 아니라 사신(死神)이었다. 핏기없는 창백한 얼굴, 긴 흑발, 먹물에서 금방 건져 올린 듯한 흑의, 펄럭펄럭 날리는 주작기를 배경으로 서 있는 사내가 말했다.

"문을 닫아라. 닫고 돌아가서 전해!"

"……."

"우리는 황보자후만 원한다. 그러니 어서 나오라고."

구염은 문을 닫고 싶은 충동을 억지로 찍어눌렀다.

닫아야 한다고, 닫지 않으면 당장 죽음이라고 마음 어디에서 삐익삐익― 경고음이 울었다. 그러나 구염은 문을 닫지 않았다.

네 자루 단창에 의지해 남은 삶을 살아야 한다고 느꼈을 때 자신은 이미 죽어 있었다. 아내와 아이, 친구를 베어버렸을 때 이미 보았던 죽음이었다.

구염은 의심으로 아내와 아이, 제일 친한 친구를 베었다.

생각해 보면 의심할 만한 일도 아니었다. 단창에 미쳐 천하를 유랑하다 어느 날 문득 찾아든 집. 함께 있던 친구와 아내는 놀랐고 아이는 아비를 알아보지 못하고 빽빽 울었다.

"여보, 오해하지 마세요. 지나시는 길에 잠깐 들어오셨어요. 이분이 아니었음 우리 가족은 굶어 죽었을 거예요."

아내는 말했다. 구염은 아내를 베었다. 친구가 달려들었다.

"넌 친구도, 남편도, 아비도 아냐, 이 개새꺄!"

친구를 베었다. 아이가 친구를 잡고 울었다. 그 아이마저 베어버렸다. 아이의 목이 떨어져 바닥을 굴렀다. 그제야 남편 없이 아내 혼자 꾸려온 남루한 살림이 보였다.

구염은 밤새 울었다. 그리고 새벽에 집을 태웠다.

용서라는 말, 미안이라는 말, 오해였다는 말은 살아 있는 사람만이 들을 수 있었다.

눈물을 한 번 훔친 구염은 단창을 갈라 쥐고 길게 외쳤다.

"간다!"

순간 찬란한 빛살이 확 퍼져서 구염을 관통했다.

팡팡팡!

쇠뇌에서 쏟아진 살이었다.

구염은 무릎을 꿇었을 때 느낄 수 있었다. 죽음이었던 삶이 빠져나가는 그 자리에 다시 삶 같은 죽음이 환하게 펼쳐짐을.

죽음이었던 삶의 끝자락을 잡고 구염은 마지막 힘을 다해서 아내에게, 아이에게, 친구에게 말했다.

"미안, 정말……."

털썩!

구염이 무너지자 쇠뇌는 더 이상 날아오지 않았다.

황창대주 산동창마 사평주는 창을 좌에서 우로 휘둘렀다. 순간 창날이 하얀 호선을 그리면서 사해상련을 가리켰다.

"쳐! 밀어붙여!"

순간 황보무문 황창대 이백과 사해상련 목귀대가 정면으로 충돌했다. 황창대는 날이 구불구불한 사모(蛇矛)와 월아(月牙)를 단 단극(單戟)을 익힌 무리들.

깡깡, 퍽퍽!

철갑과 창, 삼첨양인도와 창, 쇠뇌와 창이 서로 엉켰다.

금방 바닥이 피로 물들었다. 삼첨양인도에 절단당한 머리가 떨어지고 쇠뇌가 관통한 몸뚱이가 말발굽에 짓밟혔다.

모두 황창대였다. 거리가 가까워서 창 같은 장병기는 위력을 발휘하지 못했다. 반면 삼첨양인도는 안 그랬다. 길이 조정이 가능했던 것이다. 더구나 목귀대는 철갑을 입었다. 아무리 쏴서도 철갑은 관통되지 않았다.

"이런, 제길!"

산동창마 사평주는 나머지 황창대 삼백을 데리고 뒤로 빠졌다. 따로 지시를 받았던 것이다. 지시를 안 받았어도 물러날 수밖에 없는 상황. 정문은 좁았고 사해상련은 거리를 주지 않았다.

거침없이 황창대를 두들기고 밀어붙였다.

깡깡, 퍽퍽!

"대단하구먼."

얼굴이 새까매진 사평주를 향해 문궁대주(門弓隊主) 마궁귀(魔弓鬼) 발산(拔山)이 말했다. 사평주와 발산은 오랜 친구로 둘은 같이 전쟁터를 전전하며 우정을 쌓았다.

야만적인 살의만이 목숨을 보장해 주는 전쟁터에서 둘은 살기 위해 싸웠다. 지킬 것은 없었다, 오직 목숨밖에.

하지만 둘은 변하기 시작했다.

살기 위해 적을 죽이는 횟수가 많아질수록 어떤 감정이 솟아올랐다. 끈적끈적한 피, 지독한 피비린내, 비명 소리… 이런 것들이 지독한 쾌감으로 다가왔던 것이다.

목숨 가운데를 가르고 지나가는 병기의 촉감이란! 진정 주체 못할 쾌감이었고 거역하지 못할 쾌감이었다. 그들이 그걸 발견한 건 민란 현장이었다. 민란을 진압하면서 둘은 여인네를 한 명 생포했다. 아름다운 여인네였다.

둘은 그 여인네를 강간하지 않았다. 살려두지도 않았다.

산 채로 가슴을 도려내고 배를 갈랐다. 창자를 훑어 올리면서 둘은 껄껄 웃었다. 음문을 도려냈고 자궁을 파냈다. 자궁 속엔 여섯 달쯤 된 아이가 들어 있었다. 그 아이마저 으스러뜨렸다.

퍽!

생명은 정말 아무것도 아니었다.

둘의 이상 중세를 눈치 챈 상부에서는 둘을 고향으로 돌려보냈다. 십 년 만에 돌아온 고향. 둘은 환대받았지만, 쾌감을 떨칠 수 없었다. 둘은 고향 마을 사람을 모두를 도륙했다.

지독한 피비린내 속에서 둘은 껄껄 웃었다. 그 자리에서 마(魔) 자가 붙었다. 둘은 관군에게 쫓기는 상태에서도 근면하게 사람을 죽였다.

포위가 옥죄어오자 둘은 황보무문에 투신해 포위와 수배를 벗어났다. 관은 전통 명가 사람이 된 둘을 건들지 못했다.

"대단한 정도가 아냐, 이 사람아."

연신 감탄을 연발하는 마궁귀 발산 뒤에 문궁대 이백여 명이 거궁(擧弓) 자세로 대기하는 중이었다.

황창대 선발이 무너지고 사해상련이 몰려들어 오면 퍼부어질 화살이었다. 사람 키만한 직궁에서 뿜어지는 위력은 가공했다.

그 위력에 일견 마음을 놓으면서도 사평주는 걱정되지 않을 수 없었다.

"놈들도 쇠뇌를 갖고 있네."

"쥐씨알만한 쇠뇌가 오죽하려고."

마궁귀 발산은 여유만만이었다.

"가주께 후퇴 전갈은 받았나?"

"한번 두들겨 패주고 뒤로 빠지라고 하시더구먼."

"역시 유인책인가? 그저저나 저 자식들은 참 대가리가 안 돌아가는 놈들이네. 쉬운 싸움을 어렵게 하고 있어."

"화공을 말하는 건가?"

"그렇지. 화공 한 방이면 끝나지 않나?"

"파락호 자식들이라 약탈에만 관심있겠지. 흐흐."

황창대 마지막 열이 장작 빠개지듯 빠개지면서 사해상련 패거리가 드러났다. 마궁귀 발산은 그들을 가리켰다.

"갈겨!"

팡팡팡팡!

화살이 새까맣게 퍼부어졌다. 보통 화살 두 배 크기, 촉은 한철, 역린을 달고 회전까지 준 화살은 강력했지만, 더 강력한 것도 있었다.

"음? 뭐야, 저거!"

마궁귀 발산은 눈을 부릅떴다. 화살이 날아올 걸 예상한 것일까? 황창대를 분지르고 나온 사해상련 패거리는 일제히 몸을 좌측으로 반 바퀴 틀었다. 순간 주작을 양각한 방패가 모습을 드러냈다. 두께 한 치, 넓이 세 뼘, 길이 다섯 뼘. 한철로 만든 방패는 야무지게 화살을 튕겨냈다.

탕탕탕탕!

발산으로서는 이해할 수 없는 갖춤이었고 동작이었다.

"야, 한 번 더 갈겨!"

그때 사해상련 패거리가 빙글 돌면서 방패를 지웠다. 그 자리에 나타난 것은 쇠뇌였다. 팔에 장착된 쇠뇌는 장난감처럼 작았고 앙증맞았다. 살 길이도 두 뼘이 채 안 됐다. 하지만 위력은 마궁귀 발산을 압도했다.

팡팡팡팡!

"컥!"

고슴도치가 된 발산은 멍하니 자신을 내려다보았다. 살은 보이지 않았다. 살이 관통한 구멍에서 핏물이 번졌다.

핏물은 옷을 흠뻑 물들이면서 아래로 흘러내려 가 신발을 적셨다. 발산은 발이 숯불을 밟은 것처럼 뜨거워지는 걸 느꼈다.

쇠뇌가 또 한 번 빛살을 갈랐지만 발산은 빛만 보았지 소리는 듣지 못했다. 빛살이 지나간 뒤에 그 빛살을 거슬러 올라온 황천이 발산을 집어삼켰다.

털썩!

발산이 쓰러지자 문궁대 선봉이 무너졌다.

쇠뇌와 직궁은 상대가 되지 않았다. 쇠뇌가 살을 재장전하는 시간과 직궁이 살을 재장전하는 시간 차이는 얼마 안 됐지만, 그 작은 차이가 승부를 결정지었다. 직궁이 한 발 장전할 동안 쇠뇌는 무려 세 번이나 불을 뿜었다.

팡팡팡팡!

쇠뇌가 불을 뿜을 때마다 마른 이파리처럼 문궁대 선봉이 널브러졌다. 문궁대 선봉이 널브러진 자리를 짓밟으면서 목귀대가 진입했다. 이 진입은 사해상련으로서도, 황보무문으로서도 상당히 의미있었다. 사해상련으로서는 태산 이남을 공략할 거점에 첫발을 디딘 것이었고, 황보무문으로서는 자신들의 근거지가 짓밟혔음을 의미했다.

철그럭! 철그럭! 철그럭!

목귀대를 선두로 좌우 주작단이 당당하게 진입했다.

죽랑대와 백련사는 외곽을 우회해서 후문 봉쇄에 나섰다. 후문을 봉쇄하지 않으면 황보무문은 흩어져 버릴 게 분명했다.

그리되면 팔황맹이 연합할 빌미를 주게 된다.

황보자후는 충분히 그럴 만한 능력이 있었고, 맹주 신산군 제갈조 역시 이걸 빌미로 느슨해진 팔황맹을 결속시키려 할 것이다.

소우는 바로 그 후문에 있었다.

"분지르세요."

"예이, 련주!"

돈영쌍부의 금부 두 개가 후문을 향해 내리 꽂혔다.

콰쾅!

분해되어 버린 널빤지 사이로 청석이 깔린 마당과 금칠한 기둥, 화려한 단청이 보였다. 그런 배경을 업고 막 몰려나온 자들이 대단히 호화스럽고 고풍스러워 보이는 장검을 뽑아 들었다.

그들은 동작도 한 사람처럼 민첩했다. 검을 안으로 오므린 걸 보면, 이자들은 공격조가 아니라 호위대였다.

"검을 버리고 꿇어."

소우는 그들에게 말했다. 황보자후와 그 일족만 해결하면 되는 일. 다른 피를 흘린다는 건 죄악이었고 낭비였다. 소우는 황보자후와 그 일족들 이외의 피가 필요치 않았다.

황보 일족도 피를 흘리기 싫으면 항복하면 되는 일이었다.

이 전쟁은 그만큼 단순했다.

하지만 검을 든 자들, 황보검대(皇甫劍隊) 선봉은 그렇게 생각하지 않았다.

"시건방진 새끼구나!"

황보검대주 사자신검(獅子神劍) 황보태(皇甫泰)는 황보자후와 사촌 지간이었다. 열여섯 어린 나이에 황보검대를 맡아 십 년을 한결같이 황보자후와 동거동락해 왔다.

그가 봐온 황보자후는 영웅이었다.

황보자후는 백련을 깬 팔황맹이 공의(公義)를 잃어버리고 표류하지만 않았어도 다음 맹주감으로 손색이 없었고, 사실 그러리라 인정받았다. 황보자후가 화가와 주루, 전장 같은 지저분한 일에 손댄 것도 그는 대찬성이었다.

명예만 먹고살 수 없었다. 대대로 영화를 누리려면 어쩔 수 없다고 생각한 것이다.

황보태는 흑의로 온몸을 휘감고 백마 탄 자를 보았다.

그자의 가녀린 몸체, 창백한 얼굴에서 오래도록 수련한 자만이 풍기는 살기가 현란하게 반짝인다. 황보태는 직감했다. 사해상련이란 이 파락호 무리 수장이 누구인지를.

"저 파락호 새끼를 먼저 죽여!"

순간 쇠와 쇠가 벼려지는 소리가 황보태의 고막을 후벼 팠다. 그 소리는 맹수의 송곳니처럼 날카로웠다.

카룽!

동시에 황보태는 섬전처럼 짧고 강한 충격을 느꼈다. 충격은 정수리로부터 시작돼서 목과 가슴을 지나 아랫배로 내리 꽂혔다.

그것은 눈부신 백색. 차갑고 뜨겁고 아련했다.

황보태는 얼굴 창백한 자가 자신 앞에 바짝 와 있는 이 현실을 이해하지 못했다. 그자의 길게 휘어진 장도가 바람개비처럼 휘돌면서 피를 사방에 뿌렸다. 황보태는 그 피가 자신을 양단하면서 뿜어져 나온 피라는 걸 알 수 없었다. 그자가 맹수처럼 하얀 이를 보였다.

"열사 흉내 내지 마."

파악!

수직으로 갈라진 황보태가 뒤로 넘어갔다.

"이랴!"

소우는 박차를 가했다. 말 좌우 측으로 미끄러져 들어온 죽랑대와 백련사가 일제히 도를 뽑아 들었다. 돈영쌍부의 금부가 기이한 호선을 그리면서 황보검대를 밀어붙이기 시작했다.

깡깡! 쩡쩡! 파—악!

가와다 요시오는 좌상에서 우하로 길게 장도를 내리그었다.

서걱!

가슴을 비스듬히 파고들어 간 장도가 흉골과 폐를 절단했다. 이어 뒤집혀진 장도가 우하에서 좌상으로 치솟았다.

피잇!

쩍 벌어진 턱을 움켜잡고 생명 하나가 땅에 누웠다.

깡!

옆구리를 후벼온 장검을 쳐낸 가와다 요시오는 중도를 뽑아 거꾸로 쥐었다. 순간 장검을 높이 쳐든 자가 달려왔다. 그자 가슴에 장도를 밀어 넣은 가와다 요시오는 중도를 휘둘렀다.

"컥!"

목이 반쯤 떨어진 그자가 쓰러졌다. 그자를 밟고 다른 자가 장검을 쳐들었다. 다시 장도가 그자의 배에 꽂혔고, 이어 중도가 그자를 내리그었다.

"악!"

잠요와 잠균은 등을 맞대고 전진했다.

장도가 걷어낼 건 참 많았다. 잠요는 장도를 수평으로 휘둘렀다. 순간 사람 살과 뼈가 절단되면서 두둑— 소리를 냈다.

잠균 역시 수평으로 장도를 눕혔다. 그 장도에 걸린 자들이 짚단처럼 쓰러졌다. 놈들은 꾸역꾸역 몰려왔다. 베어도 베어도 끝이 없었다.

원래 정문보다 후문에 집중된 병력. 후문을 봉쇄당하자 당황해서 개 떼처럼 덤벼든 것이다.

깡깡! 쩡쩡! 파—악!

돈영쌍부의 금부는 정교한 방어막을 펼쳐서 소우를 보호했다. 소우는 계속 전진하면서 황보자후를 찾았다. 황보자후만 찾아내면 전쟁은 끝이었다. 그러나 황보자후는 모습을 드러내지 않고 있었다. 황보자후는 첩첩이 늘어선 전각 어디쯤 숨어 머리를 굴리고 있을 것이다. 그렇다면 화공으로 끌어낼 수밖에.

척!

손바닥에서 떠오른 금빛 환이 하늘로 솟구쳤다. 자부신환(紫府神環)이었다. 순간 저쪽 구릉에서 이곳을 내려다보던 노공과 우림이 붉은 깃발을 휘둘렀다. 동시에 노공과 우림 뒤에 대기하고 있던 백련사 궁수(弓手)들이 불화살을 쏴 부쳤다.

화르륵— 화르륵—

주먹만한 불덩이들이 황보자후가 있으리라 짐작된 전각으로 날아들었다. 전각은 잘 말려진 검불이나 다름없었다. 불화살이 집중되자 금방 불에 휩싸였다. 소우는 소리쳤다.

"나와, 황보자후!"

"가가, 당신을 나오라네요, 저 파락호가?"

붕주려는 웃었다.

"호홋! 이거 우습게 됐네요."

"으음."

"산동제일 무문, 벽력신장과 뇌전검법으로 천하를 울린 가문, 재산은 또 얼마나 많은가요? 팔황맹에서 첫 손가락이 아닌가요? 그런 가문 대가주께서 파락호를 무서워하신다? 믿어지지 않아요."

"말조심하시오, 부인!"

황보자후가 인상을 썼다. 붕주려는 황보자후의 이마에 돋아난 땀을 닦아주었다. 황보자후는 떨고 있었다. 믿었던 후문마저 봉쇄당한 상황. 황보검대를 이끌고 빠져나가려던 황보자후는 후문이 봉쇄당하자 되돌아왔다.

"이런 경우를 대비한 지하 통로는 없나요?"

"없소!"

"불행이네요. 하긴 누가 감히 황보무문을 이런 상황까지 밀어붙이리라 생각했겠어요? 이제 어떡할 거죠?"

"놈은 단순한 파락호가 아니오. 놈은 벽력과 뇌환을 다 가졌소. 뇌환은 우리 가문이 추구해 온 벽력신장, 뇌전검법의 가장 완전한 형태요. 방법이 없소이다. 난 싸우다가 죽겠소."

"안됐네요, 정말. 하지만 그냥 죽으시면 안 되죠?"

"무슨 말씀이오?"

붕주려는 갑자기 일어나 옷을 벗었다.

"이 몸에 씨를 심어주셔야 하지 않습니까?"

"당신 정말!"

"복수해 드리지요, 가가. 설마 홍택호 인근 비밀 장원에 숨겨놓으신 것들을 생각하는 건 아니시겠죠? 그 천박한 것들이 가가의 재산을 물려받아서 복수를 해주리라 생각하십니까?"

"당신… 그들을 해쳤소?"

"해치다니요? 말씀이 좀 심하시옵니다."

"뭐요?"

"아무려면 이 붕주려가 그런 천박한 것들의 피로 손을 더럽혔겠나이까? 유모가 확인해 보니 둘 다 목을 매었다고 하오이다. 그래도 양심은 있었던 모양입니다?"

황보자후는 더 들어보지 않아도 붕주려가 그들을 찾아내서 없애 버렸다는 걸 알 수 있었다. 붕주려는 그러고도 남을 여자였다. 황보자후는 절망했다.

"어서 씨를 심어주지요. 시간이 없사옵니다."

붕주려는 황보자후에게 달려들어 옷을 벗겼다. 순간.

픽!

소리와 함께 불화살이 창을 뚫고 들어왔다. 이어 칼 부딪는 소리, 함성 소리, 비명 소리가 뚫어진 창 아래로 흘러내렸다. 다시 불화살 몇 개가 문을 뚫고 떨어졌다. 휘장이 타오르기 시작했다. 불꽃은 휘장을 기어올라 가 천장에 달라붙었다.

"하아, 하아—"

황보자후를 올라탄 붕주려가 불꽃 같은 소리를 냈다.

붕주려는 자신의 자궁 벽을 힘차게 두들기는 황보자후의 씨를 느꼈다. 두 번이나 더 씨를 받은 붕주려는 좌수를 쳐들어 탈진한 황보자후를 바스러뜨렸다.

팍!

순간 세 번째 씨가 붕주려의 자궁 벽을 진동시켰다.

자욱한 연기, 맹렬한 불꽃, 뜨거운 공기를 헤치고 밖으로 뛰어나온 붕주려의 가슴에 장도가 꽂혔다.

"꺽!"

붕주려는 자신을 관통한 장도를 두 손으로 잡았다. 그리고 장도 주인을 올려다보았다.

"…왜?"

"죽어야 하니까."

개문을 뽑아낸 소우가 말했다. 소우는 멍하니 입을 벌린 채 피를 쏟아내는 여인을 보았다. 맵시있게 틀어 올린 머리 모양, 고귀한 생김, 고풍스런 의복, 현란한 장신구.

소우로서는 이해할 수도 없고 납득할 수도 없는 세계였다.

스르륵—

여인과 함께 황보무문이 무너졌다.

제3화 북상(北上)

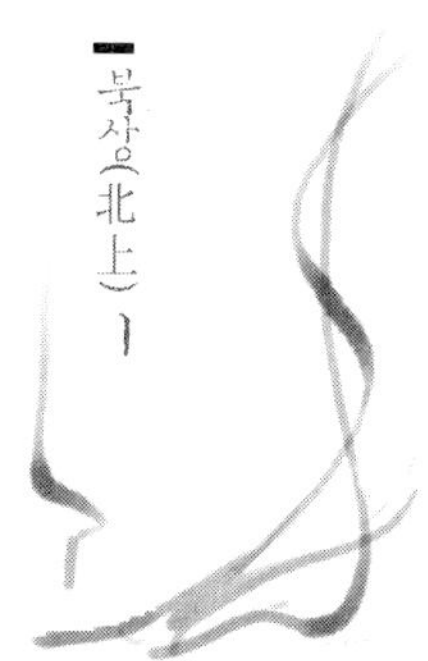

황보무문은 명문명가답게 재산이 많았고 관할 구역도 넓었다.

소우는 우림과 백련사를 뒤에 남겨 황보무문 정리를 지시한 다음 북상했다. 만리향에 도착한 소우는 거연창과 목귀대를 우성지부로 돌려보냈다. 만리향을 지키던 백제사가 죽랑대와 역할을 바꿨다. 소우는 백제사와 좌우 주작단을 이끌고 노공과 함께 재북상했다. 팔황맹 본전을 향해 출발한 것이다.

북상하면서 할 일은 많았다. 신보안수로를 경영하는 황보무문 잔당과 장가구에 웅크려 있는 하북팽문을 분질러야 했다.

*　　　*　　　*

흑산(黑山).

검은 바위가 유난히 많아서 붙여진 산명. 깎아지른 듯한 암벽 앞쪽엔 흑산사(黑山寺), 부드럽게 흘러내린 뒤쪽엔 와불사(臥佛寺)가 자리 잡은 산이다. 이 산 정상에서 서면 사람 인(人) 자로 파여진 신보안 수로가 내려다보인다.

"나무아미타불!"

흑산사 주지 옹성(甕晟)은 초여름을 향해 달려가는 신록을 즐기다가 괴이한 향화객을 맞았다.

"산세가 웅장합니다."

허리를 굽혔다가 세운 향화객은 젊어 보였다. 하지만 쉽게 나이를 짐작할 수 없었다. 이제 겨우 스무 살 남짓해 보이는 향화객은 어떻게 보면 세상을 다 살아버린 자 같은 느낌을 주었다. 허리를 굽혔다 든 동작 자체도 존재감이 느껴지지 않았다.

"어떠하신지요?"

"여일(如一)합니다."

옹성은 다시 향화객을 바라보았다. 먹물처럼 검은 흑의, 등판을 가로지른 장도, 햇볕을 전혀 받지 못한 듯 뽀얀 이마가 눈부시다. 그 아래 그림처럼 휘어진 눈썹, 깊이를 알 수 없는 까만 눈이 인상적이었다. 향화객은 혼자였다.

'으음.'

옹성은 저쪽 절 입구에 세워진 백마를 보았다. 백마 옆에 장대한 덩치를 지닌 장한 둘이 서 있다. 장한들은 덩치에 걸맞은 금부를 메고 있었다.

"차 한잔 얻어먹고 싶어서 들렀습니다."

향화객이 무림인답지 않은 낮고 조용한 목소리로 말했다.

옹성은 그 목소리에서 이 가냘픈 향화객 어깨에 매달린 인연을 짐작했다. 향화객을 짓누르는 인연은 끈적끈적했고 고통스러워 보였다. 향화객은 좀 특이한 손을 지니고 있었다. 손바닥에 박힌 금빛 환과 은빛 환이 선명했다. 그게 끔찍한 수련의 결과물이라는 건 물어볼 필요도 없었다.

"문은 이미 열려 있습니다, 시주."

"선사께서 끓이신 차 향이 특별하다지요? 산 아래서 들었습니다."

"다들 특별한 세상에선 오히려 평범한 게 특별해 보이는 법이지요. 때와 시간을 잘 가려서 찻잎을 기르고 역시 때와 시간을 잘 가려서 찻잎을 땁니다. 그걸 갓난아기처럼 고이 말리면 정말 평범해지지요. 허허허!"

옹성은 화로를 당겨 찻물을 끓였다. 향화객은 등을 벽에 기대고 아무 말이 없었다. 찻물이 끓고 차 향이 작은 방을 가득 채웠다. 차 향은 지난봄의 연둣빛과 여름날 청류, 가을날 햇빛과 겨울날 내린 눈송이를 담고 있었다.

"사계절이 다 담겨 있네요, 이 차."

"그렇습니다, 시주."

옹성은 고개를 끄덕였다.

"이 작은 찻잎에 세상 이치가 박혀 있습니다. 세상 나이가 박힌 게지요. 소승은 차를 마실 때마다 이 찻잎을 지나갔을 많은 바람과 비, 햇빛을 봅니다. 새들도 날아왔겠지요. 나비와 벌들도 지나갔을 겁니다. 그들의 삶과 언어가 담겨 있습니다, 이 찻잎엔."

"선사께선 마음 밭을 잘 가꾸셨군요."

"시주께서도 마찬가지십니다. 보통 사람들은 그냥 후르룩— 마셔

버리고 맙니다. 음미는 하지만 단순히 혀가 느끼는 것만을 느낄 뿐입니다. 그건 맛이지 세상이 아닙니다. 세상은 단맛, 신맛, 쓴맛, 짠맛으론 규정되지 않는 풍경이 있습니다."

"예."

옹성은 차를 따랐다.

쪼로록.

찻잎에서 우러난 깊은 색깔이 향화객의 눈썹에 달라붙었다.

향화객은 핏줄이 다 들여다보이는 손으로 잔을 잡았다. 여인처럼 섬세한 손가락은 뼈가 앙상했다.

"시주, 시주께선 피밭을 걸어가십니까?"

"예, 제 밭은 피밭입니다."

"……."

차가 식을 때까지 침묵이 이어졌다.

"시주, 어느 밭이나 세상은 있는 법이지요."

"압니다."

"건승하시길 바랍니다."

"좋은 차 잘 마셨습니다."

옹성은 향화객을 배웅했다.

향화객은 산문 쪽으로 내려가지 않고 정상 쪽으로 올라갔다.

옹성은 의아해하지 않았다. 다들 내려가는 사람들뿐이라면 세상 풍경은 변화가 없다. 다들 내려갈 때 올라가는 사람만이 세상 풍경을 변화시킨다. 옹성은 그리 믿었다.

"나무관세음보살."

정상에서 내려다본 신보안은 활기가 가득했다.

배들은 순천부(順天府:북경)를 오르내리며 엄청난 물목을 부리고 싣고 떠난다. 그 배들을 중심으로 짐꾼들과 장사꾼들, 점방과 주루들, 손님들이 한데 어우러져 떠들썩했다.

"하백님, 황도를 응천부(應天府:남경)에서 순천부로 옮긴다는 소문이 맞는가 보옵니다. 얼마 안 있으면 해안 봉쇄령도 풀리리라는 예상도 있사옵니다."

노공은 말없이 아래를 주시하는 소우를 바라보았다. 두 달에 걸친 긴 여정 때문일까. 소우는 더 거칠어 보였다.

상인으로 위장해서 떠난 길은 생각만큼 호락호락하지 않았다. 새벽은 뼈를 에일 듯 추웠고, 하북평원을 지날 땐 우기였다.

끝없이 펼쳐진 수수밭에 찬비가 내렸다.

황사와 버무려진 비는 피처럼 붉었다. 소우는 비를 바라보며 가슴속 불덩어리를 애써 내리누르는 모습이었다.

소우가 침묵을 푼 것은 길을 떠난 지 한 달쯤 되었을 때였다. 길었던 우기가 끝나고 햇살이 작렬했던 날이었다. 그날 노숙 준비를 다 마치고 모두 모닥불가에 둘러앉았을 때, 지평 저쪽에서 달이 떠올랐고 백제사 쪽에서 누군가 노래를 불렀다.

새로 지은 초당은 몇 칸 안 되지.
돌계단, 계수기둥, 대나무로 엮은 울타리.
남쪽 처마 햇빛 받아 겨울날 따뜻하고
북쪽 문 바람 맞아 여름 밤 서늘하네.
샘물 섬돌에 떨어져 물방울 튕기고

창에선 대나무 그림자 어지러이 흔들리지.

내년 봄 동쪽 채 지붕을 이어

새로 도배하고 발 드려 아내 있게 하리.

[五架三間新草堂, 石階桂柱竹編牆, 南簷納日冬天暖, 北戶迎風夏月涼,

灑砌飛泉纔有點, 拂窓斜竹不成行, 來春更葺東廂屋, 紙閣蘆簾着孟光]

—白居易(唐詩—草堂).

노래가 끝나자 주작단 쪽에서 노래를 이었다.

수석이 좋아 시냇가에 앉았다가

꽃을 찾아 절 길을 돌아가네.

때때로 새 우는 소리 들리고

샘물 소리 곳곳에 번지지.

[弄石臨溪坐, 尋花遶寺行, 時時聞鳥語, 處處是泉聲]

—白居易(唐詩—遺愛寺).

노래는 끝없이 이어졌다. 소우는 말없이 화주를 기울였다. 아스라한 별빛, 달을 향해 모닥불이 머리칼을 풀었다. 바람에 기울어진 수수대가 달빛을 푸르게 헝클었다. 소우는 술잔을 내리고 박제령을 보았다.

"후회하지 않으십니까?"

박제령이 대답했다.

"후회하지 않네, 련주."

"곧 해안 봉쇄령이 풀릴 겁니다. 이대로는 나라를 유지할 수 없습니다. 그걸 황제도 압니다. 해안 지방을 비롯해서 각지 무역 상인들의 불만이 대단합니다. 정통성없는 황제는 해안 봉쇄령을 완화시킴으로써 인심을 얻으려 할 것입니다. 그래도 후회하지 않으시겠습니까?"

"결정을 번복한다면 후회하겠지."

"고려는 어떤 나라입니까?"

"사람들 선량한 나라라네. 지금은 조선이 되었지. 이씨가 왕씨를 밀어내고 왕씨 자리를 차지했다네."

"왕과 신하, 한주먹도 안 되는 그들만을 위해서 백성들이 존재하는 나라입니까?"

"……."

잠시 침묵을 지켰던 박제령이 대답했다.

"우리 사해상련과는 많이 다르네."

"……."

소우는 더 이상 말하지 않았다. 말없이 화주만 마셨다.

다시 바람이 불어와 달빛을 흔들었다. 수수대가 달빛을 솎아내는 소리는 황천 풍경처럼 아득했다. 노공은 거대한 바다 한가운데 놓여진 기분이었다. 노공은 그때 소우의 마음속을 굴러다니는 불덩어리를 느꼈다. 노공은 당시 풍경을 지워 버리고 소우를 보았다.

"외사님."

"예."

소우가 신보안을 가리켰다.

"칩니다."

신보안 사람이라면 수로 중앙에 웅크린 대형 누선(樓船) 흑황호(黑荒號)를 모르는 사람이 없다. 길이 오십 장(150m), 넓이 십 장(30m), 높이

칠 장(21m) 삼층 누선인 흑황호는 물에 떠 있어도 사실 배가 아니었다.

팔황맹 신보안지부!

다시 말하면 황보무문에서 파견된 팔황맹 지부였다.

이 흑황선은 신보안을 드나드는 모든 배에서 통행세를 받는다. 뿐만 아니라 신보안을 터전으로 살아가는 모든 사람들, 즉 장사치, 짐꾼, 기녀, 점방 주인, 하다못해 서당 훈장에 이르기까지 보호비를 거뒀다.

이런 행위는 불법이었다.

하지만 아무도 불만을 말하지 못했다. 흑황선은 엄청난 칼잡이들을 보유하고 있었고, 이들의 보복은 잔인했다.

"드슈."

왕평(王平)은 신보안에서 짐꾼으로 반평생을 보낸 늙은이였다. 왕평은 힘이 딸려 짐꾼 생활을 접었다. 그게 이 년 전이었다. 그래도 입에 풀칠은 해야 돼서 나루 한 켠에 의자와 탁자 몇 개 갖다 놓고 선객들을 상대로 잔술을 팔아 연명하는 처지였다.

왕평은 쉬어 빠진 백채를 손님 탁자에 내려놓고 손을 훔쳤다.

"……."

손님은 말없이 백채를 씹었다.

"한 잔 더 드릴까?"

"예."

쪼로록!

왕평은 손님을 살폈다. 손님은 이곳과 안 어울리는 차림이었다. 일자로 땋아 머리 중앙에 세워놓은 상투, 호랑이 가죽을 덧댄 이마 끈, 담비피 수투와 활을 보니 손님은 사냥꾼이 분명하다.

그것도 동쪽에서 온.

“조선인이시오?”

“예.”

손님은 수로에 눈을 묻고 있었다. 손님을 따라서 무심코 고개를 돌린 왕평은 수로 중앙에 떠 있는 흑황선을 보고 이맛살을 찌푸렸다. 흑황선은 오늘도 여덟 꼬리 호랑이를 펄럭이고 있었다. 지난 이십여 년 동안 저 깃발은 한 번도 내려진 적이 없었다.

“나쁜 놈들!”

왕평은 주절거렸다.

손님이 이곳 사람이 아니라 쉽게 이런 말도 나온 것이리라.

“내 여태 저 흑황선에 갖다 바친 돈을 모두 모았으면 배 몇 척을 사고도 남았을 거외다. 아주 악랄한 놈들이지요.”

“……”

“내가 한창일 때 짐꾼 하루 품삯이 닷 냥이었소. 근데 그중 세 냥을 저 흑황선에서 걷어갔지. 그중 두 냥은 보호비, 한 냥은 보증금이었어요. 물건을 잃어버리거나 망치면 안 된다나? 아무튼 그 세 냥은 그냥 놈들이 떼어먹은 거라오.”

“…여기는 어떻소이까?”

“마찬가지지. 저녁마다 수금하러 온다우. 잔술 팔아서 얼마나 남는다고. 하루에 꼬박꼬박 두 냥씩 걷어가우. 비라도 와서 공치면 그 이튿날 하루 치 이자를 더해서 한꺼번에 다섯 냥을 걷어가.”

“왜 여길 뜨지 못하십니까?”

“말이 쉽지, 그게 어디 그렇게 되우? 이래저래 놈들에게 쌓인 빚이 백 냥이 넘수. 다 공친 날 이자가 이자를 물고 그래서 쌓인 게지. 그걸 다 갚지 않는 한 떠날 수 없수.”

"……."

"인근 백 리가 다 저놈들 손안이라우. 잡히면 단칼에 베어져서 수장 되지. 어떤 날은 시체가 여럿 떠오를 때도 있어. 다 목이 베어진 시체들이지. 말은 안 하지만 사람들은 다 알고 있수, 그게 다 흑황선에서 저지른 소행인 것을."

"한 잔 더 주십시오."

박제령은 술 한 잔을 더 마시고 이야기를 더 들었다.

출렁거리는 수로 저 뒤에서 보랏빛 박모가 몰려오고 있었다.

흑황선의 거대한 덩치가 박모에 휩싸여서 더욱 거대해 보인다. 잠시 더 기다리자 별이 떴다. 별빛 돋아난 물은 끊임없이 출렁거렸다. 그 물을 미끄러진 소선 한 척이 나루에 닿았다.

박제령은 조천기린궁을 꺼내 살을 먹였다.

끼이익!

소리와 동시에 그의 좌우에서 검은 그림자들이 일렁였다.

"기다려라, 장두이."

"예, 원주!"

소선에서 내린 자들은 둘. 장검을 메고 있었는데 가슴에 박힌 팔황맹 문양이 선명한 걸 보니 흑황선에서 돈을 걷으러 나온 자들이 분명했다. 녀석들은 이쪽으로 오고 있었다.

"씨팔! 열흘 치를 한꺼번에 받아야지, 이거 원 귀찮아서."

"하! 헛소리하지 마, 민충(民充). 열흘 치라면 엄청 큰돈이야. 그런 큰돈이 어디 있냐? 우리 전장에서 빌리면 몰라도."

"그러니까 빌리게 만들어야지. 왕평, 이 늙은이 오늘도 외상했단 봐라. 그 재수없는 수염을 몽땅 그슬려 주겠어. 똥개 훈련시키는 것도 아니고 말야."

녀석 말이 끝나자 박제령은 조천기린궁을 놓았다.

팅!

시위를 차고 나간 살이 방금 말을 한 녀석 이마에 꽂혔다.

퍽!

살을 잡고 녀석이 눈을 뒤집었다. 살은 강력했다. 살은 이마를 파고 들어 가 뇌수를 가로질러 뒷머리 뼈를 으스러뜨리고 튀어나왔다. 그 엄청난 속도가 목뼈와 신경을 분질렀다.

"껙!"

"제압해!"

박제령은 명령했고 장두이는 도를 뽑아 들었다. 장두이가 나머지 한 녀석을 베어버릴 때, 장두이를 따라 전진한 백제사는 나루 전체를 장악 했다. 흑황선이 나루에 깔아놓은 초소 일곱 개가 한순간에 분질러졌 다. 진한 피비린내가 나루를 채웠다.

"어, 어?"

왕평은 갑자기 변해 버린 나루 풍경에 손님을 보았다.

손님은 미동도 하지 않고 흑황선만 바라보고 있었다. 불 켜진 흑황 선은 태곳적 괴물처럼 웅장해 보였다. 흑황선을 향해 소선들이 미끄러 지고 있었다. 손님이 돈을 내밀었다.

"거스름돈은 필요없소."

"아이고!"

"대신 묻고 싶은 게 있소이다, 어르신."

"예? 예, 얼마든지."

"흑황선주는 누구요?"

2

녹염(鹿廉)은 벌벌 떨었다.

"다음!"

두 달 이상 통행세 밀린 자들에 대한 재판은 신속했다.

배가 파손돼서 반년 동안 통행세를 내지 못한 친구 조유(趙劉)가 끌려 나왔다. 조유는 안 끌려 나오려고 발버둥 쳤지만, 칼잡이들을 당할 순 없었다. 무릎 꿇려진 조유는 개처럼 기었다.

"조유, 할 말이 많은 표정이군?"

사내 목소리라기엔 가늘고 여인 목소리라기엔 굵은 목소리가 휘장 안쪽에서 흘러나왔다.

"예? 예, 사실 배가 부서져서 통 일을 못했사옵니다. 노모께서도 병환 중이라 돈이 끝도 없이 들어가옵니다. 하니 며칠 말미를 주시면 어떻게든……."

"우리가 노모를 죽여줄까?"

"어, 어떻게 그런……!"

"각오하지 않았나?"

"으으……."

잠시 침묵이 이어졌다. 녹염은 하얗게 질렸다.

친구 조유는 물론 자신도 살아남지 못하리라는 걸 알고 있었다. 통행세 때문에 흑황선에 끌려온 이상 죽음이었다.

　장기간 통행세를 못 낸 선주들에게 흑황선은 지옥이었고, 흑황선주는 염라대왕이었다. 녹염은 이 흑황선에 끌려오지 않기 위해 아내와 자식을 팔았다. 하지만 소용없었다.

　시간이 조금 늦춰졌다는 것밖에 달라진 건 아무것도 없었다.

　통행세를 제때 내지 못하면 하루에 붙는 이자가 원금의 일 할, 열흘이 지나면 이자가 이 할이 된다. 그렇게 한 달이 지나면 눈덩이처럼 불어난 원금과 이자 때문에 파산이었다.

　"조유를 죽이고 집과 배를 몰수해라!"

　판결이 떨어지자 조유가 끌려 나갔다. 이어 칼이 살을 가르는 둔탁한 소리가 났다. 숨죽인 비명 소리도 들렸다. 안으로 들어온 칼잡이가 피 묻은 칼을 털었다.

　"다음!"

　"헉!"

　녹염은 발버둥 치면서 휘장 앞으로 끌려 나갔다.

　휘장 안은 어둑어둑했다. 휘장 안에서 사람 형체 같은 게 어른거리지만, 분명하지 않다. 녹염은 저 흐릿한 형체가 흑황선주 사벽검(邪霹劍) 황보자수(皇甫紫洙)임을 알았다.

　사벽검 황보자수는 목소리만으로 신보안을 다스리는 자!

　그는 흑황선에서 움직이지 않았다.

　그래 그가 여자인지 남자인지, 몇 살 먹었는지 알 수 없었다. 하지만 신보안 사람들은 그를 두려워했다.

　가혹한 집행 때문이었다.

　황보자수는 홍수나 한발 같은 천재지변과 계절 따라 바뀌는 사람의 기호를 이해하지 못했다. 어떤 상황에서도 세금은 움직이지 않았고,

못 내면 오늘처럼 몰아서 죽였다.

녹염은 더러운 바닥에 엎드려 빌었다.

"하, 한 번만 기회를 주슈. 며칠 안으로 반드시 갚겠수!"

"난 빚쟁이들 말 절대 안 믿어, 녹염."

"어흑! 나, 나으리. 빚을 갚아보려고 마누라와 아이들을 팔았수. 나으리께서도 그걸 잘 알고 계시잖우?"

"이제 더 이상 팔 것이 없다는 것도 알고 있지."

"하, 한 번만!"

"녹염을 죽이고 집과 배를 몰수해라!"

"아이고!"

녹염은 칼잡이에게 끌려 나와 고물에 섰다. 바닥은 미끄러웠고 피천지였다. 여기서 목을 베고 수로에 던져 버리는 모양이었다. 칼잡이가 무표정한 표정으로 칼을 뽑았다.

녹염은 마지막으로 수로 풍경을 눈에 담았다. 수로는 그가 태어난 곳이고, 자란 곳이고, 성혼한 곳이었다.

이렇게 죽어야 하는 인생이지만, 어찌 행복했던 시절이 없었으랴. 흑황선이 나타나기 전까지 그는 행복했고 부러운 것이 없었다. 아내를 처음 만난 곳도 이 수로였고 첫아이를 씻겨준 물도 이 수로 것이었다. 친구들에게 돈을 빌려 배를 샀을 때, 그 첫 출항의 기쁨을 같이 나눈 것도 이 수로였다. 열심히 일하면 부자가 될 수 있다고 생각했고, 열심히 일하는 가장을 아내와 아이들은 자랑스러워했다.

녹염은 눈을 감았다.

"남길 말은?"

"너희는 짐승도 아냐, 이 개새끼들아!"

"네 친구도 똑같은 말을 했지!"

칼잡이 흑황선 도수(刀手) 배탁균(裵託均)은 피식, 웃었다. 그의 일월도가 녹염을 내리그었다.

퍽!

순간 배탁균은 자신의 머리 속이 하얗게 비어버리는 걸 느꼈다. 사람을 벨 때마다 일어나는 기이한 쾌감이었다. 도가 살을 헤집고 뼈를 절단해서 생명이 펄떡거리는 중심을 향해 밀려들어 가면 그 도를 타고 생명이 지닌 떨림이 전해져 온다.

그 순결한 떨림을 흠뻑 받아들이면서 배탁균은 자신이 베어버린 자의 생명을 흡수해서 자신이 더 빛나는 존재로 격상되는 것 같은 쾌감을 느끼곤 했다.

그런데 아니었다. 하얗게 비어버린 머리 속 저 안쪽에서 시뻘건 핏물이 확 솟구쳤다. 배탁균은 이마를 쓸어 올려 그 핏물을 걷어내려고 했다. 본능적인 동작이었다.

까칠까칠한 무엇이 만져졌다.

"…이게?"

그게 화살이라는 걸 알았을 때 배탁균은 두 다리를 허공에 던진 상태로 뒤로 넘어가고 있었다.

털썩!

그가 놓친 일월도가 긴 호선을 그리면서 떨어져 녹염 손에 잡혔다. 녹염은 배탁균에게 달려갔다.

푹!

녹염은 다시 일월도를 박아 넣었다.

푹!

뼈와 뼈 사이를 파고들어 간 일월도에서 진동이 전해졌다.

녹염은 미친 듯이 일월도를 빼고 박는 동작을 되풀이했다. 그는 자신을 스쳐 간 검은 그림자들을 보지 못했다.

"으흐흐!"

퍽퍽퍽!

녹염에게 이성은 남아 있지 않았다. 일월도를 빼고 다시 박아 넣는 동작만 되풀이하고 있을 뿐이었다.

"열 명을 죽였나?"

"그렇사옵니다, 선주."

이렇게 장부에 줄을 죽 그어버리는 것으로 죽음은 실감되지 않는다. 하지만 황보자수는 만족했다. 생명을 끊어버리는 지저분한 작업보다 생명을 끊으라고 명령할 수 있는 이 위치가 좋았던 것이다. 철들었을 때부터 황보자수는 자신과 세상과의 사이에 휘장을 끼워 넣었다. 휘장을 통해 보는 세상은 불분명해 보인다.

황보자수는 그 불분명함을 사랑했다. 분명히 보여지는 건 천박스러워서 견딜 수 없었다. 모호한 것, 확실하지 않은 것, 규정되지 않은 것을 믿었다. 이유는 없었지만 시기는 분명했다.

자신이 장남 황보자후와 어머니가 같지 않음을 알았을 때, 그래 언제나 외톨박이로 지내왔다는 것을 느꼈을 때부터였다.

"총관(總管)!"

"예, 선주!"

"오늘은 기분이 좋지 않아. 어울리지 않게 가책을 느끼는 건가? 겨우 이따위 일에?"

“……..”

흑황선 총관 무정철겸(無情鐵鎌) 양호(梁鎬)는 아무 소리 하지 않았
다. 아이도 아니고 어른도 아닌, 사내도 아니고 여인도 아닌 선주의 변
덕을 잘 알고 있기 때문이었다.

흑황선에서 오직 그만이 선주가 지닌 진면목을 알았다.

선주는 여인이지만 여인이 아니었다. 성격은 좀 더 복잡하게 양분되
어 있었다. 그래 이런 경우에는 어떤 대답을 해도 이상하게 알아들을
게 분명했다.

“사람과 개가 뭐가 다르지? 잡아서 배를 쭉 갈라놓고 보면 뭐가 달
라? 응? 난 시체를 한 번도 못 봤어. 죽이기는 많이 죽였지만. 총관은
시체를 많이 봤지? 뭐가 다른지 말해 봐.”

“……..”

“다르지 않아. 시뻘건 핏물, 구린내나는 창자, 각종 장기… 사람과
개는 다르지 않을 거야. 그렇지 않아?”

“……..”

“이런, 괜히 혼자만 떠들었군. 총관은 이런 게 좋아. 다른 사람 같으
면 어설픈 도덕으로 나를 가르치려 들거든? 웃기는 일이지.”

“그럼.”

총관 양호가 물러가자 황보자수는 창에 달라붙었다.

아까부터 신경을 긁는 소리가 들려왔기 때문에.

퍽. 퍽. 퍽.

소리는 일정한 간격을 두고 들려왔다. 어떻게 생각하면 방아 찧는
소리 같았다. 황보자수는 눈을 모았다. 어둠과 물안개에 가려져 잘 보
이지 않지만, 저쪽에서 누군가가 무엇을 난도질하는 중이었다. 낯선

자였다. 피에 흠뻑 절여진 상체만 보이는데 도수 배탁균이 아니었다.

"총관이 도수를 바꿨나?"

황보자수가 그런 생각을 하고 있을 때, 총관 무정철겸 양호도 소리를 찾아가고 있었다. 배탁균은 타고난 도수였다. 그의 전임 도수들은 일 년을 못 채우고 미쳐 버렸다. 배탁균은 전임들처럼 살인에 의문을 가지지 않았다. 아울러 입이 무거웠고 치밀했다. 성격도 깔끔해서 저런 소리를 낼 리 없었다.

"음?"

퍽. 퍽. 퍽.

소리를 내는 자는 역시 배탁균이 아니었다.

배탁균이 베어버렸어야 할 녹염이었다. 헝클어진 머리, 멍하게 풀어진 눈, 피로 범벅된 의복… 녹염은 제정신이 아니었다.

퍽. 퍽. 퍽.

양호는 철겸을 빼 들었다. 순간 뒤에서 그림자가 일렁였다.

양호는 돌아보지 않고도 알 수 있었다. 고수였다. 그림자는 미동도 하지 않았다. 천천히 돌아선 양호는 날아오는 섬광 한 점을 보았다. 섬광은 짧았고 강력했다.

퍽!

순간 고개가 뒤로 꺾어졌다. 동시에 두 발이 허공에 뜨면서 몸이 뒤로 넘어갔다. 누군가 끌어당기는 것 같았다.

양호는 몸부림쳤다. 몸부림칠수록 세상이 멀어졌다. 고통은 없었다. 양호는 몸부림을 포기했다. 어디선가 긴 여운으로 무엇이 떨어지는 소리가 들렸다.

털썩!

박제령은 활에 다시 살을 재웠다.

파앙!

단숨에 육 장을 압축시킨 화살이 휘장을 뚫고 들어갔다. 동시에 장두이가 휘장을 쭈욱 갈라 버렸다. 이것을 신호로 흑황선 이곳저곳에서 칼 부딪는 소리, 비명 소리, 뼈 절단되는 소리가 들려오기 시작했다.

깡! 핑핑! 퍽! 깡깡!

"이리 나오너라, 황보자수!"

흑황선에서 일어나는 소란을 왕평도 듣고 있었다.

그러나 왕평은 한가하게 그런 걸 신경 쓸 시간이 없었다. 또 칼잡이들이 들이닥친 것이다. 이번에는 여섯이었다. 거도를 멘 장대한 덩치가 하나, 금부를 멘 장대한 덩치가 둘, 그보다 작은 체구를 지닌 젊은이 둘, 늙은 난쟁이 하나.

참 괴이한 일행이었다.

자세히 살펴보니 흑의를 걸친 젊은이를 장대한 덩치 금부 둘이 호위하고 있다. 나머지 거도를 멘 덩치와 거궁을 멘 작은 체구는 난쟁이 늙은이를 감싸듯 보호하고 있다.

드르륵!

왕평은 탁자 둘을 붙여 자리를 만들었다. 자리엔 네 사람만 앉았다. 장대한 금부 둘은 젊은이 뒤에 팔짱을 끼고 서서 사방을 쓸어봤다.

왕평은 손을 비볐다.

"뭘로 드릴깝쇼?"

"화주."

흑의를 걸친 젊은이가 짧게 대꾸했다.

동이째 술을 가져온 왕평은 젊은이를 물끄러미 쳐다봤다. 젊은이는 등에 멘 장도를 보지 않았으면 유약한 서생이라고 오해할 만했다. 칼과 도무지 안 어울리는 인상. 하지만 칼잡이였다. 부드러운 동작 하나하나에 절제와 살기가 배어 있다. 그 젊은이가 흑황선을 바라보며 물었다.

"흑황선에는 몇 명이나 상주합니까?"

"보통 이백여 명이옵니다."

일단 대답부터 한 왕평은 속으로 고개를 갸웃했다. 아까 조선인에게도 똑같이 대답한 것이다. 왕평은 젊은이 얼굴에 실금이 죽 그어지는 걸 봤다.

"이백 명이 전부는 아니겠지요?"

"예? 예, 나머지 백여 명은 나루 저쪽 화가(花家:창녀촌)에서 생활하옵니다. 찰거머리 같은 놈들이지요. 불쌍한 화녀들 피를 빨아먹고 사는데, 들기론 놈들 전부 다 태산에 본마누라가 있답니다요."

순간 화가 쪽에서 불길이 치솟았다.

"불이야!"

이어 그쪽에서도 병장기 부딪는 소리가 요란하게 들려왔다.

깡깡! 핑핑! 퍽! 깡깡!

"헉!"

왕평은 이게 도대체 무슨 일인가 싶어 재빨리 돈 그릇을 챙겼다. 엄한 놈들 옆에 있다간 벼락 맞을 수도 있다는 판단이었다. 말로 미루어 볼 때 흑황선의 소란은 아까 조선인이, 화가의 소란은 이자들이 일으킨 게 분명했다.

의와 협도 좋지만 감히 팔황맹 흑황선을 상대로 싸움을 벌이다니! 조선인도, 이자들도 어리석은 자들이었다. 왕평은 슬금슬금 뒷걸음질쳐 나루를 벗어났고 이내 뒤돌아서 뛰었다.

후닥닥!

늙은이가 사라지자 노공은 수염을 쓸어 내렸다.

"우주작단이 앞을, 좌주작단이 뒤를 봉쇄했사옵니다, 하백님. 한 놈도 빠져나오지 못할 것이옵니다."

"흐흐… 날벼락이겠구면."

술을 들이킨 애각구려가 입을 닦자 애각구충이 한 잔 더 따랐다. 기장과 수수를 발효시켜 만든 술은 색깔이 탁했고 독했다. 동이를 내려놓은 애각구충이 웃었다.

"히히! 그러기에 평소에 잘했어야지. 위세만 믿고 북 치듯 털면 쓰나? 하여튼 나쁜 놈들은 싹 없애 버려야 되능 겨. 항복이 필요없어요. 깡그리 도륙하라고 했어."

"……."

꿀꺽!

소우는 술을 삼켰다. 술이 깊고 화끈한 궤적을 만들었다.

팔황맹과의 전쟁은 오래전부터 예정되어 있었다. 물은 제 의지로 흔들리지 않는다. 바람이 불지 않으면 흔들리지 않는다. 바람은 많이 불었다. 이제 해일을 일으켜도 될 만큼 흔들린다. 패배당해 죽거나 모두 분질러 버리거나 이 두 가지 길밖에 없다. 얼마나 단순 명료한가.

"변방 놈 따위가 감히!"

황보자수는 검을 뽑았다. 순간 선실이 기우뚱하면서 촛불이 흔들렸고 검광이 벽을 때렸다.

변방 놈이라……. 박제령은 빙그레 웃었다. 삼십 정도 먹었을까. 황보자수는 아름다웠다. 언뜻 보면 여자라고 착각할 만큼. 아니, 황보자수는 여자였다. 불룩한 가슴과 미성이 그걸 증명했다.

"…계집인가?"

박제령은 조천기린궁을 내렸다. 동시에 허리를 뒤로 빼면서 얼음세를 취했다. 얼음세는 어리숙한 동작을 취해 상대를 자신의 공세 앞으로 끌어들이는 자세. 박제령은 단방에 끝낼 수 있는 궁술보다 몸과 몸이 맞부딪는 수박술을 택한 것이다.

이유는 분명했다.

손을 주고받는 동안 황보자수가 지녔다는 잔인함을 확인하고 싶었다. 과연 이 아름다운 여인이 잔술팔이 늙은이가 한 말처럼 잔인한가. 박제령은 황보자수가 그렇게 잔인하지 않기를, 잔술팔이 늙은이가 잘못 판단했기를 바랐다. 그래 살 수 있기만을.

"여인인가?"

"그게 뭔 상관이지?"

여인이 아름다운 건 자궁 때문이다. 자궁은 인간의 대지(大地)이며 고향. 박제령은 이 아름다운 자궁을 분지르고 싶지 않았다.

'살아야 할 이유가 분명하다면…….'

박제령이 이런저런 생각으로 얼음세를 취하고 있는 동안, 황보자수는 사벽검을 달구고 있었다. 촛불 위에 올려놓은 사벽검이 그을음에 얼룩얼룩해지면서 뜨거워졌다.

황보자수는 느닷없이 나타난 사내를 용서할 수 없었다. 사내는 자신과 세상 사이에 존재하던 휘장을 베어버렸다. 휘장 없이 보여지는 사내는 이루 말할 수 없이 온화해 보였지만, 천박한 '날겄'이었다.

"죽어!"

얼룩얼룩한 그을음을 뒤로 밀어내면서 사벽검이 날았다.

검붉게 달구어진 사벽검은 날카로웠고 잔인했으며 교활했다. 울대를 노리고 날아온 사벽검은 수평으로 뒤집혀져 얼굴을 그었고, 이내 툭 떨어져 가랑이 사이 회음을 긁어 올렸다.

칵!

조천기린궁이 불똥을 피웠다. 조천기린궁을 밀어 올린 사벽검은 위로 치솟았다. 박제령은 고개를 들어 사벽검을 흘렸다. 이어 왼손으로 공기를 움켜잡으면서 왼쪽 어깨를 오른쪽으로 틀었다. 순간 쳐 들려진 왼발이 황보자수의 가슴에 박혔다. 수박술, 째차기였다.

픽!

구탕탕!

"살아야 할 이유가 있다면 살아라!"

"미친놈!"

황보자수는 금방 일어나서 사벽검을 날렸다. 하지만 삼십 년을 수련한 수박술 발차기는 예리했다. 사벽검을 슬쩍 비킨 박제령은 걸어차기, 후려차기, 내차기를 한꺼번에 쏟아냈다.

픽! 픽! 픽!

황보자수 목이 꺾어지면서 핏물이 튀어 천장을 물들였다.

황보자수는 그제야 안심했다. 다시 휘장이 내려진 것이다. 붉은 휘장 바깥에서 온화한 변방 사내가 물끄러미 자신을 바라보고 있었다. 그 사내는 무슨 말인가를 하고 있었는데, 들을 수 없었다. 황보자수는 머리 속을 뒤적여 장부를 꺼냈다. 장부에 쓰여진 자신의 성과 이름이 선명했다.

皇甫紫洙, 當三十歲, 皇甫武門二公子, 黑荒船主!

이만치 살았고 이만치 죽였으면 됐다!
황보자수는 미련없이 자신의 성과 이름에 줄을 죽― 그었다. 동시에
이때까지 황보자수, 자신이 줄을 그어서 삭제시켜 버린 생명들이 붉은
휘장을 찢고 사자처럼 달려들었다.

신보안 화녀(花女:창녀) 취령(翠玲)은 열네 살이다.
열네 살이면 집에서 한창 신부 수업을 받으면서 설레어야 할 나이.
하지만 취령은 그런 설렘과 거리가 멀었다. 이 년 전 그녀의 아비는 통
행세 대신 그녀를 흑황선에 바쳤다.
그때 아비는 울면서 물었다.

"내가 죽으면 누가 가족을 돌보겠느냐. 너 하나 죽어서 가족이 산다면 넌
어떡할 것이냐?"

선택은 없었다. 그녀는 기꺼이 죽음을 받아들였다.
하지만 흑황선에 끌려온 그녀는 죽을 수 없었다. 대신 죽음보다 더
한 고통이 무엇인지 경험해야 했다.
겨우 열두 살짜리, 초경도 안 한 그녀를 덮친 사내는 한둘이 아니었
다. 그 사내들이 그녀를 이 화가로 집어던졌다.
그녀는 하루에 열 몇 명씩 사내를 받았다.

신보안에서 나고 자란 그녀라서 사내들은 낯이 익었다. 그들은 아비 친구였고 오라버니 친구였다. 그들은 놀라지 않았다. 그들은 친구 여식을, 친구 여동생을 거리낌없이 핥고 빨았다. 단골은 바로 그들이었다. 그동안에 초경이 터졌고, 아비가 누군지 모르는 아이가 네 번이나 들어섰다. 아이를 지울 때마다 그녀는 죽고 싶었다. 죽어서 이 치욕스런 세상을 영원히 하직하고 싶었다.

그러나 죽음은 그저 꿈이고 환상일 뿐이었다.

흑황선에선 그녀에게 오십이 넘은 늙은 칼잡이 묵주태(默珠泰)를 배정했다. 묵주태는 피도 눈물도 없었다.

사내를 과도하게 받아 널브러진 그녀를 탐했고 응해주지 않으면 폭력을 휘둘렀다. 불로 지지고 칼로 그리고 먹물을 새겨 넣었다. 자살할 시간 역시 주지 않았다.

묵주태는 그녀가 사내를 받는 방에 발을 쳐놓고 발 너머에서 화대를 받았다. 볼일도 방에서 해결해야 했다. 묵주태는 자기 볼일이 생기면 그녀를 단단하게 결박지어 놓고 나갔다.

그녀가 사내를 상대할 때 표정이 조금이라도 이상하면 묵주태는 사내가 나갈 때까지 기다렸다가 발을 걷고 달려들어 멱살을 잡았다.

"이 쌍년! 솔직하게 말해. 방금 나간 그 새낄 좋아하지?"

"날 죽여줘요, 제발!"
단칼에 묵주태를 베어버린 철갑에게 그녀는 사정했다. 그녀는 살아야 할 이유가 없었다. 죽음만이 구원이었고 희망이었다.

그러나 철갑은 그녀를 내버려 두고 다음 방으로 옮겨갔다.

그녀는 묵주태의 품 속을 뒤져 이제 핏물로 젖어버린 소도를 찾아냈
다. 그 소도는 그녀를 묵주태가 재미로 내리그을 때 사용했던 것. 그녀
는 젖가슴 저 안쪽에서 벌떡거리는 자신의 심장을 향해 소도를 박아
넣었다.

퍽!

순간 소도가 튕겨 나왔다.

"으윽!"

그녀는 더 깊이 꾸욱— 소도를 박아 넣었다. 뼈를 만나면 살짝 뼈를
헤치고 부드러운 부분으로 박아 넣었다. 마침내 심장에 닿은 소도가
부르르— 떨었다. 그녀는 망설이지 않았다.

3

소우는 흑황선을 불태우고 통행세를 폐지했다. 화가도 폐쇄해서 화
녀들을 해방시켰다. 그동안 흑황선에서 모았던 화대와 기둥서방들이
착복했던 화대를 합치니 어마어마한 거금이었다.

소우는 이 거금을 화녀들에게 골고루 나눠줘 새출발을 유도했다. 더
불어 화녀들의 고객 장부를 입수, 병적으로 화가를 찾은 사내들 명단을
공개함으로써 망신을 주었다.

신보안은 이렇게 단숨에 옛날 모습을 되찾았다.

신보안을 박제령과 백제사에게 맡긴 소우는 하북팽문 본가가 있는
장가구를 향해 다시 북상을 준비했다. 애각 형제와 노공, 돈영쌍부, 좌

우 주작단만이 남으니 행렬이 단출해졌다. 거선(巨船) 한 척을 세내니 말들을 다 태우고도 충분한 것이다.

"련주, 위험하지 않겠나?"

배웅 나온 박제령이 걱정했지만 소우는 빙그레 웃어주는 것으로 대답을 대신했다. 신보안에 도착한 날, 노공은 더듬이들을 가동해 제남으로 기별을 띄웠다.

아라이구미와 백련사를 불러 올린 것이다.

백련사는 하북팽문을 분지른 후 장가구를 다스릴 세력이었고 아라이구미는 팔황맹 본전을 칠 세력. 이렇게 되면 제남엔 우림과 돈영회밖에 안 남는다. 하지만 철갑과 쇠뇌를 도입한 이후 돈영회 무력은 이제 일개 문파를 압도하고도 남았다.

더구나 지혜로운 우림이 있어서 걱정없었다.

"새 터전을 일구세요, 원주님."

"련주!"

"여긴 이제 고려원 터전입니다. 부디 살기 좋은 신보안으로 성장시켜 주세요."

"련주, 난 사해상련에 뼈를 묻은 사람이네."

"압니다."

끼이이―

장삿배로 위장한 거선은 천천히 나루를 미끄러져 북상을 시작했다. 박제령은 거선이 보이지 않을 때까지 나루에 서서 움직이지 않았다. 그가 본 건 거선이 아니었다. 거대한 주작을 보고 있었다. 거선이 도착할 방전(方全)나루는 하북팽문 우측 관문. 하북팽문에서 겨우 이십 리 길이었고 신보안에서는 백오십 리 물길이었다. 깎아지른 절벽과 짙푸른 녹음 드리워진 수면이 잔잔했다.

상류로 올라갈수록 물굽이가 점차 격해지면서 폭이 좁아졌다.

노공이 다가왔다.

"하백님, 고려원이 신보안을 다스린다 해도 좀도둑이며 강도, 강간
범은 없어지지 않을 것이옵니다."

"저들이 주장하는 좋은 세상이 이루어졌다고 다툼이 없어질 것이며 도둑
들, 강도들, 파락호들이 사라지겠사옵니까?"

노공은 백련과 통합을 상의하면서 이렇게 물었고, 당시 소우는 그것
에 대해 분명하게 입장을 밝히지 않았다. 노공은 그걸 확인하고 싶었
다.

"거대 악을 뿌리 뽑아도 저런 작은 악들은 뿌리 뽑히지 않습니다.
언제 어느 때든 벌떡 일어나 선량한 사람을 넘어뜨리고 뒤꿈치를 깨무
옵니다."

"압니다, 외사님. 그러나 줄어들겠지요."

"……."

"우리 노력에도 불구하고 그런 것들이 늘어난다면 우리는 진정 희망
없는 일을 하는 것이겠지요. 하지만 줄어들 겁니다. 저는 이 줄어듦에
희망을 가집니다. 한꺼번에, 개벽하듯, 당장, 어느 날 갑자기 세상은 좋
아지지 않을 겁니다. 천천히 좋아지는 거라고 생각합니다."

"좋아지기만 하는 게 아니옵니다, 하백님."

"나빠지기만 하는 것도 아닐 겁니다."

"기쁨보다 슬픔의 궤적이 더욱 깊사옵니다."

"그 깊이가 덜할 겁니다, 제 이후의 대에선."

"정말 그렇게 믿으시옵니까?"

"예. 그렇게 믿습니다, 외사님."

"……."

노공은 수면을 바라보았다. 하백님은 살벌함과 난폭함을 넘어서신 것일까. 아니면 야망을 버리신 걸까. 답은 분명하게 떠오르지 않았다. 야망을 버렸다면 백련과 합류를 말렸어야 했다.

세상은, 특히 정치 권력이란 자신에 반하는 이념을 절대 받아들이지 않는다. 그 이념이 옳을수록 말살해야 한다고 느낀다.

그렇게 말살시킨 이념의 낭자한 피 위에 자신들이 말살시킨 이념과 똑같은 이념을 세우길 원한다. 정치 권력의 속성은 결국 기득권 유지에 지나지 않으며 그 기득권을 영속하고자 노력함에 지나지 않는다. 노공은 이걸 염려했다.

"하백님, 우리가 커지면 관부와 마찰이 있게 되옵니다."

"빌미가 백련이겠지요."

"……."

"먼저 싸움을 걸지 않겠습니다. 하지만 싸움이 걸리면 피하지도 않겠습니다. 죽음이 두려워서 옳다는 믿음을 버리는 건 차라리 죽는 것보다 못합니다. 전 그리 생각합니다. 지킬 것을 위해서라면 기꺼이 죽겠습니다."

"끄음."

"외사님, 분명히 말씀드려서 이건 정의나 대의가 아닙니다. 그리 거창하지 않습니다. 제가 옳다고 믿는 바를 향해서 나아가는 겁니다. 상대가 설령 황제라고 해도 이 마음을 꺾을 수 없습니다."

“하백님.”

노공은 마음을 놓았다. 강한 건 그게 뭐든 부러진다. 강한 만큼 취약하다. 소우는 그런 강함을 막 넘어서고 있었다. 그게 소우가 지닌 무공경지이고 마음 경지였다. 사내란 모름지기 이러기 위해서 세상을 살아가는 것인지도 모른다. 지킬 것을 지키기 위해서, 소중한 것을 더욱 소중하게 생각하기 위해서, 싸울 것과 싸우기 위해서 땀 흘리고 투쟁한다.

“여리 아가씨 보고 싶지 않으시옵니까?”

“…….”

“여기 전서를 보내셨사옵니다. 허허.”

“외사님을 번거롭게 만듭니다, 여리가.”

“아니옵니다, 하백님. 이 늙은이는 여리 아가씨를 사내인 줄 알았사옵니다. 전서를 훔쳐보는 재미도 그럭저럭… 헙!”

노공이 입을 가리고 물러갔다. 소우는 그런 노공 등에 드리워진 햇빛을 보았다. 참 따뜻한 빛이었다.

전서 속에도 햇빛이 들어 있었다.

이보세요, 소우님. 당신 정말 이러기예요? 바쁜 건 알지만 너무 심하네요. 몇 글자 쓰기가 그리 힘들어요? 맨날맨날 여리만 편지 보내고 있네요. 이거 읽기나 읽어요? 설마 딴 여자가 있는 건 아니죠? 식사는 제때 하는 거예요? 여리 보고 싶지 않아요? 궁금한 게 너무 많아요. 그리고 후회되는 것도 너무 많아요. 같이 있을 때 조금 더 신경 써서 잘해줄 것을 하는 후회요. 그래 여리는 요즘 요리를 배우고 있어요. 참, 어느 날 문득 찾아갈지도 몰라요. 할아버지를 꼬시고 있어요. 더듬이 분들은 말만 하래요. 대환영이래요. 등로 언니는 여전히 열심이고 여리는 지금 외로워요. 다시 만나는 날까지 항상 건강해야 해요.

여리는… 늘 이런 식이다. 솔직하고 막힘이 없다. 영원히 나이를 먹지 않을 것 같다. 십 년이나 지났는데 염로에서 처음 만났을 때 그 모습 그대로다. 이런 밝음, 이런 순수가 그 작은 몸 어디에서 뿜어지는 것일까.

초여름을 향해 출렁이는 수로엔 바람이 불었다.

햇빛은 따가웠지만 견딜 만했다. 물굽이 위로 피어오르는 물 아지랑이, 신록 그림자 위를 필암어들이 뛰논다.

누난 얼마나 변했을까. 상처를 온전히 치료하고 있을까. 치료가 불가능한 것이라면 극복이라도 해야 한다. 밀어내지지 않는 거라면 넘어서기라도 해야 한다. 그래야 편하다. 누난 그러기 위해 혼신을 다해 몰입하고 있을 것이다. 춘야월에서 금에 몰입했듯.

"형, 무슨 생각해?"

다가온 애각구충이 어깨를 툭 쳤다. 시원하게 쭉 뻗은 물길 때문일까. 애각구충은 평소보다 더 쾌활해 보였다. 저 앞에서 커다란 잉어 한 마리가 펄떡 뛰어올랐다가 떨어졌다.

첨벙!

"저놈을 잡아서 술 한잔 마셔, 형!"

"술 마시고 싶니?"

"풍광이 조오찮어."

애각구충은 뒤춤에서 술병을 꺼내 흔들었다. 술병이 찰랑거리는 소리가 꼭 햇빛 흔들리는 소리 같았다. 소우는 웃었다.

"형, 장유유서(長幼有序)! 형이 먼저 한 모금 마셔."

"구려 형 불러와라."

"구려 형 지금 한참 주무셔."

"외사님께선?"

"지도를 살펴보고 계셔."

술은 독하지 않았다. 이 지방에서 많이 나는 연잎과 대나무 잎을 넉 달 동안 발효시킨 연죽리(蓮竹里). 깔깔한 입 안에 은은한 향이 퍼지면서 가슴이 서늘해진다. 안주 없이 먹어야 할 것 같다. 이 엷은 향, 이 잔잔한 맛. 화주처럼 강렬하지 않지만, 곰곰이 음미할 수 있는 이 술.

퍼드드드—

협곡을 가르며 새들이 날아올랐다.

"히히! 부드러워서 한 병 챙겼어."

"그래. 안주를 안 먹어도 되겠네."

"그래도 형, 난 화주가 조오터라. 창자를 찌르르— 울리잖어. 이건 약간 싱거워. 하지만 향이 좋아."

"주향을 음미할 수 있다는 건 그만큼 마음의 여유가 생겼단 말이야. 우리… 제남 초창기엔 화주만 죽어라 마셨지. 화주 이외의 술은 아예 상대하지 않았어. 강력한 것, 강렬한 것에 목말라 있었어. 하루라도 화주가 없으면 잠들지 못했다. 생각나니?"

"그래, 형. 참 아득했어. 어디서부터 시작해야 할지 몰랐으니까. 지금 생각하면 아무것도 아닌데 그땐 왜 그렇게 제남이 커 보였는지 모르겠어. 히히!"

이런저런 이야기를 주고받다 보니 술 한 병이 금방 비워졌다. 술이 떨어지자 애각구충이 침묵을 지켰다. 해가 지기 시작했다. 저녁 노을은 붉었다. 어른거리는 물 아지랑이가 핏빛으로 물들었다. 필암어들은 마지막 물 따먹기에 여념없었고, 박모가 밀려오는 저쪽 그늘에선 잉어가 텀벙거렸다. 고기잡이 나왔다가 돌아가는 배 위에서 어부들이 손을 흔들었다.

"많이 잡으셨습니까?"

"왠걸요. 하하! 우리가 너무 늦게 나왔어요. 물이 따끈따끈해서 큰 고기들은 전부 바닥으로 내려갔어요. 잔챙이 몇 마리 건져 돌아갑니다."

"내일은 많이 잡으시겠지요."

"그쪽은 장삿배요?"

"…예."

"그럼 조심해서 올라가시구랴. 좀 있으면 달이 뜰 게요. 여긴 달빛이 참 좋소이다. 주변에 큰 산이 없어서 그런지 대낮같이 밝아요. 덕분에 수적들이 좀 설치지요."

"하하! 예."

"수룡파(水龍派)라고… 소문으론 하북팽문 떨거지들이라는데, 아주 질 나쁜 녀석들이 있소이다. 우리 같은 작은 배야 털어도 별거없으니까 잘 안 건들지만, 그쪽 같은 거선이면 눈에 불을 켜고 달려들 게요."

고기잡이배가 멀어졌다. 표식을 보니 적을 신보안에 둔 배였다.

소우는 팔짱을 꼈다. 만약 흑황선이 있었다면 고기를 못 잡고도 저렇게 편안하지 않았으리라. 어쩌면 밤새 그물질하면서 잡히지 않는 고기와 속절없이 흘러 버린 세월과 가혹한 흑황선과 흑황선을 그냥 방치하는 관부를 원망했을 것이다.

이젠 그럴 필요가 없다.

많이 잡으면 많이 잡은 대로, 적게 잡으면 적게 잡은 대로 아무런 부담 없이 가족에게 돌아갈 수 있다.

행복과 평화는 결코 멀리 있지 않다. 가족과 따뜻한 저녁을 먹으면서 내일은 오늘보다 더 많이 잡아야지… 이야기를 나눌 수 있는 거, 그런 이야기를 나누면서 가족과 함께 터진 그물을 손질하고, 무뎌진 낚시바늘을 갈아 끼고, 칭얼거리는 아이를 어르면서 편안하게 잠자리에 드는 거…….

박모의 등을 밟고 어둠이 밀려오면서 협곡 좌측에서 커다란 달이 떠올랐다. 어둠이 진해질수록 달이 밝아졌다. 열기를 삭제한 달, 달빛을 흡수한 산하가 푸른빛으로 출렁거린다.

"정말 달이 밝어, 형."

"정말 대낮 같구나."

물소리도 깊어졌다.

배는 깊어진 물을 조심스럽게 가르며 계속 전진했다.

퍼드득!

물 위에 뜬 새들이 이물을 할퀴면서 날아올랐다. 날개와 물갈퀴에서 떨어진 물방울이 낙하했다. 물방울은 보석처럼 영롱했다.

"음? 저게 뭐여?"

횃불을 단 배 서너 척이 앞을 막고 있었다.

배들은 덩치가 작고 폭이 가늘다. 하지만 노와 돛을 갖추고 이물과 고물이 위를 향해 번쩍 들린 쾌속선이었다. 돛대 끄트머리에 달린 깃발이 날개 터는 소리를 낸다. 깃발에 그려진 용(龍) 자가 선명하다.

"히히! 설마 수룡파라는 그 수적들은 아니겠지?"

말이 끝나자마자 쾌속선에서 불화살 한 대가 치솟았다.

명적을 단 불화살이었다.

삐이익—

불화살이 긴 포물선을 그리면서 떨어져 내렸다. 동시에 굵은 목소리가 건너왔다.

"저엉지!"

노공이 선장을 데리고 달려왔다.

선장은 풍채 좋은 육십 대 늙은이로, 신보안에서 제법 인망을 얻고 있었다. 선장은 쾌속선 깃발을 보자마자 시커메졌다.

"아이고, 수룡파 녀석들이올시다!"

"호호. 수룡파가 뭐유?"

애각구려는 아직 잠이 덜 깬 상태라 연신 하품이었다.

선장은 낯빛을 침착하게 가라앉혔다. 이들은 흑황선을 분질러 버린 세력이 아닌가. 떨 필요가 없었다. 하지만 평소 때 공포가 남아 있어서 떨었다. 더불어 이들이 하선하고 나면 바로 들이닥칠 보복이 두려웠다.

"수룡파는 말 그대로 수적 패거리입니다. 주로 상선을 터는데, 수입이 시원찮으면 고깃배를 털기도 하지요. 뒷배를 하북팽문이 봐주고 있어서 이 근방에선 제왕으로 통합니다. 뒤끝이 얼마나 지저분한지 잘못 건드렸다간 온 가족이 몰살당합니다요."

"수령이 있겠지요?"

소우가 묻자 선장이 허리를 숙였다.

"예, 나으리. 하백(河伯)이라고 자칭 수신(水神)이랍니다. 그래서 수룡파입니다요."

"음?"

“엥?”

“으?”

피식!

“참 못생긴 하백도 있군요.”

“예?”

선장이 괴이쩍은 시선으로 허리를 들었다.

“그걸 어찌 다 아십니까?”

“음?”

“엥?”

“으?”

애각 형제와 노공이 또 휘둥그레졌다. 수룡파를 한 번 바라본 선장이 목소리를 낮췄다.

“하백은 정말 못생겼소이다. 쥐 불알만한 덩치도 그렇지만, 얼굴도 영 별로입니다요. 하지만 활 솜씨와 성깔이 보통내기가 아니올시다. 발차기도 얼마나 날랜지 제 몇 배되는 덩치였던 전 수령 갈멱수(葛覓修)를 단 한 방에 눕혔다고 합니다요.”

“흐흐… 한재간 하긴 하나봐!”

“활이라면 내 상대여, 형. 침 흘리지 마슈!”

애각구충의 말이 끝나는 것과 동시에 수룡파에서 다시 불화살 한 대를 쏘아 보냈다.

삐이익―

“선장 앞으로 나와!”

“헉!”

소우는 빙그레 웃었다.

"괜찮습니다, 노인장."

선장이 주춤주춤 이물로 다가갔다. 순간 수룡파가 던진 횃불이 이물을 때렸다. 수룡파는 이런 식으로 얼굴을 확인하는 것 같았다. 횃불이 꺼진 뒤 수룡파에서 다시 말이 건너왔다.

"모두 엎드려! 우리가 승선할 것이다!"

파르르―

날아온 갈고리 서너 개가 걸리고 이어 그 위에 사다리가 얹혀졌다. 수룡파는 제법 날렵했다. 물굽이가 급해서 출렁거림이 심한데도 잽싸게 사다리를 건너오고 있었다. 수적들답게 수룡파는 거구였고 무기도 철퇴나 대부, 대월이었다.

"어라? 이 개새끼들 좀 봐?"

사다리를 타고 넘어온 수룡파는 모두 일곱. 하나같이 생김이 험악했다. 그들은 자신들의 명령대로 엎드리지 않은 이쪽을 매우 괘씸하게 생각하는 눈치였다. 선장이 벌벌 떨면서 고물로 도망갔다.

수룡파들은 입도 험악했다.

"죽고 싶어 환장한 새끼들이군!"

"하핫! 제법 한가락 한다 이건가?"

"어이, 당장 무릎 꿇어, 이 씨발 놈들아!"

"음?"

"엥?"

멍해진 애각 형제가 서로를 쳐다보았다.

"에잇!"

돈영쌍부가 쇄도하려는 걸 막은 소우가 빙그레 웃었다. 그걸 본 수룡파 하나가 성큼 앞으로 나왔다. 철퇴를 지닌 자였다.

"어라? 이 씨발 놈이 웃어?"

철퇴, 수룡파 소두 천말룡(泉末龍)은 천천히 걸어나오는 사내를 향해 철퇴를 번쩍 들었다. 장도를 가로질러 어깨에 멘 사내였다.

사내는 키가 훤칠했고 얼굴 생김이 계집처럼 섬세했다. 창백하기까지 해서 돈 많은 집 귀공자같이 보인다. 인질감으로 적합했다. 천말룡은 한 발 앞으로 달려나가면서 철퇴로 사내를 휘어 감았다. 순간 사내가 흐릿해진 것 같았다.

빡!

천말룡은 턱을 쳐들면서 두 발을 공중에 띄웠다. 하얗게 비워지는 머리 속 저편에서 스르륵— 뒤돌아갔던 사내 반대 편 발이 진자처럼 휘돌았다. 발은 천말룡이 이해할 수 없는 각도로 꺾어져 있었고, 치명적으로 빨랐다.

빡빡!

쿠당!

"수령을 데려와."

4

수룡파 하백은 선장 말대로 정말 못생긴 작자였다.

작은 키와 주먹코, 강퍅한 볼, 어깨 위에 담비피로 만든 피풍을 올려놓고 담비피 모자를 눌러썼는데, 거무스름한 눈 그늘 아래 독오른 눈빛이 새파랬다.

저벅, 저벅저벅.

상체를 약간 죽이고 걸어온 수룡파 하백은 기절해 버린 수하를 발로 툭툭 차보더니 이쪽을 향해서 피식, 웃었다.

"내래 니거이 큰 망신을 당할 뻔했구만! 한가락 하는 종간나들을 몰라보고 아새끼들을 다 쥑일 뻔했어야?"

아이가 십 년이 흘러 어른이 되면 덩치와 얼굴 형태가 바뀌어 희미한 흔적만 남는다. 하지만 어른은 안 그렇다. 어떤 이변이 생겨 바짝 마르거나 뚱뚱해져도 십 년 전 모습을 대부분 그대로 간직하고 있다. 그때 이미 성장이 멈춘 상태기 때문에.

"니거 보라우? 같이 좀 나눠 먹자는 데 뭐이가 불만이네? 니들만 배 터지게 처먹을 거간? 우리도 몇 점 던져 달라우야!"

싸리나무 화살을 한 대 꺼냈다가 뒷머리를 긁적이고 도로 집어넣은 수룡파 하백은 원숭이처럼 긴 두 팔을 늘어뜨리고 주먹을 둥글게 말아 쥐었다.

"니보라우. 우리 몸으로 때워보자우요. 니들 중 누구라도 나서서 날 제끼믄 당장 포기해 주갔어. 날래 나서라우요!"

"에익!"

다시 달려들려는 돈영쌍부를 제지한 소우는 빙그레 웃었다.

세월이 아무리 흘러도 잊지 못할 풍경이 있다. 소우는 염로를 잊지 못했다. 염로를 스쳐 지나갔던 강풍과 눈송이들, 들렀던 객점과 모닥불들, 설랑호 여리, 산적들, 스승님, 베어먹었던 눈, 달빛과 구름… 이 많은 풍경들 속에 뛰어난 활잡이이자 쾌활한 사냥꾼이었던 다샤도 끼어 있었다.

"다샤 아저씨!"

“뉘기야?”

“야우리엔씨족, 다샤 아저씨!”

순간 원숭이처럼 웅크렸던 수룡파 하백이 슬쩍 일어섰다. 이어 독기 발라진 눈빛이 점차 가라앉고 대신 호기심이 번들거리기 시작했다. 어슬렁거리는 걸음걸이로 다가온 수룡파 하백은 고개를 갸웃거렸다.

“당신들 뉘긴데 나를 알아?”

“그때 백호피 잘 파셨어요?”

“백… 호피?”

한동안 소우와 애각 형제를 쳐다본 수룡파 자칭 하백 다샤가 눈을 크게 키웠다. 백호는 흔하게 잡히는 짐승이 아니었기에 평생토록 기억에 남는다. 다샤는 팔을 활짝 벌려서 소우를 끌어안았다.

“이야! 니거이 누구네?”

순간 그 사이로 돈영쌍부가 금부 두 자루를 열십(＋) 자로 끼워 넣었다.

쩡!

“물러서! 죽고 싶지 않으면!”

“뭐이야?”

깜짝 놀란 다샤가 공처럼 탄력있게 뒤로 팅겨졌다.

“아닙니다, 돈영쌍부. 금부를 거두세요. 제가 잘 아는 분입니다. 나쁜 분이 아닙니다.”

“끄음.”

다샤가 다시 달려들었다.

“니거이 뉘기야. 고 어른 제자들이 아니네? 니게 몇 년 만이야?”

펑펑펑!

소우의 어깨를 두드려 준 다샤는 차례로 애각구려와 애각구충도 끌어안았다. 천하는 좁다라는 말을 실감하는 순간이 아닐 수 없었다. 노공과 통성명까지 마친 다샤가 풀어놓은 이야기는 한숨 반 눈물 반이었다.

"빌어먹을 명군이 오이라이트 새끼들을 압박하자 그 한 지파인 오아타얀 족 아새끼들이 초원을 버리고 도망쳐 내려왔어. 그 교활한 종간나들과 우리 테프텡그리(대제사장)가 공모, 타양(칸)을 살해했지. 그 일로 내분이 일어 일족이 뿔뿔이 흩어졌지 뭐갔어. 내분으로 처자식 다 잃고 홀로 떠돌다가 어캐 하다 보니 여기 자리 잡았지 뭐네. 다신 초원엘 가고 싶지 않아. 아내와 아이들이 뛰놀던 강 언덕엔 바람만 씽씽 내달릴 거이야."

고명경 소식을 들은 다샤는 술을 따라 이물에 올려놓고 절했다. 그리고 무슨 주문을 잠시 외우더니 술을 골고루 옷에 발랐다.

다샤는 자신들의 천신인 텡크리께 고명경이 짐승이 아니라 사람으로 다시 태어날 수 있도록 해달라고 기원을 드린 것이다.

이런저런 이야기가 오간 뒤 다샤는 자칭 하백을 철회했다.

"하하! 사실 수적 두목 별호치고 너무 거창하다고 생각은 했어. 내 래 하마터면 진짜 하백님 얼굴에 먹칠할 뻔했구만."

술이 몇 순배 도는 동안, 기꺼이 합류를 결정한 다샤는 과거에 가졌던 유쾌함을 되찾았다.

"하북팽문이 우리 수룡파를 지원해 온 건 사실이야. 거럼. 전대 이전부터 죽─ 관계를 맺고 있어서리 난 그런가 보다 했지. 하지만 이제 모든 사정을 안 이상 손을 끊어야지. 그러려면 반드시 치러야 할 행사가 있는데… 조금만 기다리라우."

저벅저벅, 저벅.

자신의 배로 건너갔다가 다시 온 다샤는 방금 자른 게 분명한 사람 머리를 바닥에 던졌다.

"니게 전 수령 갈먹수 대가리야. 하북팽문 없으면 죽고 못사는 위인 이지. 우리 동태가 조금만 이상해도 대번 일러바쳐. 그간 니자 때문에 마음 고생이 아주 심했는데, 속이 팍 뚫리누만. 니제 아무 염려 말라 우. 거럼. 아하하!"

다샤와 수룡파의 합류로 일은 순조롭게 풀렸다. 수룡파 본거지는 하 북팽문이 수룡파를 믿고 신경 쓰지 않는 곳, 하북팽문 우측 옆구리라고 말해도 과언이 아닌 방전나루였다.

여기서 하북팽문까지는 겨우 이십 리 길.

새벽녘 방전나루에 도착한 소우와 노공은 더듬이들을 가동, 하북팽 문을 염탐했다. 아직 시간이 있었다, 백련사와 아라이구미가 도착해 완전한 전력을 갖추려면.

"하북팽문은 현재 황궁과 선을 대려고 노력하는 중이옵니다. 장가구 지현 숭경현이란 자를 위해 매일 잔치를 벌이고 있사옵니다. 이 일로 장가구 전체가 떠들썩하옵니다."

"사실 하북팽문과 가까운 사람은 숭경현이 아니고 그의 부인이옵니 다. 팽문 대가주인 도신 팽문귀와 숭경현의 부인이 정분났다고 하옵니 다. 이 둘은 아예 대놓고 밀회를 즐긴다고 하옵니다."

"지현을 드나드는 의원 하나를 족쳐 본 결과 숭경현 부인이 임신을 했다고 하옵니다. 아비는 알 수 없지만 숭경현이 아비가 아닌 건 확실하옵니다 숭경현은 환관 출신이라서 임신이 가능치 않다고 하옵니다."

"숭경현이 그의 부인에게 금족령을 내렸다고 하옵니다. 부인 역시 금족령을 당연하게 생각하는 듯, 일체 바깥출입을 하지 않사옵니다. 현재 숭경현은 대단히 기뻐하고 있으며, 대단히 의욕적으로 선정을 펴고 있사옵니다. 부인과 금슬도 상당히 좋사옵니다."

더듬이들로부터 속속 보고가 들어왔다. 시간 간격을 상당히 두었기 때문에 보고는 뒤로 갈수록 정교해졌다.

"팽문 대가주 팽문귀가 숭경현의 부인에게 이용당했다는 소문이 돌고 있사옵니다. 아이를 가지기 위해 숭경현 부인이 팽문귀에게 접근했다는 것이지요. 상당히 설득력있는 이야기이옵니다. 팽문귀로서 빠져들 수밖에 없었던 유혹이었다고 하옵니다. 팽문귀는 어떡해서든 황궁과 줄을 대고 싶어했다고 하옵니다."

"팽문귀가 그토록 황궁에 매달린 건 황궁의 천도공사를 따내기 위해서라고 하옵니다. 이 공사만 따내면 천하제일가문으로 발돋움할 수 있다고 누누이 말해 왔다고 하옵니다. 팽문귀로서는 숭경현의 부인을 철석같이 믿었던 모양이옵니다. 대놓고 팽(烹)당했다 떠들고 다니는 모양이옵니다. 이 일로 해서 현재 하북팽문은 사기가 매우 저하되어 있사옵니다."

"팽문귀가 앓아 누웠사옵니다. 소문으론 중병이라는데, 아마 충격을 받아 그리된 것으로 보이옵니다. 하북팽문 총관 팽염이 숭경현에게 처형되었사옵고, 숭경현은 선방보(膳房堡)와 방가영(紡家營) 병력 일부를 하북팽문 근방으로 이동시켰사옵니다. 현재 하북팽문과 숭경현 간에 미묘한 긴장감이 감돌고 있사옵니다."

"고목이 다 됐군요, 하북팽문이."

"그렇사옵니다. 허허."

"조호천은 어디 있습니까?"

"행방이 묘연하옵니다, 하백님. 다시 제남으로 내려간 건 확실히 아 닌데… 당최 행방을 알 수 없사옵니다. 아무튼 하북팽문 내에는 없는 게 확실하옵니다. 혈단도 보이지 않는다고 하옵니다."

"제남으로 내려가지 않았다는 건?"

"예, 두 달쯤 전에 동생 조포란 자와 함께 북상했다고 하옵니다. 아 마 팔황맹 본전을 찾아가지 않았나 싶사옵니다. 북쪽이라면… 그들이 마땅히 갈 만한 곳은 사실 그곳밖에 없질 않사옵니까?"

소우는 고개를 끄덕였다. 수로는 한여름을 향해 치닫고 있었다. 여 름 햇빛 엎질러진 물 위, 물뱀처럼 미끄러진 산 그림자가 어딘가를 향 해 계속 출발한다.

"다샤 아저씨."

"말씀해 보시라우, 하백님."

"북쪽을 한번 훑어주시지 않겠습니까?"

"북쪽이라믄 몽고 땅 아니네? 기거야 어렵지 않지. 사실 나만큼 몽 고 땅에 대해서 잘 아는 사람도 드물지. 소싯적부터 사냥꾼인 아바질 따라서 숱하게 돌아댕겼으니까."

다샤는 수하 셋을 데리고 저녁때 출발했다.

"쇠뿔도 단김에 빼라고 했지. 내 날래 댕겨오갔어."

노공은 다샤를 배웅하고 돌아오는 길에 물었다.

"조호천을… 찾으시옵니까?"

"예, 외사님."

노공은 잠시 사이를 두었다가 소우를 불렀다.

"하백님."

"말씀하세요. 듣겠습니다."

"하백님께선 지금 조호천이 아니라 조호천이 지닌 인연을 찾으시려는 것이옵니다. 아니시옵니까?"

"……."

"아옵니다, 하백님. 궁금하실 터이지요, 보고 싶을 터이지요. 만나시면 왜 버리고 떠났냐 따지고도 싶으시겠지요. 애정보다는 증오가 더 많으시겠지요. 이 늙은이가 왜 하백님 마음을 모르겠나이까."

"…외사님."

"마음을 억압하지 마시옵소서. 이치를 부정하지 마옵소서. 증오를 뒤집어서 가만히 살펴보면, 결국 애정의 다른 이름이라는 걸 느끼실 것이옵니다. 밀어내려고 하지만 마시고 따뜻하게 생각하시옵소서."

노공은 간곡했다.

노공은 알고 있었다. 소우가 자신을 낳아준 어머니를 만났을 때 목숨을 절하는 절망적인 상황까진 안 가겠지만, 대답 여하에 따라 개문을 빼 들 수도 있음을.

"하백님, 잘살아주었으면 좋겠다 바라셨을 것이옵니다. 당연한 바람이옵니다. 모든 걸 버리고 새출발하신 것이니 보란 듯 잘살아주셔야 했었사옵니다. 그런데 그게 아니라니… 실망하셨을 것이옵니다. 겨우 그런 꼴을 보이려고 남편과 자식을 버렸나, 묻고 싶으실 것이옵니다."

"……."

"어미는 자식을 버리지 않사옵니다, 하백님. 이 세상 모든 어미가 다 그러하옵니다. 어떤 경우에도 자식을 버리지 못하옵니다. 가슴에 묻을 뿐이옵니다. 당시 사정을 잘 알지 못하시면서 결론만으로 모든 걸 판단하심은 옳지 않사옵니다. 어쩌면 하백님 어머니께서 피해자일 수도 있사옵니다. 결론 역시 피해자가 아니시옵니까?"

"…만나봐야겠지요."

"그렇사옵니다, 하백님. 어떤 판단을 내리기엔 아직 많이 섣부르시옵니다."

달이 떠올라서 대낮 같아졌다. 나루 모든 것들이 달빛을 얹고 흔들린다. 밤새 몇 마리가 수면을 가로지르며 떠내려갔다.

그래, 용서할 수 없다면 이해라도 해야 하리. 이해할 수 없다면 용서라도 해야 하리. 시험은 누구에게나 있는 것이고 아무나 그 시험을 뛰어넘을 수 있는 건 아닐 테니까.

"백련사와 아라이구미는 어디쯤?"

"현재 신보안 근방에 와 있다 하옵니다. 새벽녘이면 이곳에 도착할 것이옵니다."

"내일과 모래, 이틀을 쉰 다음 출발하겠습니다, 외사님."

"예, 내일은 비가 올 것이옵니다. 먼 길을 급히 달려오느라고 고생했으니 이틀쯤 편히 쉬게 하는 게 당연하시옵니다."

소우는 새벽녘까지 잠을 이룰 수 없었다. 생각은 물소리처럼 끊임없이 이어졌지만, 물소리처럼 빠져나갔다.

생각은 참 많았다. 하지만 손가락 사이를 빠져나가는 물이었다. 그건 손을 펴보지 않아도 안다, 아무것도 건질 게 없다는 걸.

"련주, 안 자?"

"잠이 안 와요, 형."

달빛이 창 틈으로 긴 촉수를 내밀어서 이부자리를 더듬었다.

부스럭부스럭.

일어난 애각구려는 물끄러미 소우를 내려다보았다. 달빛 내려앉은 소우의 얼굴은 백지장 같았다. 얼마나 하얀지 윤곽이 정확히 보이지 않았다. 눈만 퍼렇게 살아서 달빛을 내뿜고 있을 뿐.

"무슨 생각했어?"

"그냥 잠이 안 와요."

애각구충이 내뿜는 고른 숨소리가 천장에 달라붙었다가 떨어져 내리길 거듭한다. 애각구려는 다시 누워서 소우를 끌어안았다. 소우는 겨울 나무같이 뼈만 앙상했다.

"말랐다."

"괜찮아요. 원래 안 찌는 체질인데요, 뭐."

"련주는 그냥 제남에 있을 걸 그랬나 봐."

"그건 도리가 아니에요, 형. 그리고 전 이렇게 돌아다니는 게 더 좋아요."

"나쁜 일만 보고 겪잖어?"

"칼밭이니까요. 하지만 전부 그런 건 아니에요. 각양각색 사람들, 수시로 변하는 풍경들, 햇빛, 구름, 비, 물 같은 것들도 있잖아요. 칼이 개입되지 않은 것들은 그게 무엇이든 아름다워요."

"칼잡이가 된 걸 후회해?"

"형은 후회해요?"

“흐흐. 선택의 여지가 없었잖어. 하지만 후회하지 않어. 운명이란 말을 하긴 뭣하지만, 줄곧 그 길로만 걸어온 것 같어. 다른 길이 없었지. 육간에 있었어도 우린 결국 칼을 잡았을 겨. 당시 사부님께선 우리에게 칼을 가르치고 계셨으니까 말여.”

그랬다. 스승님께선 벽장 속에 개문을 감추어두시고 우리에게 칼을 가르치셨다. 백정오계, 무풍선평, 무풍선식… 스승님께서 우리를 통해서 이루고 싶으셨던 꿈은 과연 무엇이었을까. 단순히 개문의 극점인 천도(天刀)만이었을까.

“스승님께선 우리가 잘되기를 바라셨을 겨.”

“…….”

“스승님께선 우리가 칼을 쥠으로써 칼을 지키길 바라셨을 겨. 칼을 지킨다는 건 곧 인명을 지킨다는 말이여. 그런데 우린 이런 피밭을 걸어가고 있어. 흐흐! 스승님께선 상상하지 못하셨을 터이지. 절단해 내고 베어야 할 것들이 너무 많어, 세상은.”

“형.”

“음?”

“상화 누나 안 보고 싶으세요?”

“끄음.”

애각구려가 침묵했다. 소우는 갑자기 뛰는 애각구려의 심장 소리를 들었다. 황보무문에서 돌아오는 내내 애각구려는 앞에 상화를 태우고 있었다. 그때 애각구려의 얼굴은 세상을 다 가진 것처럼 환했었다. 격하게 뛰던 심장 소리가 서서히 가라앉았다.

“형, 이번 일 끝나면 혼례를 치렀으면 해요.”

“아녀, 나, 난 아직…….”

"내사님께 준비해 주십사 말해 놓았어요."

"련주는?"

"물귀신 작전 쓰지 마세요, 형."

팔을 괸 소우가 빙그레 웃었다. 어딘가 빈 것 같은 웃음. 뭉클해진 애각구려는 가만가만 소우의 머리칼을 쓸어 올려주었다. 애각구려는 소우가 지금 무엇을 아파하고 있는지를 예전부터 알고 있었다. 그 아픔은 소우 혼자만 책임질 것이 아니었다. 당시 현장에 있었던 자신의 것이기도 했고 애각구충의 것이기도 했다.

"…소우야."

애각구충은 어렸을 때 이름으로 소우를 불렀다. 갑작스런 변화였다. 소우는 놀라는 대신 눈을 내리깔았다.

"들을게요, 형."

"네 마음 이해해."

"……."

"하지만 너 여리를 놓아 보낼 생각 하면 안 돼. 이 형은 죽어도 그걸 인정할 수 없어. 생각해 봐. 여리는 꼬마 때부터 너 하나만 바라보고 살았어. 널 보기 위해 십 년 동안 매일 산을 올라 다녔어. 제남까지 따라와서도 너 때문에 울고 웃었다. 무슨 말인지 알어?"

"……."

"여리는 이미 네 여자인 거야."

"형, 난……."

"등로 누나 때문에 아프다는 걸 알어. 아니, 등로 누나 때문이 아니라 등로 누나한테 벌어진 일 때문이겠지. 하지만 등로 누난 네가 자신을 책임지기 위해 여리를 놓아 보낸다면 더 절망할지도 몰러. 무게가

그만큼 더 얽혀지니까. 누나가 어떻게 웃을 수 있겠어? 너를 볼 때마다
여리 생각이 나는걸."

"……."

수면에 내려앉은 달빛 부서지는 소리, 바람이 달빛을 흔들고 지나간
다. 새벽은 영원히 오지 않을 것 같았다.

"소우야, 여리를 놓아 보낸다면 이 형도 떠날 겨. 여리는 그동안 우
리 셋, 불행한 꼬맹이들의 자상한 누나였고 쾌활한 친구였고 귀여운 동
생이었어. 여리는 우리 세 형제를 따뜻하게 밝혀준 빛이었지. 여리가
없었으면 우리 셋은 삭막한 풍산과 불행한 우리 자신을 견디지 못했을
겨. 이해하능 겨?"

"……."

소우는 침묵했다.

달빛이 사그라지면서 창이 점차 어두워졌다. 바람 소리가 커졌다.
바람 소리는 무거웠다. 잠시 후 어둠을 쭉쭉 가르면서 빗방울이 떨어
졌다. 빗방울 맞은 사방이 소란스럽게 깨어났다.

"…여리까지 불행하게 만들지 말어."

애각구려도 더 이상 말을 하지 않았다.

5

대두옹 진강봉이 거느린 백련사가 도착했다.

"하하!"

진강봉은 전에 없이 활기에 차 있었다. 하북팽문을 분지르고 난 다음 팔황맹 본전을 치는 계획에 진강봉은 홀가분해진 게 틀림없었다. 진강봉은 흠뻑 젖은 죽산을 털면서 환하게 나루를 밟았다.

"련주, 이 늙은이가 죽을 자리를 찾아왔네!"

"그런 말씀을 하시면 제가 서운합니다."

"저도 왔네요."

장이었다. 장 역시 긴 여정이 매우 피곤했을 게 분명한데도 웃고 있었다. 눅눅한 습기 속에 장이 가진 향기가 맡아졌다. 향기는 명안루 지하에서 맡았던 것과 동일해서 마음이 편해졌다.

"장 누님께서 어르신을 지켜주세요."

"우리 모두를 지킬 거네요."

백련사를 들여보내자 아라이구미가 도착했다.

아라이구미를 본 소우는 약간 어이없어졌다. 가와다 요시오가 부축하듯 데리고 나온 후미코 때문이었다. 후미코는 왜국 특유의 화려한 갑옷으로 완전 무장한 차림이었다. 그녀는 눈을 마주치자마자 소풍 온 사람처럼 씨익, 웃었다.

"어머! 오라버니, 잘 계셨네요?"

"……."

"아! 더 야위신 것 같아 보이는데요? 그나저나 저한텐 인사도 안 하세요? 잘 있었냐, 이렇게 안 물어보세요?"

"후미코."

"예?"

"여긴 전쟁터다."

"누가 그걸 몰라요?"

"쓸데없이 끼어들지 말도록!"

몸을 휭— 돌려 걸어가는 소우 뒤로 돈영쌍부가 달라붙었다.

엄청난 덩치 둘에 가려 소우는 보이지 않았다. 후미코는 멍하니 서 있다가 발을 굴렀다.

쾅!

"잘났어, 정말!"

'저런 목석을 내가 보고 싶어했단 말야?

열일곱 살 후미코에게 하백은 전혀 다른 세상에서 온 신비한 사내였다. 이해할 수 없을 정도로 깊고 까만 눈동자, 감정을 삭제해서 더 창백해 보이는 얼굴, 날 선 칼처럼 절제된 몸 동작, 아주 가끔씩 웃을 때만 보여지는 실금, 감미로울 정도로 나른한 목소리가 후미코를 두근거리게 만든 것이다.

"아가씨, 어서 들어가소서."

"음?"

"아가씨께서 이렇게 서 계시니 우리 죽랑대가 비를 다 맞질 않사옵니까?"

"어머! 아, 알았어요."

안으로 들어와서 밥을 먹는 중에도, 작전회의를 하는 중에도 후미코는 하백을 유심히 살폈다.

하백은 여전히 목석. 단 한 번 눈을 마주쳤을 뿐이었다.

눈을 마주쳤을 때 후미코는 웃어주었다. 여인이 그렇게 웃어주었으면 사내는 여인이 무안하지 않게 반응을 보여줘야 하는 게 정상. 하지만 하백은 그저 무표정한 얼굴로 한동안 이쪽을 바라보다가 고개를 돌렸다.

‘으으……’

후미코는 자존심이 상해서 도저히 견딜 수가 없었다.

아무런 말도 귀에 들어오지 않았다. 하백은 지금 진강봉과 노공의 말에 귀를 기울이고 있는 중이었다. 후미코는 가와다 요시오 옆구리를 쿡 찔렀다. 가와다 요시오가 얼른 몸을 기울여 왔다.

"당장 저 하백이란 작자에게 가서 전해요, 제가 좀 봤으면 한다고. 따질 일이 있어요."

"예?"

"이거 손님 대접이 너무 부실하잖아요?"

"아가씨, 우린 손님이 아니옵니다."

"그런 게 뭐가 중요해요!"

"예?"

둘의 귓속말이 좀 컸는지 모든 사람의 시선이 건너왔다.

가와다 요시오가 죄인처럼 고개를 떨궜다. 후미코도 얼굴을 붉히고 얼른 미안한 표정을 지었다. 그녀가 그토록 기다리던 목석이 드디어 입을 열었다.

"후미코."

"……"

"지금 이 자리가 무슨 자리냐?"

"……"

하백의 눈은 평온했다.

"대답해."

"자, 작전회의 중이잖아요?"

"그래, 작전회의 중이야."

이건 아예 물가에 내놓은 아이 취급이었다. 후미코는 그게 너무 서운해서 울고 싶었다.

'겨우 네 살 더 먹었으면서.'

생각은 이랬지만, 후미코는 사실 이 네 살 차이를 사십 년처럼 느끼고 있었다. 하백의 어깨에 걸린 사해상련 무게와 덩치는 상상을 초월했다. 그 무게와 덩치에 자신도 포함되어 있는 것이다.

어쨌든 하백은 후미코, 자신을 이렇게 취급하고 있다. 아무런 관심도 없거나, 여자로 취급하지 않거나, 접근하지 못하도록 장벽을 쌓고 있거나.

'흥!'

후미코는 입술을 깨물었다. 통합 직전 사해상련 측에서 그랬듯 후미코도 사해상련을 면밀히 조사했다. 그래 하백이 지닌 내력을 비교적 소상히 알고 있었다.

'어디 두고 보라지!'

저녁이 됐어도 비는 그치지 않았다.

소우는 수면을 바라보았다.

수면에서 피어오른 안개를 물들이며 박모가 기어온다. 이럴 때 수면은 이계(異界)로 건너가는 다리 같았다. 끊임없이 생성됐다가 소멸되고 다시 생성되는 동심원들, 젖은 날개 무겁게 털며 스칠 듯 수면 위를 나는 새들, 바람이 부는 반대 방향으로 일어섰다가 스러지는 잔물결들.

"저어⋯ 드릴 말씀이 있네요."

"⋯⋯."

수면 건너편에는 이곳과 다른 세상이 펼쳐져 있을 것 같다는 느낌이

든다. 죽산 쓴 늙은이가 낚시질을 하고 있었다. 대나무 낚시였다. 제법 고기가 잡히는지 늙은이는 연신 낚싯대를 치켜 올린다. 그때마다 낚싯대 아래쪽에서 희고 건강한 빛살이 푸드득거렸다.

"왜 저를 멀리하세요?"

"왜 그렇게 생각하지?"

비는 영원히 그치지 않을 것처럼 내린다. 늙은이가 돌아간 뒤 수면이 아이처럼 뒤채기 시작했다. 바람이 거세지고 있었다. 나루에 정박한 고깃배들이 서로 의지하고 삐걱거렸다. 바람에 밀린 비가 사선으로 떨어지면서 박모가 깊어지고, 수면 너머 인가에 불이 켜졌다. 수면을 올라탄 불빛이 출렁거리면서 이쪽으로 달려왔다가 또 어디론가 떠난다.

"널 멀리한다고 생각하지 않아."

"가까이하시지도 않잖아요?"

"가까이하고 멀리하는 게 뭐냐?"

"……."

불빛은 어둠을 힘겨워할까. 어둠은 불빛을 꺼뜨리고 싶어할까. 그건 아닐 것이다. 세상에 불빛만 있다면 그건 더 이상 불빛도, 세상도 아닐 것이다. 세상에 어둠만 있다면 그것 역시 어둠도, 세상도 아닐 것이다. 이렇게 반대되는 성질들이 모여서 서로를 빛내준다는 것, 그게 바로 세상이고 공존이며 공생이 아닐까.

"오라버니."

"……."

"비가 좋으세요, 어둠이 좋으세요? 전 비도 싫고 어둠도 싫어요. 전 맑고 화창한 날을 좋아하고 아침을 좋아해요."

"난 어둠을 좋아해."

"정말?"

"그래."

"에이, 칙칙해요."

"그래, 난 칙칙해."

"……."

말이 끊어진 사이로 바람이 끼어들어서 펄럭거렸다. 커졌던 빗소리
가 가라앉았다.

"절 어떻게 생각하세요?"

"……."

"제가 좋아해도 돼요?"

"……."

"왜 말씀이 없으세요?"

"쓸데없는 생각 하지 마."

"왜요?"

"넌 무엇을 결정하기엔 아직 어려."

"여리 언니 때문인가요? 아님 등로 언니?"

"춥다, 들어가."

소우는 뒤에 후미코를 남겨두고 안으로 들어왔다.

"영웅호색(英雄好色)이라고 했잖아요!"

후미코가 외친 말이 어깨를 타고 앞으로 넘어온다.

피식!

'영웅이 아니므로 난 그 말을 이해하지 못한다, 후미코.'

그리고 여리 '때문' 이 아니라, 등로 누나 '때문' 이 아니라, 여리 '여

서' 이고, 등로 누나 '여서' 다. 넌 분명 맑은 날이고 아침이다. 하지만 내가 오래도록 기다려 온 맑은 날과 아침은 아니란다. 이해하니? 각자에게는 자신에게 꼭 맞는 맑은 날과 아침이 있단다. 넌 그걸 기다려야 해. 감정을 섣불리 규정짓지 마라.

애각구충이 잉어 몇 마리를 잡은 모양이었다.

화로를 빙 둘러앉은 사람들이 잉어를 안주 삼아 술잔을 돌리고 있었다. 비늘을 치고 큼직큼직하게 썰어놓은 잉어는 고소했고 흙 냄새가 났다. 살 사이에서 잉어가 헤집고 다녔을 물소리가 씹혔다. 그 물소리는 깊고 넓었으며 아득했다.

"련주, 선봉은 이 늙은이가 서겠네."

불콰해진 진강봉이 술을 따랐다. 진강봉은 주름 사이가 늘어나 있었다. 넉넉함이었다. 늙은 칼잡이, 평생을 떠돌다가 마침내 죽을 자리를 찾아온 진강봉이 지닌 이 넉넉함은 편하지 않았다.

"안 됩니다, 어르신."

"왜 안 되나?"

"살기 위해 싸우기 때문입니다."

"자리를 잘 가려서 죽는 것도 복일세."

"누리지 못하고 가시는 것도 복은 아닐 겁니다."

술은 지독하게 썼고 뜨거웠다.

불덩어리처럼 굴러 내려간 술은 배꼽 어림을 붉게 물들였다. 빗소리가 굵어졌다. 화로를 다독거리는 장의 얼굴이 어두웠다.

"이 늙은이는 너무 오래 살았어. 죽지 못하고 산 게야. 죽을 수 없었던 게지. 하지만 이제 련주가 있으니 마음을 놓고 죽을 수 있게 됐어.

제발 이 늙은일 선봉에 세워주게.”

진강봉은 어린애처럼 고집을 부렸다.

“…….”

펄럭펄럭!

창을 때리면서 바람이 지나갔다.

소우는 가만히 손바닥을 펴 보았다. 순간 손금 사이사이에서 일어난 인광이 천장을 향해 긴 유영을 시작했다. 춘아월에서 치료받던 시절 진강봉으로부터 배운 비화수(飛花手).

휘루루루—

인광은 하루살이만큼 작았다. 열기를 삭제한 인광은 천장을 몇 바퀴 맴돌고 손 안으로 빨려들었다.

“어르신.”

“…….”

“이 비화수를 제 제자에게 가르치는 날까지는 안 됩니다. 사해상련이 곧 가향입니다. 어르신께서 도와주실 일이 아직 많이 남았습니다. 이 일이 부담스러워서 도망치시는 것이라면 선봉을 맡으셔도 됩니다.”

“끄음.”

꿀꺽!

진강봉은 술을 들이켰다. 안이 비었어도 잔은 입에 붙어서 오래도록 내려오지 않았다. 그건 술잔 속에 펼쳐진 평생 때문이었다. 생각해 보면 한없이 기다렸던 평생, 이념 하나 붙잡고 외줄 타기하며 칼밭을 뒹굴어온 평생. 개처럼 쫓기면서도, 똥을 주무르면서도 기다려야 했고, 기다려야 한다고 믿었으며, 기다리지 않으면 안 되었던 평생이 아니었나.

“어르신.”

“…….”

“천천히, 하나씩 이루어질 겁니다. 너무 성급하게 마음먹지 마세요. 언젠가는 닿습니다.”

제4화 세상 끝에서

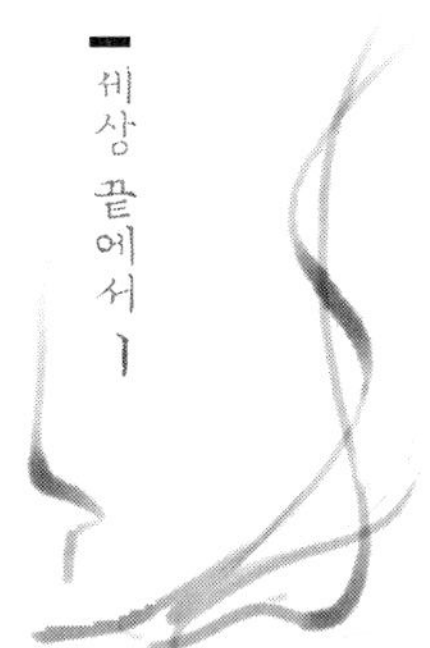

비 그친 적룡대산을 흔들면서 바람이 지나간다.

다른 때 같으면 팽위철마단이 훈련하는 소리가 쩌렁쩌렁 울렸을 시각이었지만, 하북팽문은 조용했다. 드나드는 사람들도 목소리를 내지 않으려고 조심하는 모습.

정문을 지키는 위사들 역시 일체 말을 하지 않았다. 그러나 알 만한 사람들은 이런 침묵을 의아해하지 않았다. 하북팽문은 한 달 전부터 활기를 잃고 있었다.

위사장(衛士長) 팽박(彭博)은 그 이유를 분명히 알고 있었다.

팽박뿐만 아니라 휘하 위사 다섯도 알고 있었다. 더 나아가 장가구 전체가 다 알고 있는 일이었다.

"대가주께서 앓아 누우셨다며?"

"그럴 만도 하지. 돈은 돈대로 쓰시고 몸은 몸대로 버리시질 않았

나? 뿐인가? 망신도 있는 대로 다 당하셨네. 울화병이 안 생긴다면 정
상이 아니지.”

“그래서 관인 두른 것들은 아예 상종칠 말아야 해. 깨진 독에 물 붓
기 아닌가? 정말 깨진 독에 물을 부으셨지. 결국 계집에게 실컷 이용만
당한 꼴 아닌가? 단물을 싹 빨아먹고 버려?”

“그건 아니지. 접근은 대가주께서 먼저 하셨네.”

“끄음.”

“계집을 이용하려고 접근하셨다가 역으로 당한 꼴이지, 정확히 말한
다면. 대가주께선 상상도 못하셨을 거네. 아이까지 가진 계집이 어떻
게 그리 매몰찰 수 있는가? 무서운 세상일세.”

“어이, 거기! 조용히 해.”

팽박은 얼굴을 붉혔다. 위사들이 수군거린 소리가 맞았다.

하북팽문 대가주 도신 팽문귀는 대전에 틀어박혀서 움직이지 않고
있었다. 자리보전하고 누워버린 것이다.

불려갔다 나온 의원 말을 들어보면 증세가 매우 심각했다.

울화가 간까지 파고들어 복수(腹水)가 찬단다. 그래 하루에 한 번씩
빼주지 않으면 안 되는 어려운 지경. 내전에선 벌써 장례 준비를 마쳤
다는 풍문도 돌았다.

‘이게 뭔가? 그토록 야심만만하셨던 분께서.’

처음엔 어땠을지 몰라도, 대가주는 진심으로 순천 부인(順天婦人)을
은애한 모양이었다. 팽박은 어느 날 보았던 순천 부인을 떠올렸다. 순
천 부인은 장가구 지현 숭경현의 정실이었다. 타고난 미모와 빼어난
몸매, 풍부한 학식을 지닌 정숙한 부인이자 요녀였다.

어느 사내라도 이 여인과 눈을 마주치면 빠져들 수밖에 없을 것이

다. 하지만 대가주가 그런 지경까지 갈 것이라고는 감히 상상하지 못했다.

'그렇게 강하셨던 분께서 이렇게 맥없이 허물어지다니. 역시 말년은 외로운 법인가? 정에 끌리는 법인가?'

이해할 수 없는 건 또 있었다.

순천 부인과 대가주가 밀회를 즐긴다는 소문에도 숭경현은 일체 내색하지 않았다. 방임이나 다름없었다. 아니, 그 정도가 아니었다. 마차와 관속을 딸려 밀회를 지원한 것이나 마찬가지.

순천 부인이 임신하자마자 숭경현은 바로 손을 썼다. 관속을 보내 정중히 책임을 물었던 것이다.

"여태 공의 명성을 생각해서 참았지만, 앞으로는 절대 안 됩니다. 만약 다시 한 번 더 추근거리신다면 본인은 대명률의 지엄함을 보일 것이오. 연세를 생각하시고 제발 근신하길 권합니다."

순천 부인도 바깥출입을 일체 하지 않았다. 소문에 의하면 방사와 승려, 도사들을 불러들여 태교에만 전념을 다한다고 했다.

일이 이렇게 되자 대가주가 지현부(知縣府)에 걸어놓았던 통로 전체가 막혔다. 동시에 하북팽문을 상대로 한 민원과 소송이 봇물 터지듯 터지기 시작했다. 평소 때 같으면 두려워 벌벌 기던 어부들, 상인, 목부, 광부, 산판꾼들이 한꺼번에 들고일어난 것이다.

민원은 즉각 타당함을 인정받았고, 소송도 불리하게 진행되었다. 어디에 그렇게 많은 증인들과 기록이 숨어 있었는지, 정신을 차리지 못할 정도였다.

하북팽문은 지현부와 관계를 개선해 보려고 노력했지만, 지현부는 냉담했다. 지현부는 하북팽문을 말살시키려고 작정한 것 같았다. 교묘하게 명목을 짜 맞춘 각종 세금과 노역, 철거, 경고장이 수시로 날아왔다.

'잔치를 베풀어 인심을 얻으려 한 것도 실패로 돌아갔지.'

잔치 자리마다 포쾌들이 창칼을 꼬나 쥐고 서슬 시퍼런 진을 쳤다. 명목은 질서 유지였지만, 아니었다. 술 주정을 한다거나 크게 떠든다거나 욕설을 하면 그 자리에서 형을 집행했다.

술과 고기가 넘치는 잔치 자리엔 곤장 치는 소리와 비명 소리가 난무했다. 아수라장이 따로 없었다. 이에 항의했던 총관 팽염은 '도당을 지어 관부에 대항한 죄'를 뒤집어쓰고 재판도 없이 바로 처형되었다.

그날, 대가주는 부들부들 한참이나 떨더니 쓰러졌다.

'팽문은 과연 어찌 되려는가?'

하북팽문은 이제 영화를 다했다는 소리가 공공연히 저잣거리를 굴러다니고 있었다. 부인을 강탈당했던 숭경현이 군사를 휘몰아 토벌을 할 거라는 소문도 돌았다.

실제로 몽고의 남진을 막고자 장가구 북쪽에 설치한 선방보(膳房堡)와 방가영(紡家營) 병력 일부가 남진해 하북팽문이 바라다보이는 운천사(云泉寺)에 머물러 있는 상황.

아무리 무력과 금력이 강해도 관부를 상대로 전쟁을 벌이는 건 미친 짓이었다. 더구나 숭경현은 하북팽문이 '도당을 지어 관부에 대항하고 반란을 획책한 죄' 이상의 명분을 쥐고 있었다.

부인이 밀회를 즐기는 와중에도 초연히 정사에 힘써서 동정과 인심을 얻었던 것이다.

‘토벌이 시작되면 싸워야 하는 건가, 항복해야 하는 건가?’

두 가지 길밖에 없다. 하지만 싸움을 선택해도, 항복을 선택해도 막다른 길. 출구가 아니었다. 또 다른 출구를 찾아서 벌써 몇 집은 야반도주도 마다하지 않았다.

팽박은 그들을 비난할 생각이 없었다. 자신의 집에서도 지금쯤 짐을 꾸려놓고 자신을 기다릴 게 분명하니까.

‘후유……’

"끄음!"

팽문귀는 위사장 팽박과 사람들이 알고 있는 것처럼 오늘내일하는 병자가 아니었다.

"군사들 동태는 어떠하냐?"

밀전당주 팽좌가 허리를 숙였다.

"명이 떨어지기만을 기다리는 대기 상황이옵니다, 가주."

"장군들을 만나보았느냐?"

"거부당했사옵니다."

"왜 공격을 안 하는 것 같으냐?"

"황도의 재가를 기다리는 게 분명하옵니다."

"숭경현 이놈이 날 죽이려고 독하게 마음먹었구나!"

팽문귀는 침상을 박차고 벌떡 일어났다. 순간 대가주다운 기세와 위엄이 대전을 꽉 채웠다. 팽좌는 조용히 눈을 들었다.

"가주, 목소리가 크시옵니다."

"내가 중병이 들었다 하는데도 칼끝을 안 거둔단 말이지? 정말 괘씸한 놈이 아니냐! 놈을 처치할 방도는 없느냐?"

"암습하는 방법이 있사오나 이미 늦었사옵니다. 본 문이 '도당을 지어 사병을 양성, 관부에 대항했으며 장차 역모를 꾀할 것'이라는 장계(狀啓)가 조정으로 올라간 이상 놈의 생사 여부에 상관없이 토벌이 가해질 것이옵니다."

"그럼 이렇게 멀거니 앉아서 죽을 수밖에 없단 말이냐?"

"…최선을 다하고 있사옵니다."

대답은 이렇게 했지만, 이제 다할 최선은 없다. 팽좌는 최선이 없는 게 억울하지 않았다. 한순간 잘못된 판단으로 이렇게 속절없이 무너져 내려야 한다는 게 억울했다. 자신이 입안한 계획이라면 백 번 죽어도 이렇게 억울하지 않을 것이다.

"가주, 이쯤에서 몸을 피하시는 게……."

"조상 대대로 살아온 이 장가구를 떠나야 한다?"

"상황이 좋지 않사옵니다. 가주께서 순천 부인을 임신시키신 이상 숭경현은 가주를 절대 살려두지 않을 것이옵니다. 그건 숭경현 자신을 위한 일인 동시에 뱃속에 든 아이를 위한 일이옵니다. 더불어 순천 부인의 체면을 위한 일이기도 하옵니다. 가주께선 너무 깊이 나아가셨사옵니다."

"끄음. 이제 와 그런 걸 따져 무엇 하겠느냐."

"따지는 게 아니오라 상황이 그렇다는 말씀을 올리는 것이옵니다. 이렇게까지 된 마당에 무엇을 따지오리까."

꾸욱!

팽문귀는 입술을 깨물었다.

"여우 같은 것들! 아이를 얻고자 나를 이용했단 말이지?"

팽문귀는 일이 이렇게 될 줄 몰랐다. 당신 아이를 가진 것 같다고 순천 부인이 말했을 때 그는 기뻤다. 아이를 얻어서 기쁜 게 아니었다. 아이 때문에 일이 더 잘 풀리리라 믿었기에 기뻤다.

그러나 결과는 정반대.

'도신 팽문귀가 이렇게 몰락하는가?'

몇십 대를 흘러오며 흥한 가문이라 몰락할 때도 그렇게 천천히 몰락하리라고 기대하지는 않았다.

하지만 이건 너무 갑작스런 몰락이 아닌가.

겨울이 봄을 지나 여름으로 바뀌는 그 몇 달 동안에, 아니, 밀회를 즐겼던 그 한두 달 동안에 몰락은 결정되었고 시행되었다.

톱니바퀴 아물리듯 한 치의 오차도 없이 차근차근, 외곽이든 중심이든 가리지 않고 무너져 내린 것이다.

'반역이라니…….'

이렇게 치명적이고 중대한 혐의가 세상에 또 있을까.

광부들은 공포에 질려 모두 야반도주했고, 전장은 돈이 돌아오지 않았다. 기루는 파리를 날렸고 점방은 철거되었으며 화가는 폐쇄되었다.

제남에 파견한 팽위철마단과도 불통.

"넌덜머리납니다."

팽호천과 조포는 당당하게 침을 뱉으며 하북팽문을 떠났다.

'으음, 어떻게 움직여도 죽을 수밖에 없다면… 맹주에게 도움을 청해볼까? 맹주는 무슨 방법이 있을지도…….'

왜 이제야 맹주 생각이 나는 걸까. 역시 자존심이었던가. 참 우습구먼. 이해할 수 없어. 가문을 이 지경까지 만들어놓고도 남은 자존심이 아직 있었던가.

"팽좌!"

"예, 가주."

"팔황맹 행궁은 어디에 있느냐?"

"현재 포왈도(布日都)에 머물러 있사옵니다."

"포왈도라면 여기서 보름쯤 걸리지 않느냐?"

"실상 한 달 정도 족히 걸리옵니다. 황제가 바뀐 뒤로 국경 수비가 엄중해졌고 몽고족 역시 신경이 곤두서 있사옵니다. 그 모든 걸 뚫으려면 시일이 대충 그 정도 걸리옵니다."

"비둘기를 띄워라!"

"일전에 띄웠사온데 답신이 없사옵니다."

"다시 띄워!"

파드득―

날아오른 비둘기는 세 마리. 적룡대산을 한 바퀴 선회한 비둘기들은 잠시 날개를 합쳤다가 흩어졌다. 한 마리는 북쪽, 한 마리는 서쪽, 나머지 한 마리는 남쪽이었다.

"오호! 제법 머릴 쓰시겠다 이건가?"

장가구 지현 숭경현은 피식, 웃었다.

"쏴버려!"

"예, 나으리!"

순간 궁수(弓手) 셋이 앞으로 나와 활을 쳐들었다.

끼이익.

당겨진 활은 사거리가 길고 관통력이 우수한 철직궁. 시위가 철간을 때렸다.

팡! 팡! 팡!

공기를 가르며 쭉쭉 날아오른 살들이 비둘기들을 관통했다. 충격에 밀린 비둘기들이 깃털을 떨구면서 떨어져 내렸다.

피식!

숭경현은 다시 한 번 웃었다.

"이제 문을 모두 틀어막아."

"예, 나으리!"

궁수가 아래를 향해서 깃발을 흔들었다.

펄럭, 펄럭펄럭—

"교활한 새끼!"

팽좌는 주먹을 움켜쥐었다. 역시 숭경현은 치밀했다. 요소요소에 궁수들을 배치, 연락을 차단하고 있다. 팽좌는 자신의 그 많은 노력들이 어떻게 삭제되었는지를 이제 분명히 봤다.

"팽평(彭平)!"

"예, 당주님!"

"네가 직접 구노(丘老)에게 다녀오너라."

구노는 십 리 밖에서 전서구업에 종사하는 늙은이였다. 사용료는 좀 비싸지만, 강하고 빠른 전서구를 보유하고 있어서 믿을 만했다. 팽좌는 전서를 넘겼다.

"감시가 있을 것이다, 팽평."

"따로 전할 말씀은?"

"제일 빠른 놈으로 띄우라고 해라!"

"꼭 성공해 보이겠사옵니다!"

팽평은 정문을 피해서 후문 근처 수채구로 빠져나왔다.

수채는 매우 지저분했다. 옷이 더러워졌지만 아무래도 좋았다. 자신이 품고 있는 전서 한 통이 어쩌면 절망에 빠진 문을 구할지도 몰랐다.

아니, 어쩌면, 반드시… 구해야 했다. 팽평은 대로를 피해 후미진 담벼락을 따라 부지런히 걸었다. 이따금 마주친 사람들이 인상을 찌푸렸다.

"빌어먹으려면 좀 닦고 다녀라, 자식아!"

"요즘 거지들은 예의도 없어요."

"덩치 멀쩡한 새끼가 참 힘들게 사누만."

팽평은 신경 쓰지 않았다.

마침내 팽평은 긴 담벼락을 지나 대로와 이어진 소로에 접어들어서 마음을 놓았다. 여기선 팽문이 보이지 않는 것이다. 그렇다면 관부가 쳐놓은 거미줄을 벗어났다는 의미. 팽평은 막 경공을 펼치려고 하다 흠칫 몸을 세웠다.

"팽평!"

"누, 누구쇼?"

묻긴 했어도 팽평은 알고 있었다. 물은 건 그저 요식 행위에 불과했다. 길을 막아선 사내는 관원이 분명했다. 관원은 유엽도를 쭉, 뽑아 올리면서 빙그레 웃었다.

"널 즉결 처형한다. 넌 반역 무리의 전서를 지녔다!"

"보냈나?"

"예. 하지만 막힌 것 같사옵니다."

팽좌는 주먹을 움켜쥐었다.

"막혔다?"

"전서를 쥐어 보낸 가솔이 돌아오지 않았사옵니다."

"잡혔단 말인가?"

"죽었을 것이옵니다."

"끄음."

팽문귀는 점점 자신을 옥죄어오는 그물을 느꼈다. 사방이 막힌 이상 어디로 움직여도 역효과였다. 이런 변방에서 전서 한 통 못 보낸다면 살아 있어도 살았다고 볼 수 없다. 죽음은 보다 분명하고도 확실하게 다가와 있었다.

"이제 어떻게 해야 하지?"

"……."

팽좌는 거친 변방을 호령하다가 마침내 우리에 갇혀 버린 맹호 팽문 귀를 내려다보았다. 팽문귀는 가련하게도 떨고 있었다. 약관에 하북팽 문을 물려받아 굵직굵직한 결정과 과감한 투자, 공격적 경영으로 일문 을 이끌어온 대가주 팽문귀. 그는 이제 맹호가 아니었다.

"방법을 찾아봐!"

"…없사옵니다, 가주."

죽임을 당하거나 자살을 택하거나 오직 이 두 가지 방법밖에는. 팽 좌는 목에까지 차 오른 마지막 말을 삼켰다. 말이 흘러내려 간 저 아래 에서 무언가 뜨거운 덩어리가 다시 넘어왔다. 그건 삼켜도 삼켜지지 않았다.

"팽좌, 이대로 죽을 순 없다. 아이들을 집결시키고 갑옷과 도를 내오 너라!"

“……."

“어서 갑옷과 도를 내오래도!”

“…예."

“드디어 움직이기 시작하셨군.”

숭경현은 차 한 모금을 들이켰다.

“하하! 한번 꿈틀해 보시겠다 이건가?”

산리홍(山梨紅)을 우려낸 차는 약간 붉은빛이었다. 그 빛깔처럼 붉은 적룡대산 한가운데 하북팽문 연무장으로 철갑들이 모여들고 있었다. 멀리서 봐도 철갑들은 기세가 엄정했다.

“나으리, 팽위철마단이옵니다. 팽문귀가 거느린 주력입지요. 원래 오백여 기였사옵니다. 그런데 겨울에 이백여 기를 따로 떼어내 제남으로 남하시켰으므로 현재는 삼백여 기밖에 아니 되옵니다.”

지현부 서리 왕평이 슬쩍 웃음을 보였다.

“으음.”

숭경현은 이 왕평이란 자도 빠른 시간 내에 베어버리리라고 작심했다. 왕평은 많은 걸 알고 있는 위인이었다.

많은 걸 알고 있다는 건 힘인 동시에 약점. 세상에 비밀은 없다. 하지만 유지에 최선을 다하다 보면 흐릿해지는 것 또한 사실이다. 죽은 자는 산 자를 귀찮게 하지 않는다. 왕평은 마땅히 삭제돼야 한다. 명분은 팽문귀와 다르지 않았다.

“왕평.”

“네네! 명을 주소서, 나으리.”

“자넨 팽문귀와 친하지 않았나?”

“예?”

“수시로 팽문을 들락거리면서 용돈을 얻어 쓰지 않았는가?”

“나, 나으리, 맹세코 그런 일은 없사옵니다! 소인 놈이 어찌 저런 반역 도배들과 교통을 했겠나이까?”

“그래? 그럼 내가 잘못된 소문을 들은 모양이군.”

숭경현은 소리없이 웃었다.

이 섬뜩해 보이는 웃음에 왕평은 진땀을 흘렸다. 숭경현은 왕평, 자신이 도무지 이해하지 못할 곳에 머리를 두고 살아가는 자였다. 권력을 위해 스스로 양물을 잘라 환관이 된 자답게 숭경현은 치밀했고 비정했다.

“왕평.”

“예, 나으리.”

“팽문귀는 죽어 마땅한가?”

“아, 그러믄입쇼. 사사로이 가병을 길러 장가구 전체를 휘어잡고 호령했습죠. 네네네. 뿐만이 아니오라 감히 순천 부인을…….”

“난 그런 걸 물은 게 아니야, 왕평.”

“예?”

“과연 도당을 지어 관부에 대항했고 여기서 한 발 더 나아가 반역까지 획책하였는가? 그럴 만한 위인이라고 보는가… 이걸 물었네.”

“큼! 사병을 거느리고 있는 건 틀림없는 사실이 아니옵니까? 관부나 조정의 입장에선 큰 우환거리가 틀림없사옵니다. 반드시 잘라내지 않으면 안 될 싹이옵니다. 반역도배들이 어디 처음부터 ‘나 반역하겠소이다!’ 라고 말하는 건 아니질 않사옵니까? 놈이 반역을 도모하고 있다는 고변도 여러 차례나 있었고…….”

"흠, 그래. 고변은 여러 차례 있었지. 혹시 말일세, 그 고변은 자네가 내 심기를 편케 해주려고 조작한 고변이 아니었나?"

"이런. 하하, 흠흠! 나으리께서 언제 소인 놈에게 그런 귀띔을 주셨나이까? 소인 놈은 맹세코 그런 귀띔을 받은 적이 없사옵니다. 죽일 만하니까 죽이는 것이고 죽을 만하니까 죽는 게 아니옵니까?"

"진정 그리 생각하고 있느냐?"

"그러믄입쇼, 나으리. 헤헤!"

왕평은 심각했지만 숭경현은 심각하지 않게 다시 웃었다. 소리나 감정이 전혀 들어 있지 않은 텅 빈 웃음. 웃음 사이로 보여지는 이가 섬뜩했다.

"장군들에게 기별해라, 왕평."

"예, 나으리."

"군사들을 움직여 팽문을 포위하라고! 놈들이 움직이면 바로 들이칠 것이다."

"명."

왕평이 물러갔다.

"흠!"

숭경현은 이제 다 식어 빠진 차를 마시지 않았다. 연무장에 집결한 팽위철마단은 무기를 지급받고 있는 중이었다. 숭경현은 눈살을 찌푸렸다. 무기와 철갑에서 튕겨진 빛살이 현란했다.

피식!

"팽문귀, 내 장담하지. 도신다운 최후는 절대 허락치 않을 것이다. 개처럼 질질 끌고 다니다가 죽여주마!"

"나으리!"

왕평이 다시 와서 손에 든 걸 먼저 내밀었다. 그건 상선(尙膳)이란 두 글자가 새겨진 목패(木牌)였다. 상선이면 환관 이십사아문 중 하나인 상선감(尙膳監). 상선감이면 황제가 먹는 음식물과 황제 조상이 모셔진 봉선전(奉先殿)에 일일삼찬 음식을 올리는 곳이다. 목패는 바로 그 상선태감이 내린 영패였다.

"웬 사내와 여인이 나으리를 뵙고자 청하옵니다."

숭경현 얼굴이 변했다.

"관원이더냐?"

"아니옵니다. 여인은 한 삼십쯤 먹어 보였사온데, 매우 절색이옵니다. 사내는 약관으로 보였사온데, 칼잡이가 분명하옵니다. 괴이하게 생긴 장도를 메고 있나이다."

"이 영패 주인은?"

"여인이었사옵니다."

2

업무 특성상 환관의 최고 우두머리인 사례태감(司禮太監)과 학인병필(學印秉筆), 동창(東廠) 통령(統領)이 서로 관장하던 상선감이 아이시타 한 사람에게 맡겨진 건 그리 오래전 일이 아니었다.

삼보태감(三保太監) 정화(鄭和)와 둘도 없는 친구 아이시타는 가히 신의(神醫)란 말을 듣고 있었다. 그는 절개(切開)를 금시하는 전통 치료법을 과감히 혁파, 절개원리요의설(切開原理要醫說)이란 책을 저술해

종기에 시달리던 많은 백성을 치료했다.

뿐만 아니라 황제에게 상소를 올리고 사재를 털어 가난한 백성들을 위해 노력하였다. 이런저런 노력들이 합쳐져 현재 조정은 아이시타를 상선 화태감(華太監), 즉 화타가 환생한 상선태감이라고 부르며 공경했다. 숭경현은 엄밀히 말하면 삼보태감 정화 쪽 사람이었지만, 평소 아이시타를 깊이 흠모해 왔다.

"그분께서 왜 사람을 보내셨을까? 여긴 황상께 올릴 만한 귀한 음식거리가 전혀 없는 고장인데……."

설마 이번 일로 사람을 보냈으랴 싶으면서도 숭경현은 왠지 껄끄러워지는 심정을 어쩌지 못했다.

"올려보내라!"

올라온 여인은 왕평 말처럼 시원시원한 생김에 매우 절색이었고, 사내 역시 칼밥을 먹는 칼잡이였다. 사내와 눈을 마주친 숭경현은 기묘한 느낌에 사로잡혔다.

칼잡이니까 우락부락하리라 여겼던 상상이 빗나갔기 때문만은 아니었다. 사내가 지닌 눈 때문이었다. 여인보다 더 흰 얼굴에 흑요석처럼 박힌 그 눈이 얼마나 깊고 고요해 보이는지, 청정한 느낌마저 들었다.

"바쁘신데 찾아뵈었나 보오이다."

여인은 정중히 허리를 숙였다.

"으음."

숭경현은 여인보다 사내에게 집중했다. 사내는 간단히 목례만 취했을 뿐 더 이상 움직이지 않았다. 마주친 눈도 피하지 않았다. 아니, 어쩌면 숭경현 자신을 바라보는 게 아닌지도 몰랐다.

까만 눈이 투명해 보인다면 말이 안 되겠지만, 사내가 지닌 눈은 투명했다. 그래 어떻게 보면 세상 모든 것이 다 담긴 것 같았고, 어떻게 보면 아무것도 담고 있지 않았다.

"그댄 누군가?"

여인에게 더 신경을 써야 했지만, 숭경현은 자신도 모르게 물었다. 사내는 대답 대신 빙그레 웃어 보였다. 관원이 물었으면 그게 무엇이든 대답을 해야 하는 게 백성 된 도리. 그러나 사내는 그것을 무시했다.

숭경현은 단순히 참 탐나는 웃음이라고 생각했다. 기이한 일이었지만, 곰곰이 생각해 보면 그리 기이한 일도 아니었다. 소우는 그냥 서 있는 기세만으로 숭경현과 그를 둘러싼 호위들, 서리 왕평을 제압했던 것이다.

"나으리."

장이 숭경현을 불렀다.

"으? 아, 예!"

"저는 아이시타 태감을 아버지로 모시고 있사옵니다."

"아! 그렇소이까?"

장 역시 숭경현이 만만하게 상대할 신분이 아니었다.

숭경현은 왕평을 시켜 천막을 치고, 탁자와 의자를 들여놓고, 차를 끓이는 등 부산을 떨었다. 자리가 대충 정리되자 숭경현은 조심스럽게 여인과 사내가 찾아온 용건을 물었다.

"그래, 하북팽문 일로 이 누추한 곳까지 왕림을 하셨소이까?"

"그렇사옵니다, 나으리."

사내는 여전히 말이 없었다. 숭경현은 다시 물었다.

"상선태감께서 관심을 가지고 계신 줄은 미처 몰랐소이다. 그래, 어떤 명을 가지고 오셨소?"

"아버님 명이 아니옵니다. 제가 관심이 있을 뿐이지요. 물론 호의는
아니옵니다. 적의에 가깝다고나 할까요?"

푸스스―

여인이 웃었다. 왠지 매우 슬퍼 보이는 웃음이라고 숭경현은 생각했
다. 아마 이 여인도 팽문귀와 어떤 관계가 있었을 것이라고 단정한 숭
경현은 마음을 놓았다.

그가 알기로 황제의 총애를 한 몸에 받는 상선태감이 가진 힘은 무
한했다. 사소한 부탁이라도 자신 같은 일개 지현이 무시할 수 없을 만
큼 가볍지 않다.

그가 하북팽문을 살려주라고 부탁하면 설사 진짜 반역을 도모했어
도 살길을 만들어줘야 한다. 권력이 행하는 이런 부탁과 이권에 숭경
현은 익숙했다.

"하북팽문은 반역 무리들이오이다. 가진 바 힘만 믿고 황은에 불복
하며, 관원을 멸시하고 사사로이 가병을 기르는 행위는 명백한 반역 행
위요. 현재 황상 폐하의 명이 내려오고 있소이다. 내 이번 기회에 하북
팽문을 싹 쓸어버릴 참이오!"

"어련하시겠습니까."

"그런데 무슨 일로?"

장은 잠시 사이를 두었다가 빙그레 웃었다.

"어려울지도 모르는 부탁이라서……."

"말씀해 보시오. 이 숭경현, 한낱 환관에다 일개 지현부를 다스리는
하급 벼슬아치에 불과하오. 하지만 평소 상선태감 합하를 깊이 흠모해
왔소이다. 이 사람이 들어줄 수 있는 것이라면 얼마든지 들어드리겠소

이다.”

“매우 어려운 부탁이옵니다.”

“어허! 이거 서운하외다. 이 사람 선에서 가능한 일이니까 이렇게 찾아온 것이 아니시오? 어서 말씀해 보시오.”

“…….”

“이 사람을 믿지 못하시오이까?”

“그럼… 어려워하지 않고 말씀을 드리겠나이다.”

“귀를 씻고 듣겠소이다.”

장은 물었다.

“나으리께선 팽문귀를 어찌 처리할 작정이시옵니까?”

“당연히 참수를 해야지요!”

“저한테 넘겨주시지 않겠습니까?”

숭경현은 여인을 바라보았다. 여인은 담백했다. 애증이나 분노, 하다못해 미세한 어떤 감정도 보이지 않았다.

“팽문귀를 살려달란 말씀이시오?”

여인이 까르르― 웃었다.

“음?”

“저희가 베어버리겠단 말씀이옵니다.”

장은 팔황맹이 오룡련를 분지를 때 천지를 쪼개 버릴 듯 펑펑! 터졌던 화탄을 기억했다. 그 화탄을 팔황맹 어느 가문이 터뜨렸는지도 기억했다.

주먹만한 화탄 한 덩어리가 지닌 위력은 상상을 초월했다.

사십 년 수련한 칼잡이 열을 잡아먹고도 모자라 전각 한 채까지 꿀꺽 삼켰다. 훗날 형주혈사(荊州血事)이라고 이름 지어진 이 비겁한 전쟁으로 무림엔 새로운 바람이 불었다.

몸과 몸, 칼과 칼을 부딪치며 정(正)과 마(魔), 협(俠)과 사(邪)를 가름했던 무림은 지양되었다.

대신 협잡과 결탁, 암습과 배신, 매수가 성행했다.

뼈를 깎는 인내와 수련, 공력을 쌓느라 보낸 세월은 그것이 남들로서는 상상할 수 없는 기간이었고 자신에게도 매우 가치있는 시간이 분명했지만, 화탄 한 알 앞에서는 너무나 무기력했고 아무런 의미가 없었다. 이건 새로운 싸움 방식의 출현이었다.

새로운 방식은 언제나 제물을 필요로 한다.

그 첫 제물이 바로 백련이었다. 결과만 놓고 말한다면, 관부와 결탁한 지역 세가와 전통 무문이 연합한 팔황맹이 승리했다.

반면 오랜 세월 동안 비밀스럽게 전해 내려온 백련의 마지막 가향, 오룡련은 분질러졌다. 이 비겁한 승리와 참혹한 패배 사이에서 하북팽문은 하얗게 웃었다.

"전 팽문귀, 더 나아가 하북팽문을 매우 증오하옵니다. 그러니 깊은 사정 묻지 마시고 팽문귀를 넘겨주시지요."

"끄음. 토벌전을 귀측이 대행하시겠다, 이 말이오?"

숭경현이 묻자 장이 고개를 흔들었다.

"개인적인 원한이옵니다. 우리가 어찌 나으리께서 지니신 고귀하고 지엄한 권한을 대행할 수 있단 말이옵니까? 저흰 오직 팽문귀만을 원하옵니다."

팽문귀를 확실히 죽여만 준다면 숭경현으로서는 거부할 이유가 없는 제안이었다. 취약하기만 했던 토벌 명분을 상선태감 아이시타가 묵인해 주는 기분 좋은 제안이기도 했다. 숭경현은 흔쾌하게 손뼉을 쳤다.

짝!

"좋소이다. 대신 조건이 있소!"

"말씀하소서."

"놈의 목은 우리 지현부에 귀속시킬 것!"

"이를 말씀이시옵니까?"

숭경현을 만나고 내려오는 길은 좁았고 불편했다.

자꾸만 돌이 밟혔다. 돌들은 신발에 제 의지로 몸을 부딪치고 제 의지로 굴려 내려가는 것 같았다. 돌들은 이런 방식으로 움직이는 게 편할지 몰라도 소우는 불편했다.

"운이 묘하게 닿았군요, 장 누님."

"아니오, 련주님. 운이 닿은 게 아니라고 봐요, 전."

"……."

"팽문귀가 자신도 주체할 수 없는 욕심을 부렸어요. 돈이면 다 된다는 생각으로 환관 출신 벼슬아치를 일반 벼슬아치처럼 생각한 게 잘못이었지요. 그들은 탐욕 이전에 자존심이 말도 못하게 강해요. 팽문귀는 그걸 건드렸고, 숭경현은 그걸 역으로 이용한 거죠."

"……."

"환관들은 부부연을 못 맺을 것이라고 다들 오해하는데, 아니에요. 정이 많고 한번 연을 맺으면 끝까지 해로해요. 대부분 처지가 비슷한 궁녀들과 연을 맺는데 이걸 채호(采戶), 대식(對食)이라고 하죠. 이 둘 사이는 일반인들로서는 이해하지 못하는 고귀한 예절(禮節)과 품격(品格)이 있어요. 어느 한쪽이 먼저 세상을 뜨면 매우 슬퍼하죠. 그리고 평생 다른 배우자를 찾지 않아요. 팽문귀는 이걸 몰랐던가, 아니면 간과했던가 무시했어요."

"관부 도움을 받을 줄은 몰랐습니다."

"호홋— 관부가 사해상련을 돕지 않으면 누가 도와요? 사실 관부는 매일 우리 사해상련에 와서 절을 백 번씩 해야 돼요, 뭐."

"끄음."

"련주님께서 운이 좋으신 게 아니라 이 장 누이가 운이 좋은 거네요. 좋은 의부님을 만났으니까요. 안 그래요?"

"그럼 종종 의지할까요?"

"어머, 농담도 할 줄 아세요?"

"……."

잠시 사이를 두었다가 소우가 물었다.

"승경현은 어떤 자입니까?"

"글쎄요, 저도 오늘 처음 봐서. 하지만 머리 회전이 빠르고 권력 향배를 늘 주시하고 있는 것 같네요. 환관 출신이 벼슬을 받은 것도, 이런 변방에 부임한 것도 유례가 없는 일이에요. 하긴 젊으니까 삼보태감께서 직권으로 밀어주셨을 수도 있어요. 아무튼 앞뒤가 꽉 막힌 사람은 아니고… 그렇다고 믿을 만한 사람도 아닌 것 같고, 맺고 끊음은 매우 분명하다고 봤어요."

"역시 그렇지요?"

"련주님, 팽문귀를 대두웅께 맡기고 싶어요."

"그렇게 하세요. 그래야 한동안 떼를 못 쓰시지요."

"호홋!"

산을 다 내려와서 대로에 서자 허겁지겁 돈영쌍부가 달려왔다. 상인으로 위장한 돈영쌍부는 거대한 덩치와 험악한 인상 때문에 상인을 빙자한 파락호 형제 같았다.

"군사들이 움직였나이다, 련주."

"그들이 하북팽문을 포위했사옵니다."

선방보(膳房堡) 천소장군(千所將軍) 탕정광(宕晶光)은 물자가 부족한 청해 출신이었고, 방가영(紡家營) 천소장군 여중백(呂仲伯)은 물자가 풍부한 강남 출신이었다.

출신이 다른 만큼 둘은 성격도 달랐다.

탕정광은 장비를 연상케 하는 덩치와 인상, 오십 근짜리 사모(蛇矛:창의 한 종류)를 다루면서 돼지 뒷다리에 화주를 즐겨먹는 반면, 여중백은 화려하게 치장된 멋스러운 유엽도를 다루면서 명주가 아니면 아예 술 취급을 하지 않았다.

성격이 이렇게 다른 두 사람은 의외로 친했다. 서로 이웃에 주둔해서 그런 것도 있지만, 공통점이 있었기 때문이다.

모래바람 지나가는 초원과 툭하면 소란을 일삼는 몽고족만이 횡행하는 이런 변방에서 근무하는 장수들 심정이 다 그럴 테지만, 그들은 출세에 대한 욕구가 남달랐다.

종오품 천소장군이 변방에서 목숨 바쳐 공을 세워봐야 돌아오는 건 뻔했다. 절절하고도 장려한 수사로 가득 차 있지만 결국 알맹이는 '목숨을 바쳐라' 인 종잇조각 아니면 고작 은전 몇 푼, 술 몇 동이, 고기 몇 근……. 매일같이 목숨을 위협당하는 상황에서 이런 것들은 이제 신물났고, 창창해야 할 미래는 저 막막한 초원에 저당 잡혀 있었다.

탕정광과 여중백은 이런 현실을 못 참아했다.

"빌어먹을!"

이런 빌어먹을 현실은 배경 화려한 장가구 지현 숭경현을 따라야만
하는 명분을 주었다.

과거엔 어땠을지 몰라도 이젠 칼 잘 쓰는 장수가 출세하는 세상이
아니었다. 칼보다는 인맥을 부드럽게 잘 관리하는 장수가 충성된 장수
였고 출세를 보장받았다.

오늘 탕정광과 여중백이 휘하 군사를 몰아서 하북팽문을 포위한 이
유는 이렇게 단순했다.

숭경현이 반란군이라고 규정한 이상 하북팽문은 반란군이었다. 반
란군이 아니면 안 되었다. 반란군으로 만들어야 했다. 그 외의 것은 생
각할 필요도 없었다.

"반란군 기세가 대단히 험악하네. 정말 오래 준비했구먼. 잘 훈련된
기병 삼사천, 보군 이삼천이 완전히 철갑으로 무장했네. 허허허! 무엄
하게도 황상 폐하를 가리켜서 황위를 찬탈한 자라고 욕하고 있군. 연
적찬위(燕敵簒位) 깃발도 무수히 날리는 중이네. 이놈들, 이거 정말 큰
일날 놈들이었구먼."

하북팽문 정문 앞에 선 탕정광은 기록을 맡은 여중백에게 상황을 규
정해 줬다. 여중백이 지금 쓰는 이 장계는 지방 도지휘사사 대신, 숭경
현을 거쳐서 중앙, 다시 말하면 오군도독부와 사례감에 전달될 것이다.

여중백은 한술 더 떴다.

"팽문귀란 자식, 황금으로 만든 투구를 쓰고 용이 그려진 갑옷을 떨
쳐 입었구먼. 저건 황제를 칭하는 것이나 다름없으이. 백관(百官) 인선
까지 끝낸 걸 보면 따르는 무리가 족히 몇만은 되겠구먼. 우리가 여태
저런 놈을 그냥 두고 있었다니… 폐하께서 우리에게 죄를 물으시지 않
을까 저어되네그려."

하북팽문은 일체 움직이지 않았다. 정문을 닫아걸지도 않았으며 전면에 가병인 팽위철마단을 배치하지도 않은 상태였다.

군사들과 대치한 위사들 역시 개전의 빌미를 주지 않으려고 노력하는 흔적이 역력했다. 탕정광과 여중백은 이런 경우 어떻게 해야 개전이 되는지를 잘 알고 있었다.

탕정광은 비장을 불렀다.

"어이, 저 반란군 놈들을 당장 무장 해제시켜라!"

철그렁, 철그렁철그렁!

하북팽문 위사장 팽박은 다가온 비장을 보았다. 때 묻은 갑옷, 퇴색한 투구 깃, 낡아 빠진 피풍을 걸친 사십 대 비장은 늙은 도마뱀처럼 음흉하고 교활해 보였다. 비장은 누런 이를 내보이며 씨익 웃고 이상한 주문을 했다.

"물 좀 한잔 주게."

"예? 아, 예."

팽박은 수하들에게 물을 떠오라고 지시했고 금방 물이 대령되었다. 팽박은 아주 공손하게 물을 건네주었다. 물을 물끄러미 바라본 비장은 다시 씨익, 웃으면서 팽박 발등에 물을 쏟아 부었다.

줄, 줄줄—

비장이 이죽거렸다.

"살다 보면 별 좆같은 일을 참 많이 겪는 법이지. 안 그래?"

흠뻑 젖은 신발, 팽박은 미동도 하지 않았다.

쓱쓱.

비장은 젖은 신발 위에 천천히 흙을 발랐다. 팽박은 움직이지 않았다. 비장의 속셈은 뻔했다. 시비를 걸어 싸움을 유도하려는 것.

"끄음."

"뭔가 잘될 것 같으면서도 잘 안 될 때가 있어. 그때마다 난 이런 생
각을 하네. 인생 참 좆같다! 이런 때도 똑같은 생각을 하지. 어떤 개새
끼는 집안을 잘 만나서 강아지 노릇만 해도 대우받으며 할랑하게 인생
을 살아나가는데, 어떤 분은 군대 끌려와서 장가도 못 가고 좆빠지게
야만족들과 싸워야 해!"

"……."

팽박은 비장 뒤에 줄줄이 늘어선 군사들의 바람을 잘 알고 있었다.
군사들은 피를 보고 싶어하는 눈빛이었다. 비장은 계속 이죽거렸다.

"어이, 아저씨! 뭔가 불공평하다고 생각지 않나? 당장 네 갑옷과 내
갑옷을 비교해 보자고. 좆빠지게 고생하시는 내 갑옷은 먼지투성이인
데, 할랑하게 인생을 즐기는 네 갑옷은 삐까뻔쩍해! 너 인생 그렇게 좆
같이 살면 안 돼, 씨발 놈아!"

"……."

"뭘 봐, 이 좆같은 새꺄! 당장 칼 내려놓고 갑옷 벗어! 저고리와 바지
도 벗어! 그리고 땅바닥에 엎드려. 너희들은 대명률을 위반했어! 군병
도 아닌데 무구와 병기를 휴대했거든?"

"저, 나으리. 도대체 왜 이렇게……."

"좆같은 말 하지 말고 그냥 아가리 닥쳐!"

"끄음."

팽박은 그냥 서 있었다. 분노야 이루 말할 수 없었지만, 반응을 보이
면 당장 칼이 날아올 명분을 주게 된다. 그렇다고 비장의 말대로 갑옷
과 투구를 벗고 도를 놓을 수도 없었다.

이런 행위는 팽문이 지난 자존심과 자긍심을 버리는 행위였다. 자신의 판단으로 결정할 수 있는 문제가 아니었다.

비장 채진(彩眞)은 이런 맹점을 잘 알고 있었다. 채진은 휘하 군사들에게 소리쳤다.

"뭐 해! 이 좆같은 새끼들을 당장 벗겨!"

"예이!"

우르르!

달려든 군사들과 팽문 위사들 간의 몸싸움이 이어졌다. 이런 몸싸움 와중에 먼저 칼을 뽑아 든 쪽은 분명하지 않았다. 팽문 위사들일 수도, 군사들일 수도 있었다. 어쨌든 누군가 쨍! 칼을 뽑아 들었고, 이내 그것은 다른 칼을 뽑아 들게 했다.

쨍! 쨍! 쨍! 쨍!

이때만을 기다린 탕정광과 여중백이 벌떡 일어났다.

"어? 저 개새끼들이 칼을 뽑았네. 모두 죽여!"

"공격해!"

3

팽문귀가 팽위철마단을 전면에 투입한 건 정문이 무너진 뒤였다. 정문은 바로 뚫렸다. 정문이 뚫리자 사방 담에 사다리가 놓여지고 삼천이 넘는 군사들이 몰려들어 왔다.

몽고족과의 실전으로 단련된 군사들은 적진 내닫듯 팽문 중앙으로

몰려들어 왔다. 방향도 계통도 없었다. 군사들은 닥치는 대로 베었고
찔렀으며 불을 질렀다.

"싸워라! 장렬하게 죽자!"

팽문귀는 소리쳤지만, 팽위철마단은 굼벵이처럼 느리게 움직였다.
결론이 정해진 싸움이었다. 희망없는 싸움이었고, 출구없는 싸움이었
으며, 상대가 안 되는 싸움이었다. 이해할 수 없는 싸움이었고, 억울한
싸움이었으며, 죽어야 하는 싸움이었다.

그에 비해 군사들은 의기양양했다.

"와와와! 처단하자!"

군사들은 대부분 가난한 집 출신. 군사들은 호화롭고 고풍스러운 팽
문 전각과 그 안에 사는 사람들과는 전혀 다른 세상에서 살아왔다. 따
라서 가진 자에 대한 적개심이 몽고족에 대한 적개심보다 훨씬 더 강
했고 짜릿했다.

"다 죽여라! 와아!"

"불 태워 없애라!"

노도처럼 밀려들어 온 군사들에게 팽위철마단이 함몰되었다.

팽위철마단은 거세게 저항했지만 워낙 중과부적이었다. 팽위철마단
을 가운데로 밀어 넣은 군사들은 버러지 밟아 죽이듯 팽위철마단을 밟
았고, 잠자리 날개 뽑듯 뜯어냈으며, 개 잡듯 두들겼다.

"뭐라?!"

탕정광과 여중백에게 보고된 건 군사들이 입은 피해만이었다.

팽위철마단 삼백여 명을 몰살시킨 군사들이 입은 피해는 적지 않았
다. 사망 팔십이 명, 부상 일백사십칠 명!

쇠뇌가 위력을 발휘했던 것이다. 하지만 탕정광과 여중백에 의해서 피해는 더욱 과장되었고 부풀려졌다.

"사망 팔백이십이 명, 부상 일천삼백삼십 명!"

여기서 정말 사망한 일백사십칠 명을 제외한 가(假)사망자 칠백사십 명은 이제 탕정광과 여중백에게 뇌물을 바치는 즉시 고향으로 돌아갈 수 있을 것이다. 부상자 일백사십칠 명을 제외한 가부상자 일천백팔십삼 명의 치료비로 내려온 돈 역시 탕정광과 여중백의 주머니를 부풀려 줄 수 있을 것이다. 여기서 약탈한 건 숭경현의 차지로 돌려서 숭경현과의 관계 역시 돈독해질 수 있을 것이다.

"혹시 안 죽은 놈이 있을지도 모른다! 각 총기(總旗:초급 군관)들은 휘하 각 소기(小旗)들을 이끌고 확인해서 목을 베라!"

"머리를 상자에 담아 소금에 저려라! 황도로 올릴 것이다!"

탕정광과 여중백에게 이제 남은 임무는 조작이었고, 하북팽문에게 이제 남은 임무는 없었다. 구석에 몰린 팽문귀는 그걸 알았다. 팽문귀는 진작 자살하지 못한 자신을 원망했다.

"팽좌."

"예, 가주."

"내가 결국 팽문을 닫았구나."

"아셨다면 다행이옵니다."

어깨에 화살을 세 개나 꽂은 팽좌도 피투성이였다.

이제 그들에게 남은 건 호위 일곱 명뿐.

이 아홉 명이 삼천 명을 상대로 싸움을 벌인다는 건 무모한 짓이었다. 팽문귀는 화탄을 쌓아둔 창고로 군사들을 유인했다.

"혼자 죽진 않겠다!"

"지당한 말씀이옵니다!"

그러나 이마저도 팽문귀에겐 허락되지 않았다. 창고는 숭경현이 장악하고 있었다. 아니, 더 정확히 말하면 숭경현 옆에 선 늙은이에게 제압되어 있었다. 팽문귀는 씹어뱉듯 말을 토해냈다.

"대두옹, 이 마두! 명 한번 길구나!"

"미안하네, 팽문귀!"

진강봉은 혼자가 아니었다. 좌측엔 긴 장도를 멘 섬세한 칼잡이, 우측엔 호리호리한 미녀를 대동한 상태였다. 팽문귀는 신병 오호천패도(五虎天覇刀)를 뽑았다. 진강봉도 압금추를 뽑아 들었다.

"팽문귀!"

"말해라, 대두옹! 결국 저 쥐새끼 숭경현 뒤에 네놈이 있었던가? 정말 이럴 줄 몰랐군!"

"오해하지 말게. 우연이 겹쳤을 뿐이니까."

"하긴 이왕 이렇게 된 이상, 그게 무슨 상관이랴!"

"허허! 오래 살아서 이런 꼴도 보는구먼. 자네도 마찬가지였겠지만, 이 늙은인 이런 날이 오리라고 믿지 않았네. 천하의 팔황맹 하북팽문이 이런 꼴로 쓰러질지 뉘 알았으리."

"팔황맹이 가만히 있지는 않을 것이다, 이놈!"

"당연히 그럴 테지. 하지만 태산 황보무문도 얼마 전 가볍게 분질러줬지. 이제 자네들 팔황맹 시대는 끝났다네. 아무런 철학 없이 탐욕만으로 이루어진 이기 집단의 말로지. 자넨 팔황맹을 믿었나? 이 늙은이가 볼 땐 아닌 것 같았거든?"

"잡소리!"

오호천패도를 거꾸로 쥔 팽문귀가 달려들었다. 오호천패도에선 호랑이 울음소리가 났다. 빛살을 산산이 잘라 떨어뜨리면서 육박한 도세는 거대한 해일 같았다. 순간 진강봉이 크게 휘두른 압금추를 따라 비화수가 긴 꼬리를 흔들었다.

콰쾅!

강력한 부딪침 한 번. 짧은 충돌이었지만 결정된 건 참 많았다. 팽문귀는 이해할 수 없다는 듯 부서져 버린 자신의 어깨와 오호천패도를 보았다. 오백 장 아래에서 채굴한 적철을 몇십만 번 담금질하고 두들겨서 강성과 인성의 중심을 잡고, 조상의 혼과 영으로 신령을 더한 오호천패도는 이제 도가 아니었다.

자루만 남았는데 누가 도라고 불러줄 것인가.

자신 또한 이 오호천패도와 다르지 않았다. 압금추가 후버 판 어깨, 불패를 자랑했던 철갑이 일그러졌다. 그 철갑 아래 살은 헝클어졌고 뼈는 바스러졌는데, 이 살과 뼈가 뒤엉켜서 시뻘건 핏물을 밖으로 밀어내고 있었다. 밖으로 나온 피는 안의 피를 끄집어 당겨서 상처를 덮으려고 했지만 응고되지 못했다. 그렇게 죽 늘어진 핏줄기가 이제 의지와 상관 없어져 버린 팔을 결박하면서 아래로 흘러내렸다.

"큭!"

팽문귀는 하늘과 산하를 애써 눈에 담았다.

아직 어두워지기에는 이른 시각, 그러나 어두워지고 있었다.

팽문귀는 중천에 걸린 해를 의심하지 않았다. 더불어 이렇게 어두워짐을 상관하지 않았다. 의심하고 상관해 봐야 소용없다는 걸 알았기 때문에, 의심하고 상관하기엔 세상과 너무 멀어졌다는 것을 알기에.

"…컥!"

한순간 영 멀어져 버린 세상. 돌아가고 싶었지만, 그가 세상에 매어놓은 밧줄은 거미줄처럼 가늘어서 엄두가 나지 않았다.

콰르릉—

어딘가에서 물소리가 들렸다. 그 물소리와 동시에 이해할 수 없는 지평이 열렸다. 해와 달이 공존하는 광활한 지평, 그슬린 개들이 경중거리고 제 날개를 쪼아먹는 새들이 울었다.

까악까악!

죽음은 이렇게 값지지도, 비정하지도, 안타깝지도 않았다. 죽음은 그저 죽음일 뿐이었다. 그래도 어떤 의미를 부여해야 한다면, 그건 죽은 자의 몫이 아니라 산 자에게 주어진 도리일 것이다. 이미 죽은 자에게 추억은 필요치 않으므로.

털썩!

"가주!"

팽좌도 그런 이치를 알고 있었다. 산 자가 죽은 자를 추억하는 건 순리인가. 아니라 해도 어쩔 수 없었다. 팽좌는 추억을 거머쥐려는 듯 도를 뽑아 들었다. 순간 진강봉 옆에 선 자가 길게 늘어난 것 같았다. 아니, 어쩌면 팽좌 자신이 그자에게 빨려 들어간 것인지도 몰랐다. 그자와 자신 사이에 놓여진 사 장(12m)이란 공간이 한순간에 증발되었다.

퍽!

철갑이 뚫렸다. 이어 내복을 헤집고 뜨거운 무엇이 살을 해체했다. 그것은 결속된 뼈와 뼈 사이를 뱀처럼 미끄러져 들어와서 심장을 관통했다. 가볍고 깨끗한 일수였다. 그것은 감정이 일점도 들어 있지 않았다. 순리처럼 당연하게 찔렀고 관통해서 등 뒤로 빠져나왔다. 팽좌는 그것의 이름을 묻고 싶었다.

"개문!"

소우는 대답해 줬다. 혈조를 따라 내려온 피는 진했지만 탄력이 없었다. 산 자와 죽은 자를 가름하는 방식은 이런 탄력으로 판단되는 건가. 개문을 빼서 살펴봐도 답은 명확하지 않았다.

명확치 않은 답에 매달릴 이유는 없었다.

죽어 널브러진 자 바지에 개문을 닦았다. 피를 밀어낸 담금질 무늬 속에서 방금 베어버린 자의 영혼이 새앙쥐처럼 또로록 굴러서 혈조로 떨어졌다. 악인이든 선인이든 영혼이 지닌 빛깔은 슬프도록 눈부셨다.

깡! 챙! 깡깡!

나머지 호위 일곱을 돈영쌍부가 밀어붙이고 있었다.

깡! 챙! 깡깡!

진강봉은 멍하니 서 있었다.

팽문귀 목숨이 달랑 한 개였다는 사실을 믿을 수가 없었다.

어떻게 달랑 한 개, 그 하찮은 무게로 그 많은 사람들 목숨을 절단해 버린 것인지… 진강봉은 팽문귀를 깨버리는 그 순간까지도 팽문귀 목숨이 단 한 개일 것이라곤 믿지 않았다.

아니, 한 개였음을 알았어도 이렇게 얇을 줄 몰랐다.

그가 죽여 버린 사람들 숫자만큼 그의 목숨이 질겨서, 그가 죽여 버린 사람들 숫자만큼 그의 목숨을 내려칠 수 있으리라 생각했다.

"다시 살아나라, 이놈!"

다시 살아나서 그 숫자만큼 다시 죽이고, 그 숫자 이상 다시 죽일 수 있기를 진강봉은 바랐다.

"살아나! 이건 말이 안 된다!"

진강봉은 압금추를 던지고 울었다.

"고정하세요, 노야. 고정하세요."

진강봉을 잡고 장도 울었다.

적룡대산을 기어올라 온 연기가 하늘을 덮었다.

하북팽문은 단 한 명도 살아날 수 없었다. 야반도주한 자들이 적지 않지만 이들 역시 성(姓)과 과거를 지우고 다시 태어나지 않는 한 살았다고 볼 수 없었다.

건물 역시 한 채도 서 있지 못했다.

건물은 남김없이 찍히고 부서지고 무너져서 타올랐다.

불덩어리와 불덩어리가 공유한 퍼런 틈에서 몇백 년 동안 바람에 씻긴 풍경이 거침없이 녹아 깨어진 기와를 덮었다.

군사들은 불타는 하북팽문을 빙 둘러싸고 피와 땀을 말리면서 밤새도록 술판을 벌였다. 피와 살이 타는 냄새 속에 섞인 돼지고기 타는 냄새가 향기로웠다.

술과 흥이 끝점에까지 다다른 새벽녘.

군사들은 고기와 술을 꺼억꺼억 토하면서 잠들었다. 떠오른 해가 중천에 이를 때까지 군사들은 일어나지 못했다. 제일 먼저 일어난 군사들 몇이 햇빛에 눈살을 찌푸리면서 바지를 까고 오줌을 누다가 키득키득 웃었다. 이 억눌린 웃음 속에 어제는 들어 있지 않았다. 숭경현은 안심했고 탕정광과 여중백은 행복해했다.

"장성을 넘어가는 행위는 국법으로 금지되어 있소이다."

숭경현은 부연했다.

"하나 인연의 끈이 장성 너머에 있고 그 기울기가 그쪽이 더 중하니, 그리로 흘러가는 게 당연한 일이 아니겠소? 법은 예와 도리를 위해서 존재하는 것일 게요. 그래 적용하는 자가 운영의 묘를 부려서 확대와 축소를 거듭하지 않는다면 법은 더 이상 법이 아닐 것이외다."

숭경현은 파발을 놓았다. 실세 지현이 보낸 파발에 벌건 흙먼지를 벗삼아 몽고족과 함께 늙어가고 있던 노장군들이 장성을 열었다. 장군들은 행선지를 묻지 않았고 인원수를 헤아리지 않았다. 그들은 눈 어두움을 빙자해서 병기와 철갑, 말들을 못 본 척했다. 그들은 흙먼지 묻은 눈매와 거칠어진 수염, 주름 가득한 손바닥을 싹싹 비비면서 이렇게 말했다.

"보중하시구려. 몽고짐승들은 사람을 알아보지 못합니다."

그들은 허허허… 의미없이 웃는 것으로 남은 말을 대신했다. 웃음이 내려앉은 장군들 입에서 마유주 냄새가 시큼했다.

그들의 꺼멓게 내려앉은 이 사이에서 유배된 자들의 비애가 엷게 묻어났다. 영혼을 말려 버리는 붉은 바람 속에서 그들은 군령 이상의 것을 찾고 있었고 군령 아닌 것을 더 신뢰했다.

군령은 넌덜머리나는 흙바람 속으로 자신들을 유도한다고 믿고 있는 것 같았으며, 죽음밖에 가져다 줄 것이 없다고 믿는 것 같았다. 그들이 쳐든 손바닥과 그들이 지키는 장성을 헹구며 흙바람이 지나갔다.

장성 안에서 복잡하던 세상은 장성 밖에서 단순해졌다.

선(線)만으로 이루어진 장성 밖 세상은, 그러나 넓고 깊었다.

지평은 깊이가 보이지 않았고 끝이 가늠되지 않았다. 이따금, 끊임없이, 간헐적으로 지평을 말면서 바람이 달려올 때마다 지평은 경계를 감추고 흔들렸다.

맹렬한 햇빛에 혀를 빼문 들개들이 멍하게 서서 이쪽을 바라보았다. 후미에선 새 떼들이 말똥을 놓고 시끄럽게 싸웠다.

눈에 보여지는 것들은 많았지만 눈에 담겨지는 것들은 없었다. 척박한 땅에 박힌 풀들이 야윈 몸을 서로 비빌 때마다 가을 소리가 났다. 그 쓸쓸한 소리 사이에 백골들이 굴러다녔다.

백골들은 인골(人骨)과 마골(馬骨)이 서로 섞어 있었는데, 햇빛에 데워지고 바람에 깎여서 어두운 흰빛인 건 인골과 마골이 서로 다르지 않았다. 여기서 적아(敵我)는 구별이 없었다. 퀭하니 파진 해골들 눈마다 바랭이가 피었고 개미가 살고 있었다.

그 해골들이 아직 해골이 아니었을 때, 해골이 안 되려고 해골을 만드는 데 사용했고, 상대 역시 같은 이유로 해골로 만드는 데 사용했던 병장기들이 널려 있었다.

꺾어진 창과 녹슨 만도, 일그러진 방패, 깨어진 투구, 돌기 깨어진 철퇴, 이해할 수 없는 표식이 새겨진 동 팔찌는 당시 싸움이 얼마나 치열했는가를 보여줌도 없이 고요했다.

끝이 하늘과 맞닿은 관도 역시 고요했다.

이따금 낙타와 노새를 몰고 이마를 까맣게 그을린 장사꾼들이 다가오다가 개구리처럼 튀어 달아났다. 그들이 버리고 간 낙타와 노새가 그들을 따라서 튀어 달아났다.

두두두—

앞을 가로지르며 야생마 떼가 지나갔다.

"숨 막히는 풍경… 여기가 몽고로군요."

장이 말했다.

두꺼운 천으로 얼굴을 가리고 눈만 내놓은 장의 눈썹에 흙먼지가 달라붙어 있었다. 장의 뒤에서 후미코가 캑캑거렸다.

후미코도 피풍을 얼굴에 두르고 있었는데, 화려한 피풍에 수놓인 문양이 얇아져 있었다. 이렇게 보면 몽고는 제각각의 색깔을 인정하기보다, 제각각의 색깔을 조금씩 덮어버림으로써 무게를 줄이고 균형을 맞추듯 싶었다.

"흐흐… 거칠 것이 없어서 아주 좋아."

애각구려는 종종 숨을 깊게 들이키면서 팔을 벌렸다.

그때마다 그의 팔이 지평과 동일 선상에 놓여지면서 펄럭펄럭 소매가 일어섰다. 애각구려는 이 거친 바람과 진한 먼지와 적막한 지평을 즐기는 것 같았다. 애각구충도 다르지 않았다.

애각구충은 등자에 누워서 *끄덕끄덕* 졸다가 가끔 눈을 떠 안장을 딛고 올라섰다.

"이럇!

기예 부리듯 지평을 향해 달려갔던 애각구충은 다시 등자에 누운 채 터덜터덜 돌아왔다. 그의 등에 벌건 해가 걸려 있었다. 하루 치를 다 살아버린 해가 넘어가면서 바람이 그쳤다. 해가 진 쪽에서 달이 떠올랐다. 창백한 달빛 너머 습한 땅 냄새가 맡아졌다. 말발굽을 스치는 풀이 깊은 소리를 냈다. 이어 물 흐르는 소리가 들렸고, 언뜻언뜻 밀려온 물안개가 코를 적셨다.

키 자란 풀을 한동안 건너서 소리를 찾아가자 키 작은 개드릅나무 군락이 이어졌다. 울퉁불퉁 자란 줄기 너머에서 물이 반짝였다. 폭이 좁고 유속이 급한 내(川)였다.

내를 따라 아래로 흘러내려 가니 오리나무 숲이 나왔고 내는 오리나무 숲을 빙 돌아서 넓어졌다.

"정지─이!"

"야숙한다!"

"하마(下馬)!"

좌우 주작단, 백련사, 아라이구미별로 명령이 하달됐다.

우선 모닥불을 피우고 한쪽에서 천막을 치는 동안 다른 한쪽이 물에 들어가서 물고기를 잡았다. 팔뚝만한 물고기들이 망태 속에서 달빛을 깨뜨리며 펄떡거렸다. 고기들은 주둥이로 들어간 철사가 꼬리로 빠져나와서도 한동안 달빛을 바스러뜨렸다.

탁탁탁탁!

튀는 불꽃 위에 고기가 놓여졌고 밥 익는 냄새가 퍼졌다.

밥과 고기에선 흙 냄새가 났다.

식사가 끝나고 아라이구미 가와다 요시다가 어디론가 달려갔다가 한참 만에 돌아왔다. 그가 붙잡아온 몽고족이 모닥불 앞에 꿇려졌다. 오리나무 숲 건너 좌측 작은 구릉에 산다는 자였다. 차림을 보니 일족들과 떨어져 단독 생활을 하는 자 같았다. 남루했고 지저분했지만 씻은 것처럼 눈이 맑았다.

"사잉 바인 오? 엔드 홍 알가. 미니 네르 부카!"

몽고족은 벌벌 떨면서 뭘 열심히 설명했다. 수시로 뚝뚝 끊어지고 탁한 탄성과 과장된 손짓이 섞인 말이었다. 알아들을 수 없었다. 표정을 봐선 죄가 없으니 살려달라고 애걸하는 것 같았다.

"이곳이 어디쯤이냐?"

"포왈도(布日都)를 아느냐?"

"팔황맹이란 소릴 들어보았느냐?"

몽고족도 이쪽 말을 알아듣지 못했다. 몽고족은 물음이 떨어질 때마다 머리를 조아리면서 머리 위에 손을 올려놓고 싹싹 비볐다. 진강봉이 주작단과 백련사, 아라이구미를 향해서 소리쳤다.

"몽고말 아는 자가 있느냐?"

수런거림이 몇 차례나 지나갔지만 아무도 나서지 않았다. 낭패한 표정을 보이는 진강봉에게 가와다 요시오가 말했다.

"우리 아가씨께서 좀 아시옵니다만."

"음?"

"유모가 몽고족이었사옵니다."

"그래? 그거 아주 잘됐군."

진강봉이 후미코의 천막을 봤다.

"모셔오게."

"예."

작전회의에서 떠들다가 무안을 당한 후미코는 그 이후 일체 말을 하지 않았다. 될 수 있으면 일행과 멀리 떨어져 행동하려 했고, 어쩔 수 없을 경우에만 말머리를 나란히 했다. 여기서도 천막에 들어간 뒤 나오지 않았다. 거칠고 긴 여정이 피곤한 모양이었다.

저벅, 저벅저벅.

가와다 요시오가 돌아왔다.

"잠드셨사옵니다."

"허어! 깨워서 데리고 나오시게."

"……."

가와다 요시오가 머리를 긁적였다.

"사실은 피곤하시답니다."

"잉?"

진강봉이 어이없어하자 장이 빙그레 웃었다. 장은 넌지시 소우를 보았다. 소우는 말없이 모닥불만 바라보고 있었다.

"련주님."

"말씀하세요, 장 누님."

장은 지금 자신 앞에 앉은 하백, 소우가 후미코의 눈에 어떻게 비쳤는지를 알고 있었다. 후미코 눈에 비친 소우는 결코 가볍지 않았다. 그 가볍지 않음이 이런 식의 투정과 토라짐을 만들었음도 알고 있었다. 장은 지나가는 말처럼 말꼬리를 톡 치켜 올렸다.

"아리이구미 아가씨와 싸우셨어요?"

"아닙니다."

"그런데 왜 아가씨께서 투정을 부려요?"

"……."

"어서 가세요. 달래서 데려오세요. 련주님께서 가시지 않으면 아가씨께선 정말 잠들어 버릴지도 몰라요."

4

인기척을 내자 후미코는 팽 소리나게 벽 쪽으로 돌아누웠다.

같이 온 가와다 요시오가 당황해서 얼굴을 붉혔다. 소우는 가와다 요시오를 내보내고 후미코가 누운 간이 침상에 앉았다.

출렁!

한 줌도 안 될 것 같은 후미코의 무게가 건너왔다. 그 무게와 함께 후미코만이 가진 연한 향기가 맡아졌다.

"후미코."

"……."

"잠들었니?"

"……."

"잠든 모양이구나."

"……."

텅 비어버린 소리가 횃불에 흔들렸다. 소우는 다시 일어났고 출구를 향해서 걸었다. 후미코가 다시 돌아눕는 기척이 느껴졌다. 소우는 돌아보지 않았다. 출구를 가르자 후미코가 소리쳤다.

"정말 너무해요, 오라버니!"

"……."

"왜 절 무시해요?"

"후미코."

"왜요?"

"저번에도 말했듯 여긴 전쟁터다. 개인적인 감정은 옳지 않다. 네가 그걸 이해 못할 나이냐? 넌 사해상련 산하 아라이구미를 이끄는 수장이다. 모르고 있었니?"

"돌아선 상태로 이야기하실 수 없어요?"

"무엇이 다르냐?"

"전 마주 보고 이야기하고 싶어요."

"왜?"

"…좋으니까요."

"좋다는 이야기는 함부로 하는 게 아니다. 감정은 사람보다 먼저 변한다. 사람은 감정을 앞서지 못한다."

"언어 또한 감정을 앞서지 못해요."

소우는 출구를 갈랐다. 순간 후미코가 뒤에서 끌어안았다.

“놔, 후미코.”

“싫어요!”

“후회할 일은 만들지 않는 게 좋다.”

“좀 있다 가세요.”

소우는 가만히 서 있었다. 후미코는 어린 새처럼 팔딱거렸다. 감각을 삭제하고 마음을 밀어냈는데도 후미코는 집요했다. 뭐라고 형언할 수 없는 향기, 작고 부드러운 가슴, 꼿꼿한 돌기가 등뼈를 건드렸다. 후미코의 숨소리가 거칠었다.

“이렇게 안고 보니 거인이 아니었네요?”

피식!

“거인이라고 생각했나?”

“거인 아니셨어요?”

“이제 됐나?”

“조금만 더 이렇게 있어요.”

소우는 문어 촉수처럼 끈적끈적한 후미코의 손을 떼어냈다.

후미코는 자기 손을 떼어낸 소우의 손이 지닌 투명함과 냉기에 전율했다. 하백의 손은 뼈와 핏줄, 힘줄이 다 보였다. 하백의 손은 산 자가 지닌 손이 아니었다. 이미 오래전에 죽은 자가 지닌 손이었다. 돌아선 그 자세로 소우는 말했다.

“더 버티면 모양이 우습다.”

“……”

“나와주기 바란다.”

하백이 나갔다. 가와다 요시오가 들어올 때까지 후미코는 손을 내려다보았다. 장난스럽게 뒤에서 안았을 때 하백은 가만히 있었다. 하백은 움직이지 않았다.

그렇다고 후미코 자신이 안은 걸 긍정하는 건 아니었다. 후미코는 하백을 더욱 꽉 끌어안아 보았다.

순간 하백만이 지닌 냄새가 맡아졌다.

하백에게선 버석거리는 냄새가 났다. 하백은 거북이 등딱지처럼 딱딱한 등 근육을 가지고 있었고 뼈가 견고했다. 그래 가슴이 이렇게 뛰었는지도 모른다. 성숙한 여자로서 성숙한 사내와 처음 살을 맞대본 느낌은 감미로움 그 이상이었다. 하지만 이게 뭔가. 이 뼈 시린 차가움은 과연 뭔가.

"어서 참석하시옵소서."

"예? 예."

몽고족은 이름을 부카(不花)였다. 출신은 노야킨씨족. 나이는 정확히 모르고 자신이 태어난 해와 성년식을 치른 해에 공교롭게도 커다란 홍수가 져서 씨족으로부터 추방을 당했단다. 그 이후로 초원을 떠돌면서 혼자 살아왔는데, 이곳엔 물고기가 많아 오래 머물렀고 머리가 하얗게 될 때까지 머물 생각이라고 했다.

"팔황맹은 모르고 포왈도(布日都)는 잘 안대요. 자신을 죽이지만 않는다면 안내할 수도 있다네요."

부카가 다시 더듬거렸고 후미코가 통역했다.

"초원에 세워진 도시는 고정된 게 아니래요. 계절을 따라서, 목초지를 따라서 이동하므로 어제의 포왈도가 오늘의 포왈도인지는 가봐야 안대요. 그동안 모아놓은 사금이 한 줌 있는데 바친다네요. 우린 부자가 되겠군요. 호호."

노공이 부카에게 지도를 펴 보였다. 그걸 한참이나 들여다본 부카가 고개를 저었다가 뭐라고 떠들었다.

"오래된 거라서 실제와 많이 다르대요. 초원은 끊임없이 길이 생겨나면서 엇갈린대요. 지명도 상당수가 없어진 거랍니다. 이 지도를 믿고 가다간 검붉은 늑대가 사는 산에 당도한다는군요."

"끄음."

노공은 다샤와 연결된 더듬이들이 왜 감감무소식인지를 그제야 이해했다. 부카 말대로 초원은 정해진 길이 없었다. 철따라 이동하는 유목민 게르(천막)는 한 점이었고, 이 한 점들을 잇는 선이 바로 길이었는데, 점이 수시로 움직이니 점도 선도 고정될 수 없었다.

"부카를 앞장세울 수밖에 없구려."

노공은 쓸쓸하게 웃었다. 여름이라 점의 이동이 더 활발했다. 노공은 이렇게 끊임없이 움직이는 점과 선을 파악하기가 벅찬 상태였다. 후미코가 노공 말을 전달했고 부카가 환히 웃었다.

"열흘 내에 포왈도를 발견할 수 있대요."

"다행이구려. 다샤는 어떻게 됐는지 모르겠소이다."

노공은 주름살을 오므렸다.

별이 총총한 하늘을 가로지르면서 은하수가 지나간다. 가끔씩 별이 흔들렸다. 바람이 부는 모양이었다. 오리나무 이파리가 일제히 차랑차랑 흔들렸다. 그 소리는 별이 흔들리는 소리 같았다.

물소리가 엷어지면서 날이 밝았다.

자욱이 피어오른 물안개가 오리나무 발목을 적시고 위로 올라갔다. 일찍 깬 말들이 안개를 마시고 울었다. 젖은 철갑과 마구, 무기를 정돈하고 아침을 먹고 나니 해가 떴다.

"출발!"

물을 따라 물처럼 이동했다. 물을 따라 이동하는 길은 물소리로 기름졌고 물소리로 시원했으며, 물소리로 훈훈했다. 물은 땅을 밀어내면서 날개를 펼치다가 구릉을 만나면 급격하게 오므라들었다. 그럴 때마다 물은 소리를 질렀고 서둘렀다.

'물도 성질을 부리는구나.'

구릉을 벗어난 물은 이내 날개를 펼치고 흘렀다. 작은 물고기들이 배를 뒤집으면서 상류를 향해 기어오르고 있었다.

중화(점심) 때쯤 부카가 뭐라고 떠들었다. 부카 말을 이어받은 후미코가 모두에게 전했다.

"키룩툭씨족 게르가 보인답니다."

"말하기 참 짜증나네. 키, 키툴룩? 툴룩케?"

애각구충이 투덜거리자 후미코가 눈을 흘겼다.

"헹! 사냥으로 밥 먹는 족속이라 사납다네요, 좌단주님. 이 족속은 목축보단 사냥에 더 열을 올린답니다. 강탈자나 마찬가지래요. 덩치가 크고 용맹해서 모두들 두려워한답니다."

"에이, 심심한데 한번 혼내줄까?"

"혼나지나 마세요."

"뭐?"

"보세요. 게르가 몇 개죠?"

후미코의 손가락을 따라간 애각구충이 입을 떡 벌렸다. 구릉을 의지하고 펼쳐진 게르가 일백 개는 족히 넘었다. 게르 좌측 초원에 말과 양, 염소 떼를 놓아기르고 방패와 창을 든 초병까지 세운 걸 보면 무력을 어느 정도 갖춘 씨족이 분명했다.

냇가에서 빨래하던 아낙들과 목욕하던 아이들이 호기심 어린 시선으로 이쪽을 쳐다보았다.

왕왕왕!

개들을 몰고 말탄 자들이 건너왔다. 이마가 툭 튀어나오고 고리수염을 길게 기른 자들이었다. 그들은 부카와 말을 몇 마디 주고받더니 말을 돌려 내를 건너갔다. 개들도 입맛을 쩍쩍 다시면서 침을 흘리다가 마지못해 내를 건너갔다.

"자기네 씨족은 장정이 일천 명이라네요. 그런데 숫자를 좀 부풀린 게 분명해요. 어쨌든 조용히 지나가래요. 단, 이 근방 백 리 안에 머물면 안 된답니다. 전능하신 텡그리(천신)께서 이번 봄부터 가을까지 점지해 주신 자신들의 영역이래요."

"영역은 못 믿겠지만, 텡그리는 믿어."

"우리 텡그리께선 장백천산에 사시는데?"

애각 형제가 이상하다는 듯 고개를 기울였다. 생각해 보면 별로 이상한 건 아니었다. 서쪽 끝 돌궐과 중앙 몽고, 동쪽 끝에 산재한 각 부족 뿌리를 거슬러 올라가면 한 뿌리와 만난다.

소우는 자부동에서 이 귀한 비밀을 알았다. 고대 종교에서 텡그리는 해모수(解慕漱)로, 푸른 야루(고대 강 이름)로, 당고르오르칸(檀君)으로, 추모닌(朱蒙:주몽)으로 거듭나면서 지파가 갈리고 사는 곳이 갈렸다. 그래 꼬리반점을 지닌 민족이 지닌 텡그리는 결국 하나였다.

내는 다른 내와 합쳐서 길게 흘러갔다.

내려갈수록 유역이 확대되면서 깊고 깊은 소리를 냈다. 물이 머무는 곳엔 어김없이 게르가 있었고 사람들이 양 떼를 몰며 살았다.

그들은 푸른 이리가 낳은 자손이라 용맹할지 몰라도, 적어도 물에 비친 모습은 황새처럼 한가롭고 평화로웠다.

어디에서나 아이들이 벗은 채 첨벙거렸고, 개들이 왕왕거리면서 뛰어다녔으며, 길게 화톳불 연기가 올랐다.

물은 그런 한가함과 평화를 얹고 이 세상 끝까지 흘러가는 듯싶었다. 물이 머리를 박는 저쪽 지평에서 노을이 물들어왔다.

물을 거슬러 올라온 노을은 한없는 영롱함으로 물을 반짝거리게 만들어서, 격정을 참지 못한 물고기들이 뛰어올라 와 수면을 흔들었다. 이럴 때 수면은 비가 오는 것 같았다.

한가로움과 소란스러움은 정반대로 쓰이지만 이런 경우는 아니었다. 한가함 속에 든 소란스러움은 한가했고 소란스러움이 뛰는 한가함 역시 소란스러움으로 한가했다.

새들이 돌아오고 그 새들 먼저 독수리들이 돌아왔다. 놀라 달아나는 사슴 발굽에서 물방울이 별처럼 튀었다.

버드나무, 오리나무, 자작나무, 가문비나무가 뒤섞인 군락은 아늑했다. 바람이 불 때마다 얹혀진 노을을 떨어내며 이파리는 가벼워졌다. 나무들 발목을 덮은 풀은 싱그러웠고 풀잎 사이사이에 숨은 여치가 푸른 옆구리를 비볐다.

찌륵찌륵찌륵—

여치 울음소릴 따라 노을이 엷어지고 보랏빛 박모가 밀려왔다. 박모에 휩싸인 길이 어두워지면서 좁아지다가 마침내 사라졌다.

휘이잉—

달빛이 물결치는 초원은 멀어 보였고, 달빛이 만든 구릉 그림자는 깊어 보였다. 이 멀고 깊음 사이는 매우 가까웠지만 이해되지 않는 거리로 떨어져 있는 것처럼 결코 합쳐지지 않았다.

"잠자리가 눅눅하지 않도록 각 수장님께선 신경을 써주세요."

밤새 물소리를 들으면서 잔다는 건 행복일지도 모른다.

물소리를 따라 흘러가 가고 싶었던 곳에 닿을 수 있다면. 보고 싶은 사람을 만나고, 보고 싶은 풍경을 만나고, 오래도록 이야기하면서 웃을 수 있다면.

그러나 물은 이렇게 손가락 사이를 빠져나가기도 한다.

"쿡! 세수하시는 모습이 아이 같아요."

후미코는 장난스러운 표정이었다.

후미코는 치마를 걷어 올려 쥐고 가까이 왔다. 물이 제법 깊었으므로 하얀 허벅지를 기어오르는 푸른 핏줄이 다 보였다. 햇빛을 전혀 받지 못한 속살이 물에 젖어서 반짝거렸다.

"제가 이 며칠 동안 가만히 보니까 오라버니께선 전혀 말씀을 안 하세요. 아니, 그게 아니라 필요치 않은 말씀은 안 하시고 대답도 필요가 없으면 안 해버리시죠. 뿐만이 아니죠. 웃음도 거의 없어요. 마치 이 세상에 없는 분 같아요. 근데 이상해요. 사람들 눈은 언제나 오라버니께로 열려 있어요. 다시 말씀드리면 오라버니와 통해 있단 말이지요."

"……."

"어떻게 이런 장악이 이루어지죠? 전 어떤 때 막 소리 지르고 떼를 쓰고 엉엉 울기도 해요. 그래도 안 될 땐 안 돼요. 장악이 잘 안 돼요. 전 그 비법을 오라버니께 배우고 싶어요. 비싸지 않다면."

"……."

"또 대답을 안 하시네요. 이런 때 어떤 느낌이 드는지 아세요? 오라버니께선 여기 분명히 계시지만 안 계신 것 같다구요. 마주 바라보고 있어도 마찬가지예요. 지금 분명히 이 후미코를 바라보고 계신 거죠? 한데 자세히 보면 아니에요. 도대체 어딜 바라보고 계신 거죠?"

“……”

“아까 오라버니 손, 엄청 차가웠어요. 오라버닌 손 시리지 않으세요? 그 둥그런 표식은 뭐예요? 문신도 아니고? 얼마나 지독한 수련을 하셨기에 그런 표식이 생겨요?”

퍼덕퍼덕—

소우는 얼굴을 씻고 나왔다. 후미코가 따라왔다.

“왜 절 피하세요? 제가 그렇게 싫으세요?”

“…수하들 잠자리 철저히 확인했나?”

“아뇨.”

“번은 세웠나?”

“아뇨. 그런 건 가와다 아저씨께서……”

“가와다 요시오님이 네 잠자리까지 살피지?”

“당연한 거 아닌가요? 전 사해상련 산하 아라이구미 수령이에요. 그런 건 가와다 아저씨가 하셔야 해요.”

“그동안에 넌 뭐 하나?”

“이렇게 오라버닐 만나고 있잖아요.”

“……”

나무 이파리 사이로 별이 보였다. 볼수록 별은 멀어진다. 유성 몇 개가 지나가고 어디선가 밤새가 울고 있었다. 바람이 불 때마다 젖은 얼굴이 선뜻했다. 후미코가 제 손수건을 내밀었다.

“닦으세요.”

“……”

“안 받으시면 손이 부끄러워해요.”

소매로 얼굴을 쓱쓱 문지르자 후미코의 얼굴이 새빨개졌다.

“정말 절 이런 취급하면 확 울어버릴 거예요.”

“울어야 할 때······.”

소우는 말을 잠시 끌었고 후미코는 긴장했다.

“저 지금 으왕— 하고 울어요?”

“······.”

“왜 대답을 못하세요?”

“후미코.”

“예? 예.”

“울어야 할 때 실컷 울 수 있는 것도 행복이다. 세상엔 울지 못하는 사람들이 허다하단다. 울음이 없어서가 아니라 울면 안 돼서, 울음이 어울리지 않음으로. 사람은 작은 일에 운다. 정작 큰일엔 울지 않는단다. 이해하니?”

후미코는 한참 있다가 대답했다.

“어려워요. 하지만 됐어요. 다 용서해 줄게요. 대신 앞으론 절대 제 성의를 무시하면 안 돼요. 그땐 대책없이 울어버릴 거네요.”

제5화 보이지 않는 울음

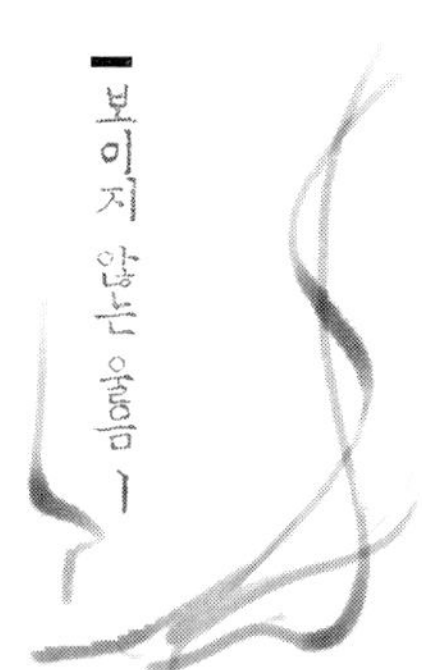

포왈도(布曰都)는 고정된 곳이 아니다. 눅눅한 우기(雨期)와 메마른 건기(乾期)를 뒤에 매달고 끊임없이 이동 중이었다.

카타긴씨족과 옹구트씨족이 중심이 된 포왈도 정착은 길어야 한 계절이었다. 여름내 목초지에서 배를 불린 양 떼들은 가을에 새끼를 가졌고 겨울에 건강한 새끼를 낳았다.

이런 순환을 따라 인구 일만을 가진 포왈도는 목초지와 물을 찾아 바크시강과 고라우산맥을 따라서 오르내림을 반복했다.

이래서 포왈도가 머무는 곳이 포왈도였고, 포왈도가 지나는 곳이 포왈도였다. 아울러 포왈도가 지나간 곳이 포왈도였으며, 포왈도가 지나갈 곳 역시 포왈도였다. 포왈도는 이렇게 광범위하고 넓었지만, 한 점이었다.

*   *   *

장성 안에서 성장한 사람은 장성 밖이 가진 광활함과 넉넉함을 이해하지 못하고, 장성 밖에서 성장한 사람은 장성 안이 가진 복잡함과 치밀함을 이해하지 못한다.

하지만 팔황맹주 신산군 제갈조는 장성 안에서 태어났지만 장성 밖을 이해했고, 장성 밖에 살지만 장성 안을 이해했다.

그가 볼 때 장성 안에도 사람이 살았고 장성 밖도 사람이 사는 곳이었다. 차이가 있다면 장성 안은 자신을 믿고 삶을 살아가고 장성 밖은 자연을 믿고 삶을 살아간다는 것뿐.

다시 한 번 태어날 기회가 주어진다면, 아울러 태어날 곳을 선택할 기회가 자신에게 주어진다면 제갈조는 장성 안이 아니라 장성 밖을 고집할 것이었다.

대자연이 베푼 은혜는 퍼 쓴 만큼 채워졌고, 운행 역시 사람과 더불어 자연스러워서 나무랄 것이 없었다.

이 넘치지도 모자라지도 않는 자연 속에서 사람과 사람이, 짐승과 짐승이, 짐승과 사람이 어울려 공존했다. 대자연 속에서 공존은 언뜻 보면 대단히 무질서해 보였고 가치없어 보였다.

그러나 제갈조는 그 무질서함 저 아래쪽을 흐르는 깨어질 수 없는 질서를 보았고 가치없어 보이는 풍경들이 깊게 드리운 가치를 보았다. 그런 것들은 일부러 만들지 않아도 저절로 만들어지는 순리여서 사람이나 짐승들이나 손댈 것 없이 그저 기대기만 하면 삶이 저절로 살아졌다.

"쿨럭! 팔황맹은 결국 실패했는가?"

제갈조는 알고 있었다. 엉클어져 버린 팔황맹은 이제 팔황맹이 아니라 팔황맹이 남긴 잔해였다. 자신이 심혈을 다해 평생 쌓아 올렸던 팔황맹은 이제 장성 안과 밖, 어느 곳에도 존재하지 않았다. 팔황맹에 속한 가문들이 제일 먼저 자신들을 팔황맹에서 제외시켰고, 그들을 인심이 제외시켰다. 인심을 대자연이 만든 순리라고 생각한다면 팔황맹의 몰락은 대자연의 순리였다.

"이상과 욕망은 무엇이 다른가?"

되묻지 않아도 알 수 있는 걸 굳이 되묻는 이유는 하나였다.

제갈조는 자신이 실패했음을 명백히 알았고, 다시 꿈을 꾸기엔 중병에 붙들린 몸과 정신이 아득했다. 그래도 이렇게 묻고 싶은 이유는 자신이 처한 상태를 인정하고 싶어서였다.

"이상은 남을 앞세우고 욕망은 자신을 앞세움에서 비롯됨인가? 내 이제까지 한 줌도 안 되는 명리와 배를 불릴 수도 없는 영달을 위해 달려왔던가?"

창밖으로 보이는 강은 강대로 제자리에서 편안했고, 산은 산대로 제자리에서 편안했다. 마음을 기어올라 온 답은 분명했지만, 편안하지 않았다. 칼로 세상을 정돈하고 분류하려고 했던 명분은 선명했다. 흩어져 소란스러운 것들을 모아서 한목소리를 내게 만들면 세상은 더 좋아지리라 믿었다. 하지만 팔황맹은 다시 흩어져서 더 시끄럽게 떠든다.

"이게 오룡련을 피로 씻고 세운 내 현실인가?"

오룡련은 그렇지 않았다. 다섯 가닥으로 흩어져 각기 제 목소리를 낸 건 현재의 팔황맹과 마찬가지였어도, 자세히 들어보면 다섯 가닥 목소리가 한곳으로 합쳐진 한목소리였다.

　제갈조는 그 한목소리를 두려워했고, 두려워했음으로 선망했다. 자신도 오룡련처럼 한목소리를 낼 수 있다고 자신했다.

　젊었을 때 그는 초원을 달리는 젊은 수말이었다. 그는 과감했고 용감해서 거침이 없었다. 이 세상 모든 것들을 파괴하고, 그 폐허 위에 자신의 발굽을 찍고 싶어했다.

　"발굽은 찍었으되 피로 얼룩져 있구나."

　제갈조는 침상에 누워서도 눈을 감지 못했다.

　눈을 감으면 피비린내가 몰려왔다. 더불어 오룡련을 분지를 때 같이 분질러진 목숨들이 달라붙어서 엉엉 울어댔다. 술을 먹어도 잠이 오지 않았고 양귀비를 먹어도 정신은 홀로 황천을 배회했다.

　구멍난 폐에서 이따금 그가 분질러 버린 자의 피가 넘어와 이불을 적셨고, 그가 평생 흘린 땀보다 더 많은 땀이 등골을 파먹으며 흘러내렸다. 미열 상태가 만든 눈은 움푹 꺼져 그늘을 힘겨워했고, 늘 핏발이 내달렸다. 빠른 머리 회전 때문에 신산(神算)으로 추앙받았던 삶은 이렇게 스러지고 있다.

　"쿨럭!"

　"많이 불편하시옵니까, 아버님."

　게르를 열고 들어온 사람은 외아들인 탈혼도(奪魂刀) 제갈풍(諸葛風)이었다. 제갈풍은 팔황맹 내 정보 집단인 암영당(暗影堂)의 일개 오장(伍長)부터 무림 생활을 시작했다. 그의 탈혼도는 강했고 무자비했다. 아울러 십 년 전 제남에서 사로잡은 하남진가(河南珍家)의 후인을 통해 진가뇌도(珍家雷刀)를 완벽하게 계승, 일찍부터 차기 맹주감으로 지목받았다.

　"밖은 어떠하냐?"

"……."

"이 상황에서 말하기 어려울 게 무에 있다고… 대충은 짐작하고 있으니 말해 보거라."

"…예."

대답하고 나서도 한참이나 사이를 두었던 제갈풍이 입을 열었다. 제갈조는 끄덕이며 듣기만 했다.

"각 세가와 가문에서 파견된 칼잡이들로 이루어진 여덟 개 당(堂)과 좌우 두 개 보급단(補給團), 친위대인 열 개 용위(龍衛)는 흩어졌사옵니다. 각 세가와 가문이 가주 승계를 위한 암투, 세력 확장을 위한 분쟁 중이어서 일방적으로 복귀를 명했다고 하옵니다. 현재 우리 상태는 본가에서 파견한 암영당과 무후당(武候堂), 보급단 한 개밖에 남아 있지 않사옵니다."

바람이 게르를 흔들고 지나갔다. 바람은 오는 방향과 가는 방향을 종잡을 수 없었다. 바람이 지나가고도 한참이나 시간이 지난 후에 제갈조가 입을 열었다.

"각 세가와 가문들은 내게 원한이 적지 않을 것이다. 자신들 턱밑에 다른 가문의 지부를 밀어 넣어 서로 견제케 했으니. 이건 그들이 지닌 지나친 탐욕을 경계하고 억제해서 부디 한목소리를 내주었으면 해서 취한 고육지책(苦肉之策)이었어! 이걸 그들이 이해할 순 없었을 게야. 그래, 북상을 택한 가문은 없었더냐?"

"각 가문에 파견된 암영당의 보고에 의하면 없었나이다. 다만 두 가지 괴이쩍은 일이 있사와서……."

"쿨럭. 말해 보아라."

"태산 황보무문이 파락호 집단에게 분질러졌다고 하옵니다."

"황보무문이?"

"예, 아버님."

"더 말해 보아라."

"암영당이 파악한 바로는 인근 상권을 두고 두 세력이 붙었사온데, 워낙 급습이었고 파락호 집단이 만만치 않아 황보무문은 아예 상대가 안 됐다고 하옵니다."

"그 파락호 집단의 이름은?"

"제남에 적을 둔 사해상련이라 하옵니다."

"쿨럭! 사해상련?"

"예."

"제남이라면 하북팽문이 지부를 둔 곳이 아니냐? 그렇다면 하북팽문이 그들을 가만두지 않았을 터인데?"

"하북팽문 역시 분질러졌다고 하옵니다."

"뭐라? 쿨럭! 쿨럭!"

제갈조는 간신히 일어나 앉았다.

"사해상련이란 파락호 집단이 그토록 강성하단 말이냐?"

"아니옵니다. 하북팽문은 관부의 토벌을 받았사옵니다."

"토벌?"

"예, 반란 집단으로 몰려서 토벌을 받았다고 하옵니다. 황궁에 파견된 암영당의 보고엔 황상께옵서 대단히 진노하시어 장가구 지현과 인근 장군들에게 당장 토벌을 명하셨다고 하옵니다."

제갈조는 뭔가 잘못되어 가고 있음을 느꼈다.

"그전에 하북팽문으로부터 연락은 없었느냐?"

"아버님, 그들은 처음부터 아버님의 위엄을 인정하지 않았사옵니다.

이곳 포왈도로 본 맹이 이동해 왔어도 안부 한 번 안 물었사옵니다.”

“넌 아직도 젊구나. 그런 감정은 지금 중요하지 않다.”

“하오나 이건…….”

“연락이 없었느냐?”

“…예.”

“천기뇌 양탁을 찾아서 같이 들라! 쿨럭! 아울러 다시 장성으로 암영당을 띄워 장성을 통과한 무리들이 있는지 알아보고, 포왈도 인근을 면밀히 살펴보라고 수하들에게 지시해라.”

“예?”

“내 일찍이 황궁에 심어놓았던 줄은 정란 때 다 소멸되었다. 그래 황궁 사정에 어두웠다. 황제가 하북팽문을 멸했다면, 하북팽문이 속한 본 팔황맹 역시 하북팽문과 같은 혐의를 피해 갈 수 없다. 팔황맹에 속한 나머지 세가와 가문도 마찬가지. 분명 무엇인가가 우리 쪽을 향해서 출발했을 것이다. 군사를 투입하면 몽고와 전면전이 되니 그렇게 하지는 못했을 테고……. 쿨럭, 서둘러라!”

제갈풍이 나가자 제갈조는 입을 움켜쥐었다. 울컥 넘어온 피가 손가락 사이로 지렁이처럼 구불거리며 흘러내렸다.

피는 쉽게 멈춰지지 않았다. 계속 넘어와서 손가락뿐만 아니라 무릎까지 붉게 물들였다. 이미 오래전에 초원을 뛰던 수말이 빠져나간 피는 검었고 역했다. 그렇게 물든 피가 몽롱해지는 정신을 붙잡고 어디론가 흘러갔다.

펑펑 터지는 화탄 소리, 매캐한 화약 냄새, 뼈가 분질러지고 목이 꺾어진 채 날아가는 사람들… 울던 아이가 목이 잘렸고, 어미가 유방을 잘렸다. 능욕당한 처녀가 자궁을 내놓고 죽었다. 쓰러진 사내들 위로 도리깨질하듯 도가 퍼부어졌고, 떡 벌어진 늙은이들 입마다 창날이 박혔다. 제갈조는 몸을 떨었다.

"아아, 대두옹……."

"맹주!"

"아버님!"

뛰어들어 온 양탁과 제갈풍이 볼 수 있었던 건 여덟 가문을 아우르며 호랑이 깃발을 날리던 지난날의 효웅(梟雄), 제갈세가 신산군이 절대 아니었다. 병마에 시달려서 혼절해 버린 맹주였고, 초라해져 버린 아버지였다.

제갈조를 편히 눕힌 상태에서 양탁이 물었다.

"공자, 파락호 놈들 출신이 제남이라고 하셨소?"

"그렇소이다, 총관. 태산 암영당에게 분명 그리 보고를 받았소. 제남 저잣거리 파락호들로만 이루어진 집단이라는 게요."

"혹시, 십 년 전 그 일과 상관없소이까?"

"예?"

"기억해 보시오, 공자. 오룡련주 대두옹 진강봉과 백련 신녀가 그리로 도망쳐 들어가지 않았소? 당시 공자께선 그들을 쫓아 제남에 가셨고… 하지만 그들은 사라져 버렸소이다. 대신 공자께선 거기서 하남진가 아이를 생포해 와서 무공을 합치지 않으셨소?"

"끄음."

제갈풍은 침묵했다. 양탁은 천기뇌란 별호답게 매우 예리했다.

"어중이떠중이 파락호 조직이 황보무문을 분질렀다……. 흠, 그것도 아주 손쉽게? 상식적으로 생각해서 이 늙은이는 납득이 되지 않아요. 사해상련이 혹, 진강봉이 키운 세력이라면 몰라도."

“……”

“황보무문 뒤를 이은 하북팽문 역시 너무 공교롭소이다. 어떻게 두 거대 문파가 이렇게 한순간 사라질 수 있단 말이오? 그것도 제남을 중심에 둔 문파들이 아니오?”

“……”

“다시 말씀드리면 이 두 문파 몰락은 사해상련과 관계가 있단 말씀이지요. 아시다시피 제남엔 하북팽문 팔황맹 지부가 있소. 그리고 제남 바로 뒤에 태산 황보세가가 있었단 말씀이외다. 제남은 하북팽문 팔황맹 지부가 있기 전엔 바로 황보무문 세력권이었소.”

“하북팽문은 군사들 토벌을 받았소이다!”

“그래 오룡련이나 사해상련과 아무 관계가 없다, 이 말씀이시오? 군사들은 황제가 움직이는 게 아니올시다.”

“끄음.”

“장가구 지현이란 자가 장계를 올리지 않았다면, 천 리나 떨어져 있는 황궁에서 하북팽문을 어찌 알았단 말씀이오? 이 두 가지 사건은 분명 무슨 연관이 있을 수 있어요. 아무 연관이 없다고 밝혀져도 황제나 사해상련이 우리 팔황맹을 목표로 칼끝을 겨눌 것이라는 건 불을 보듯 뻔합니다.”

양탁은 단정적으로 결론을 내렸다.

“당장 전쟁을 준비해야 합니다.”

“아, 알겠소이다!”

제갈풍이 황급히 나간 뒤 양탁은 혼절한 제갈조를 지그시 내려다보았다. 한 시절 이 나라 모든 무림 위에 군림했던 제왕, 이 나라 모든 칼잡이들이 흠모했던 영웅 제갈조는 불편해 보였다. 혼절 속에서도 괴롭

힘을 받는 것 같았다.

"으음."

양탁은 눈을 떼어 밖을 바라보았다.

고향 포왈도 풍경은 언제나 한결같은 그 자리였다. 물러섬도 없고 벌어짐도 없었으며 갈라섬도 없었다.

아니, 물러섬은 물러섬이 아니었고 갈라섬은 갈라섬이 아니었다. 벌어짐 역시 벌어짐이 아니었다. 강은 언제나 낮은 쪽을 향해 흐르며 땅을 적셨다. 건기에 줄었던 수위는 우기에 회복되었다. 산도 철마다 색깔은 달리했을지언정 변하지 않았다.

죄를 짓고 쫓겨난 그의 부모는 언제나 당신들이 태어나 살던 장성 안을 그리워했다. 그리움은 유전도 되는 모양이었다.

양탁 역시 장성 안을 그리워했다.

변함없는 고향 풍경에 넌덜머리가 난 양탁은 부모를 묻은 뒤 장성을 넘어 장성 안으로 스며들었다.

포왈도 촌뜨기가 운 좋게 당대 최고 기술자인 기뇌(機腦) 마명상(馬明祥)을 만난 건 초창기 그의 인생에서 분명 행운이었다.

그는 기계들의 기기묘묘한 세계에 취해서 기계로 움직이는 세상을 꿈꾸었다. 하지만 기계는 단지 기계일 뿐 영웅이 되지 못했다. 원대 말의 자유로움을 타고 불어닥친 문학과 예술은 그의 기계를 초라하게 만들었다.

문학과 예술이 세운 이상은 언제나 닿을 수 없는 곳에 있었는데, 그렇게 멀어서 정의로웠고 비난받지 않았다. 그러나 기계는 아니었다. 항상 닿을 수 있는 곳에 있어서 불길했다. 그렇게 불길했으므로 언제나 비난의 중심에 있었고 천대받았다.

양탁은 실의에 빠져서 방황했다. 그때 다가온 제갈조는 양탁에게 영웅이었고 빛이었으며 세상을 겨누는 기계였다.

"난 자네를 믿네. 우리 우리가 꿈꾸는 세상을 건설해 보세."

제갈조는 양탁을 깊이 신뢰했다. 양탁 역시 제갈조를 깊이 신뢰했다. 제갈조가 꿈꾼 '칼로 정연한 세상'과 양탁이 꿈꾼 '기계로 움직이는 세상'은 세상이란 같은 선 위에 자리 잡은 두 개의 점이었다. 하지만 두 개의 점은 합쳐지지 못했다. 두 개의 점은 가까워지지도 않았다. 어느 순간이 지나자 제갈조는 피로 자기 점을 운영했고 양탁은 땀으로 자기 점을 운영했다. 두 점은 이렇게 각기 다른 비등점(沸騰點)에 머리를 두고 있었다.

"고향이 이렇게 아름다워 보이는 걸 보니… 이제 나도 죽을 때가 되었구나. 돌아갈 때가 되었어."

양탁은 자신도 모르게 중얼거렸다. 제갈조가 경영한 점은 세상에 남지 않을 것이다. 그러므로 자신이 경영한 점도 세상에 남지 않을 것이다. 두 점은 결국 비등점에 이르지 못했다. 두 점 다 노력이 부족했던 건 아니었다. 단지 턱없이 높고 완전한 비등점을 원했기 때문이다.

양탁은 빙그레 웃었다.

"맹주… 우리는 잘살았지만, 실패했소이다."

기계에 가려졌을 때의 고향은 무가치했다. 존재할 가치나 명분도 없다고 생각했다. 그러나 기계를 벗어놓고 본 고향은 무가치하지 않았다. 고향은 존재할 가치와 명분을 따지면 안 되는 대상이었다. 양탁은 이 고향에 도착해서야 비로소 살아야 할 가치를 버렸고, 버려야 할 명분을 얻었다. 가치를 버리고 명분을 얻음으로써 양탁은 편안했다. 선명한 칼만으로, 쿵쾅거리는 기계만으로 세상은 정렬되거나 얽어지는 게 아니었다.

양탁은 다시 웃었다.

"우린 그걸 너무 늦게 깨달았소이다, 맹주."

2

一. 제남 인근 암영당은 제남으로 집결할 것.

二. 집결한 암영당은 사해상련을 철저히 조사해서 급전을 올릴 것.

三. 하북팽문 인근 암영당은 장가구에 집결할 것.

四. 집결한 암영당은 하북팽문과 장가구 지현 사이에 오고 간 흔적을 취합, 가감없이 급전을 올릴 것.

五. 장성 인근 암영당은 각 보와 장군들의 동태를 파악, 급전을 올릴 것.

팔황맹 암영당주.

제갈풍은 암영당 전체에게 급전을 띄웠다.

정보를 주무르는 제갈풍에게 있어서 암영당은 몸을 이루는 핏줄이었고, 심장이었고, 힘줄이었고, 뼈대였다.

각 세가와 가문에 파견된 암영당은 오직 제갈풍의 지시만 받았다. 뿐만 아니라 같은 선상에 파견된 같은 암영당이라도 조(組)가 다르면

연관을 맺지 않고 독자적으로 작전을 수행했다.

아버지 제갈조가 꿈꾼 세상이 '칼로 정연한 세상'이었다면 제갈풍은 '정연하지 않음으로 더욱 선명한 세상'을 꿈꾸었다. 정연하지 않은 건 그것이 무엇이거나 싱싱한 날것 이상의 분명한 냄새를 지니고 있었다.

제갈풍은 이 냄새를 따라 현장으로 스며들길 즐겼다.

문자는 쓴 사람이 당시 지녔던 감정을 고스란히 담고 있다. 행간 역시 문자와 다르지 않아서 문자 사이를 열고 현장으로 파고들어 갈 수 있었다.

이렇게 보여지는 현장은 눈으로 보고 들었던 감정이 전혀 들어 있지 않아서 결정을 내릴 때 직접 본 것보다 더 선명한 결정으로 제갈풍을 인도했다. 그렇게 내려진 결정은 종종 빗나가긴 했지만 그건 사소한 것이었고, 중대한 결정은 언제나 적중했다.

그러나 이번 사안은 중대함을 넘어서 있었다.

"조호천을 불러와라!"

제갈풍은 얼마 전 하북팽문을 등진 세 사람 중 한 사람을 불렀다. 제갈풍은 거지꼴로 찾아 들어온, 가련해 보이는 이 배신자들을 신뢰하지 않았다.

어떠한 경우에도 배신은 용서받지 못할 행위였다.

더구나 그들은 맹주인 아버지께 안부조차 전하지 않은 하북팽문의 떨거지들이었다.

하지만 제갈풍은 그런 그들이라도 만나서 자세한 상황을 듣지 않으면 안 되겠다는 판단을 했고, 그 판단이 그를 불안하게 했다.

"에헴! 오룡련 잔당들은 분명 아니오. 원래는 우성을 기반으로 설치

던 마적들이었는데, 제남에 있던 기존 조직을 분질러서 흡수, 세를 키
웠고, 이것을 기반으로 영역을 확대하는 과정에서 황보무문이 분질러
진 것으로……."

"닥쳐라, 조호천!"

"끄음."

"전신이 마적들이었던 파락호 집단이 어찌 전통 무문인 황보무문을
분지를 수 있느냐? 넌 지금 솔직하게 이야기하고 있지 않다!"

"이런, 제길! 이보슈, 당주님."

"뭐라?"

"처음에 누누이 말씀을 드렸잖소? 내가 다스렸던 팔황맹 지부도 분
지른 놈들이외다. 뿐만 아니라 반쪽 팽위철마단까지 우성에 몰아넣고
꺾어버린 놈들이오. 당신은 싸움을 대가리 수나 창칼로 한다고 생각하
시오? 난 머리로 한다고 생각하오만."

"무엄하다, 이놈!"

암영당 위사가 소리쳤지만 조호천은 당당했다.

"하북팽문이 토벌받은 건 당연하외다. 우리가 떠나올 때 팽문귀 그
야비한 자식이 뭐 하고 있었는지 아시오? 관부에 선을 대고 있었소이
다."

"그게 왜 토벌받을 일이냐? 모두 그러하거늘!"

"햐! 이 양반 이거 깜깜하시구먼. 그러고도 대팔황맹 암영당 당주랄
수 있소? 그렇게 눈 치뜨지 말고 수하들 먼저 잘 단속하시오. 아무리
넓게 더듬으면 뭐 하오? 깊이도 없고 추정도 하지 못하는걸. 넓게 더듬
어선 좋은 고기가 잡히지 않는 법이외다."

"뭐라?"

"당신 같으면 당신 마누라가 엉뚱한 놈과 보란 듯 놀아나는데 가만히 참고 있겠소? 자세한 건 모르겠지만 우리가 그곳에 있을 때 팽문귀는 장가구 지현의 마누라에게 선을 대고도 모자라서 그 마누라와 놀아나고 있었소이다."

"설마… 팽문귀가 어떤 자인데!"

"토벌되었다면 지현 놈에게 보기 좋게 역이용당한 것이외다. 당주께서도 팽문귀의 성격을 잘 아실 텐데? 팽문귀는 아집과 욕심이 목구멍까지 들어찬 자요. 한번 작정하면 무섭게 달려들지. 주변에서 아무리 떠들어도 곰처럼 돌진하오. 암영당을 통해서 알아보면 좀 더 분명히 드러나겠지만, 이 엄청난 추진력이 결국 그런 망조를 만들었을 것이오."

"말은 쉽게 잘하는구나."

"당연하지 않소? 당신이 나만큼 팽문귀를 모르니. 하하!"

조호천은 밝게 웃었다. 제갈풍의 얼굴이 일그러졌다.

"그렇게 사나운 얼굴 하지 마시구려. 당신에게 항복했지만, 난 당신 수하가 아니외다. 깍듯한 공경을 기대했다면 당장 집어치우쇼. 당신 참, 십 년 전 제남 육간에서 아이를 하나 납치해 왔다고 들었는데……."

"어떻게 알았느냐?"

"나를 감시하는 암영당 친구가 귀띔해 줍디다? 그 아이로 인해 당신이 무척 강해졌다고. 듣기엔 당신들 팔황맹이 멸문시킨 하남진가 피붙이라 들었소만?"

"닥쳐! 죽고 싶지 않으면!"

"아이고, 무서워 죽겠소이다? 젠장, 겁주지 마쇼. 흠흠. 사실은 당시 그 육간에 있었던 아이들이 바로 사해상련을 세웠소이다. 그 아이들이 아마 당신의 이 사나운 얼굴을 보면 꽤나 반가워할 것이외다. 하하!"

조호천의 말은 점입가경이었다. 제갈풍은 흥분을 가라앉혔다.

그렇게 억지로 가라앉힌 흥분 저 너머 아래쪽에서 까맣게 잊어버리고 있었던 당시 풍경이 떠올랐다. 대형을 잃고 공포에 질려서 무기력하게 울던 아이들, 아이들은 구석에 몰려서 벌레처럼 끽끽 숨죽여 울었다. 차림은 더러웠지만 눈매가 맑았던 아이들의 울음소리는 십 년이 지난 지금까지 선명했다.

'어떻게? 그때 파락호들이 베어버리지 않았나?'

아이들을 생각하자 제갈풍은 답답해졌다. 역시 근본없는 파락호들을 믿는 게 아니었다. 제갈풍은 조호천을 당장 베어버리고 싶었지만, 조호천이 뭔가 믿는 구석이 있지 않고는 절대 이렇게 건방진 언사를 내두를 수 없다고 생각했다.

"녀석들이 복수를 위해 마적단을 만들었고 세를 키워 사해상련을 만들었단 말인가?"

"그걸 알면 내가 여기 있겠소이까? 돗자리를 펴고 거리로 나앉지. 아무튼 녀석들은 당시와 관련된 자들에게 철저히 복수했소. 듣기로는 산 채로 돼지처럼 눕혀놓고 뼈를 하나씩 다 발라 버렸답디다. 하하!"

"끄음."

"녀석들은 주변 인물들도 그냥 두지 않았소. 오죽하면 기존 파락호 조직들이 변변하게 손도 못 쓰고 하루저녁 만에 분질러졌겠소. 녀석들은 피와 공포가 과연 어떤 그림을 그려내는지를 잘 알고 있었소. 특히 수령인 하백이란 녀석은 얼음장처럼 차가웠소이다. 죽은 자처럼 감정이 없었지. 감정을 안으로 다스리는 자 같았소. 하지만 살기만큼은 믿을 수 없을 만큼 현란했고 섬세했소이다. 산전수전 다 겪은 이 조호천

이 한눈에 반해 버릴 만큼!'

"놈이 사용하는 무공이나 무기는?"

"무기는 시커먼 장도였는데, 아마도 조선에서 흘러 들어온 물건 같았소. 왜도와 흡사해 보였지만 왜도보다 덕이 있어 보였소. 무공은 보지 못했고 신법만 잠깐 봤는데, 역시 우리 중원 것이 아니었소. 한순간 폭발하듯 공간을 압축시켰는데, 뒤에 남아 있는 잔상과 내 앞의 실체를 당최 구분할 수 없었소이다. 엿가락처럼 죽― 늘어났다고만 대충 말할 수 있겠는데, 사실은 이 표현도 정확치 않소이다. 아무튼 엄청나게 빨랐소."

"이형환위?"

"하! 그깟 이형환위는 나도 시전할 수 있소이다. 그것에 비하면 이형환위 따윈 애들 달리기에 불과하오. 아무튼 오래오래 장수를 누리려면 조심하셔야 할 거외다. 내 생전 그렇게 특이한 놈도, 강한 놈도 본 적이 없으니까. 아, 물론 당신 실력을 모르니까 당신은 빼고 말이오. 하하!"

"방자하다, 조호천!"

"원래 근본없는 놈이라서 그런 소릴 자주 듣소이다."

"네가 정녕 죽으려고 작정했구나!"

"작정까지야, 뭐. 그나저나 그 하남진가 후인은 도대체 어디 있소? 설마 당신이 무공을 다 빼앗고 죽여 버린 건 아닐 테지? 당신 잔인한 거야 내 알지만, 팔황맹주 외아들인 당신이 그런 염치없는 짓을 할 리야 없지."

"끄음."

제갈풍은 이제 조호천에게 남은 마지막 본전이 무엇인지 궁금해졌다. 하백이란 놈에 대해서 더 이상 들을 말이 없었다.

녀석은 당시 육간에 남았던 세 아이들 중 하나!

그렇다면 됐다. 겨우 십 년 세월 동안 제깟 것들이 커봤자 얼마나 컸으랴. 조호천의 말은 상황을 흥미진진하게 만들어서 협상 주도권을 끌어내기 위한 엄포용이 분명했다.

그러나 제갈풍은 이 순간 그 아이들이 커서 사해상련을 이끌고 있다는 조호천의 말을 미처 생각하지 못했다.

쩡!

뽑혀진 탈혼도가 조호천 목을 눌렀다.

"조호천! 네가 지금 지닌 패는 무엇이냐?"

"캑! 패? 당신 지금 나와 노름했소?"

"시치미 떼지 마라! 넌 용의주도하고 치밀한 자다. 그런 네가 하북 팽문을 버리고 팔황맹으로 귀순해 왔을 때는 뭔가 중요한 패를 지니고 왔을 게다. 그 패만이 네 목숨을 보장하므로. 내가 틀렸나?"

"이런, 들켜 버렸네."

목에 피가 맺히는데도 조호천은 픽픽, 웃었다.

"어디 죽일 테면 죽여보쇼."

"뭐?"

"그러면 사나운 당신과 병든 당신 아버지, 당신이 존경해 마지않는 염소총관뿐만 아니라 팔황맹을 이루는 게르 열다섯 채 전체가 날아갈 거외다. 하하! 내 아우 조포는 사람도 잘 잡아먹지만, 날것을 극도로 싫어해서 화탄에 구워 먹소. 마침 그 아이가 식사 할 시간도 됐으니… 우리 한번 사이좋게 훨훨 날아봅시다."

다샤는 밤이 되길 기다렸다.

포왈도가 훤히 내려다보이는 구릉 사이는 깊었고 그늘은 진했다. 풀도 제법 무성해서 납작 엎드려 있으면 발각될 염려가 없었다. 하지만 다샤는 사냥꾼 본능을 발휘해 두 자 깊이로 땅을 파고 그 안에 누웠다. 위는 감쪽같이 풀과 흙으로 위장해서 냄새와 흔적을 삭제했다.

'에이, 이게 무시기 꼴이람.'

초원 부족이 모이고 흩어지는 것이야 어제오늘 겪는 일이 아니고 자신이 속한 부족 카타이 역시 수시로 옮겨다니며 이합집산을 거듭하지만, 포왈도는 그 정도가 아니었다.

이건 어떻게 된 게 이틀을 한 군데 있지 않았다.

더 정확히 말하면 포왈도가 아니라 팔황맹 게르 열다섯 채. 포왈도를 중심으로 움직이는 이 팔황맹 게르 열다섯 채는 포왈도와 약 이십 리 간격을 유지하면서 끊임없이 움직였다.

움직이는 시간도 정확하지 않았다. 어떤 때는 새벽에, 어떤 때는 한밤중에, 또 어떤 때는 한낮에 움직였다.

일반 게르와 달리 제자리에서 사방 회전이 가능하고 바퀴까지 달린 팔황맹 게르는 말[馬] 없이도 산 것처럼 가볍게 움직였다.

'기별이 닿았나 몰라.'

다샤를 따라붙은 더듬이들 역시 고전을 면치 못하고 있었다.

방목기(放牧期) 초원은 전체가 길이었고 전체가 길이 아니었다. 풀을 따라 생겨났던 길은 풀을 따라 지워졌다가 생겨나길 거듭했다. 풀과 사람이 공동으로 경영하는 길은 헝클어지고 뒤틀렸으며, 멀어졌다가 가까이 다가왔다.

돌아보면 길은 어디에나 있었고 어디서나 변했다. 부챗살처럼 펼쳐졌던 길은 금방 오므라들어서 흔적조차 없었다. 어쩌면 영원히 고정된 길은 없는 듯싶었다.

피유.

다샤는 캄캄한 어둠 속에서 긴 한숨을 쉬었다.

'부자는 망해도 삼 년 간다더니. 현재 여긴 암영당 떨거지 일백오십여, 무후당 오백팔십여, 보급단 일백이십여, 그 밖에 팔십여… 흠, 거의 일천에 이르는 대병!'

지난 며칠 동안 다샤는 카타긴씨족과 옹구트씨족을 통해 팔황맹을 조사했다. 다샤가 생각할 때, 문제는 암영당과 무후당이었다.

암영당은 말 그대로 은신과 잠입을 통해 정보를 캐내는 일과 암살을 병행하는 집단이었다. 개개인이 지닌 무위는 별게 아닐지 몰라도 상대하기가 무척 까다로울 게 분명했다.

무후당은 제갈세가에서 오랜 세월 동안 육성한 맹주 친위대다. 개개인이 지닌 무위도 보통 이상이었지만, 합격술(合擊術)에 능해 철벽 같은 방어와 섬전 같은 공격력, 강력한 돌파력을 지니고 있었다. 제갈세가 이인자 천기뇌 양탁이 고안한 게르도 문제였다.

게르는 양털 가죽을 걷어내면 바로 쇠뇌를 삼십육방에 갖춘 병기이자 견고한 성(城)으로 탈바꿈했다.

'그에 비해 우린 백련사 일백여, 좌우 주작단 사십여, 아라이구미 오십여… 에이, 이백이 채 안 되는구먼. 방어 기계를 갖춘 잘 훈련된 일천여 병력과 먼 길을 달려온 이백여 병력이 정면으로 맞붙는다면?'

두두두—

갑자기 들려온 말발굽 소리가 지축을 두들겼다.

'음?'

다샤는 슬쩍 일어나서 앞을 보았다.

‘저것들이 뭔 눈치를 챈 것 같은데?

어림잡아서 사백이 넘는 철기들이 팔황맹 게르 사이를 빠져나와 사방으로 흩어졌다. 시커멓고 덩치 큰 몽고산 개들을 데리고 천천히 초원을 밟아 들어가는 걸 보면 녀석들은 어딜 가는 게 아니고 수색을 하는 게 분명했다.

갑옷과 투구, 활과 검으로 완전 무장한 철기들은 돌을 뒤집어 개구리를 잡듯 자근자근 초원을 뒤졌다. 이쪽으로도 넷이나 올라오고 있었다.

컹컹! 컹컹!

개들 짖어대는 소리가 햇빛과 하늘, 풀들을 발기발기 찢었다. 몽고산 개들은 늑대에 가까웠다. 독수리와 먹이를 다투기 때문에 코가 예민하고 성질이 사납다.

“아뿔싸!”

다샤는 고민하지 않고 벌떡 일어섰다. 순간 다샤를 덮었던 흙과 풀이 옷처럼 아래로 흘러내렸다. 다샤는 잽싸게 그 자리에 무형산(無形散)을 풀고 반대쪽 구릉을 향해 뛰었다.

컹컹! 컹!

무형산은 피나무 열매를 말려 가루를 낸 것으로 잠시 동안 냄새를 차단하는 역할을 한다. 하지만 몽고산 개들은 속아주지 않았다. 개들은 다샤가 있던 자리에 도착해서 잠깐 코를 킁킁거리더니 다샤의 발자국을 따라 뛰었다.

컹! 컹컹컹!

개들은 빨랐다. 수로를 죽 밀려들어 오는 한줄기 물처럼 다샤가 밟

은 길을 따라서 거리를 압축해 왔다. 다샤는 얼른 활을 빼 들었다. 몽
고산 개들은 무리를 지어 사냥할 만큼 유대가 강해서 동료를 죽이면
더욱 흥분한다는 걸 다샤는 잘 알고 있었다. 하지만 별수없었다.

팡!

화살이 개 한 마리를 뒤집었다.

순간 잠시 주춤했던 다른 개들이 위로 뛰어올랐다. 이어 팔활맹 암
영당 소속 철기 넷이 달려왔다. 암영당 철기들은 일단 명적을 박은 화
전(火箭:불화살)을 쏴 올려 동료들을 불렀다.

삐이익—

동시에 다샤가 개 한 마리를 또 뒤집었다.

팡!

이제 남은 건 두 마리. 암영당 철기들은 개와 대치한 다샤가 매우 재
미있다는 듯 피식피식, 웃었다. 그러나 잘 닦여진 금빛 투구 아래 자리
잡은 그늘진 눈빛은 결코 웃지 않았다.

다샤는 일단 개들에게 신경을 집중했다.

으르르…….

개들은 몸을 잔뜩 웅크린 채 시퍼렇게 불지펴진 눈과 긴 송곳니를
내보이며 거리를 좁혀왔다. 거리가 너무 가까워 화살을 잴 시간이 없
었다. 개들은 이쪽에서 조금이라도 움직이면 움직이는 그 순간 뛰어오
를 것이다. 그렇게 되면 한 마리는 처치할 수 있다 치더라도 나머지 한
마리가 문제였다.

“니거이, 죽갓구먼.”

다샤는 툴툴거렸다. 도대체 왜, 어떻게 해서 놈들이 눈치 챈 건지 궁
금했지만, 이제 와서 그런 걸 생각해 봐야 아무 소용이 없었다. 구릉

아래를 보니 화전을 본 암영당 철기들이 이쪽으로 꾸역꾸역 몰려오는 중이었다.

"퉤!"

다샤는 침을 뱉었다. 다샤는 얼른 이 빌어먹을 상황을 끝내기로 마음먹었다. 돼먹지 않은 칼질에 난자돼서 사로잡힐 순 없었다. 다샤는 화살을 두 대 뽑았고, 개들은 예상대로 뽑는 순간 달려들었다.

팡!

개 한 마리가 뒤집어질 때 다샤는 그 개를 보지 않고 막 목으로 달려들어 온 다른 개를 보고 있었다. 그 개를 향해 팡! 화살이 시위를 챘다. 시뻘건 아가리를 돌면서 관통한 화살은 날카로운 회전축에 뇌수를 잔뜩 묻히고 목으로 빠져나왔다.

"클클. 제법이군, 저 새끼!"

다샤를 향해 암영당 철기가 또 웃었다. 다샤는 땅을 박차고 뛰어올라서 냅다 몸을 뒤집었다. 순간 대번에 빈 공간 삼 장(9m)이 죽 당겨지면서 그만큼 암영당 철기와 멀어졌다.

"쫓아!"

두두두—

3

부카는 쾌활했다. 하지만 가끔 고개를 갸웃거려서 모두를 불안하게 만들었다. 부카가 어떤 말을 한다던가 고개를 갸웃거리면 일행은 모두

후미코에게 신경을 집중했다. 후미코는 부카가 한 말을 들려주기 전에
꼭 이런 말부터 먼저 했다.

"얼굴 닳겠습니다, 여러분."

"미녀를 쳐다보면 돈을 내서야 해요."

후미코가 들려준 부카의 말에 따르면 이제 포왈도 구역에 들어선 것
이었다. 초원을 둘러본 일행들이 어리둥절해진 건 당연했다. 초원은
바람과 풀, 강, 태양 말고는 아무것도 없었다.

하지만 풀이 서쪽 방향으로 꺾여 있어서 얼마 전에 무엇이 지나간
흔적은 남아 있었다. 노공은 말에서 내려 풀을 살펴보았다.

"꺾임 부분이 아직 마르지 않을 걸 보면… 지나간 지 얼마 되지 않
았사옵니다. 그리고 바퀴 부분 풀은 모두 으스러져 있사옵니다. 이건
게르 중량이 상당하다는 걸 뜻하옵니다. 목재(木材)로 만든 일반 게르
가 아닐지도 모르옵니다."

구릉들이 넓어지고 커졌다. 강은 구릉을 안고 휘돌았다. 일행도 강
을 따라 휘돌았다. 그러자 구릉 뒤편에서 거대한 산이 솟아올랐다. 암
석으로 이루어진 산은 이제 막 지펴지기 시작한 노을을 받아서 붉게
빛났다. 산이 불쑥 올라가면 구릉도 불쑥 올라갔고, 구릉이 내려가면
산도 내려갔다.

"고라우산맥이라네요. 여기서 산맥이 세 갈래로 나뉘나 봐요. 고라우
는 숫자로 삼(三)이거든요. 저 강은 바크시강이래요. 바크시는 선생(先
生)이란 뜻이죠. 늙은 고라우산맥이 젊은 바크시강을 데리고 이 세상 끝
까지 흘러간다는군요."

후미코의 말이 끝나자마자 부카가 놀란 표정으로 떠들었다.

"테르 헹 베? 테르 헹 베?"

“표식을 보니 우리 쪽 사람인가 싶네요?”

부카와 후미코의 손가락에 이제 막 앞쪽에서 나타난 사람이 걸렸다. 그 사람은 등에 누런 깃발을 꽂았는데, 후미코의 말대로 노공이 다샤에게 딸려 보낸 더듬이였다.

“다샤 공께선 이 근방 삼십 리 안에 계시옵니다.”

“구체적으로 말해 보게.”

노공이 채근하자 더듬이 공영휘(孔永輝)는 더듬거렸다.

“그게 저… 수시로 이동해서…….”

“그럼 놈들의 상황과 병력, 장비를 말해 보게.”

공영휘 말을 들은 소우는 대열을 정지시켰다.

공영휘를 통해 팔황맹의 이동 경로를 추정해 보니 여긴 팔황맹의 앞뜰이나 마찬가지였다. 팔황맹은 이 바크시강과 고라우산맥 사이를 옮겨다니는 중이었다. 삼십 리 이내에 있다면 언제 어느 구릉에서 팔황맹 철(鐵) 게르가 불쑥 나타날지 몰랐다.

그리되면 한순간 몰살이었다.

협곡처럼 우묵하게 파인 곳에 일행을 감춰놓고 소우는 애각 형제만 데리고 더듬이가 왔던 길을 되짚어 올라갔다. 정찰은 꼭 필요했고, 정찰 인원은 적을수록 유리했다.

두두두—

올라갈수록 초원이 넓어지면서 산맥과 강이 멀어졌다. 멀어진 산맥과 강 사이로 노을빛 뒤섞인 박모가 몰려왔다.

먼 데서 게르로 돌아가는 양들이 울고, 목동들의 딱딱이 소리가 들려왔다. 바람에 고기 굽는 냄새와 호금(胡琴) 소리도 엷게 실려왔다. 지평이 어두워지면서 하늘이 내려앉고, 내려앉았던 하늘은 하나씩 별이 돌아날 때마다 높아졌다. 하늘이 높아질 때마다 지평 저쪽에 걸린 달이 흔들렸다.

"형, 저 앞에 뭔가가 달려오는데?"

"알어. 아무래도 손을 써야 할까 보네."

애각 형제가 말을 주고받을 때, 소우는 이미 백마 등을 박차고 뛰어올라서 하늘에 떠 있었다. 뒤로 눕자 별이 잡아당기는 것처럼 머리카락이 위로 일어섰다. 소우는 그런 자세로 육 장(18m)을 낙하해서 몸을 뒤집었다.

펄럭!

"헉헉!"

다샤는 턱에 매달린 거친 숨을 떼어낼 새가 없었다.

목은 바짝 말랐고 땀에 젖은 온몸은 불덩어리 같았다. 화살도 떨어졌다. 그래도 다샤는 멈출 수 없었다. 하지만 팔황맹 암영당 철기들은 집요했고, 집요함으로 따지면 그들이 부리는 개들이 더했다.

컹! 컹컹컹!

개 다섯 마리가 측면으로 지나가서 빙글 돌았다. 개들은 영리하게도 다샤 앞을 막아선 것이다. 뒤에 따라붙은 개 다섯 마리도 좌우로 갈라졌다. 꼼짝없이 포위된 다샤는 이를 악물었다. 대충 봐도 이십 기가 넘는 철기들이 육박해 오고 있었다.

"헉헉! 니왕 이래된 거 별수없지비."

다샤는 도를 빼 들었다. 요동 어느 전쟁터에서 주운 도였다. 자루에 용과 봉황을 양각한 대도는 묵직했다.

다샤는 이 묵직한 도의 주인이 조선인이었는지, 아니면 자신과 같은

키타이였는지, 아니면 타브가치(漢人)였는지를 구분할 수 없었다. 전쟁
터는 오래돼서 백골이 난무했고, 도는 흙 속에 파묻혀 있었다. 녹이 잔
뜩 슨 도에서 지난날 초원을 호령하며 말을 달렸을 주인은 전혀 가늠
되지 않았다.

숫돌에 문지르자 도는 긴긴 잠을 깨고 새파랗게 되살아났다. 되살아
난 도는 참으로 많은 말을 다샤에게 들려주었다. 다샤는 도가 말해 준
언어를 듣지 못했지만 이해는 할 수 있었다.

다샤는 도에게 이름을 지어주지 않았다. 전 주인도 이름을 지어주지
않은 것 같았다. 도는 이렇게 여러 사람을 거치면서 천 년이고 만 년이
고 삶과 죽음을 반복할 것 같았다.

다샤는 방금 튀어 오른 개를 향해 도를 뿌렸다.

팍!

앞발 잘린 개가 뒤집어졌다. 동시에 좌로 돌아간 도에 가슴을 내준
개가 옆으로 떨어졌다. 순간 밑으로 기어들어 온 개가 발에 차여 나가
떨어졌다. 우측에서 떨어진 개가 팔을 물고 흔들다가 목이 베였다. 무
릎을 문 개 허리가 꺾어지고 버르적거리는 그 개를 타넘어 다른 개들
이 뛰어올랐다.

콱!

어깨 살점이 날아갔다. 정강이에 박힌 개 이빨에서 역한 냄새가 풍
겼다. 다샤는 발을 쳐들어 정강이를 문 개의 등을 분질렀다. 이어 우측
으로 도를 눕혀 막 목을 물기 직전인 개를 갈랐다. 동시에 왼 주먹을
날려 펄떡 뛰어오른 개의 정수리를 때렸다.

쾅!

순간 발이 꼬였다. 다샤는 쓰러졌다. 아니, 쓰러진 것과 동시에 개의

발을 움켜쥐고 개와 함께 굴렀다. 남은 개 한 마리가 하늘을 향해 짖었다.

컹! 컹! 컹! 컹!

다샤는 개의 목을 안고 뒤로 젖혔다. 뼈 분질러지는 소리가 섬뜩했다. 축 늘어진 개를 던지고 벌떡 일어난 다샤는 마지막 남은 개를 향해 어깨를 웅크렸다. 마지막 남은 개는 다른 개들보다 덩치가 두 배쯤 커서 머리 전체가 아가리 같았다. 등에 갈기까지 달고 있어서 개들 중 우두머리가 분명했다.

"날래 오라우, 염병할 자식아!"

컹!

개는 빨랐다. 도는 빈 공간을 가르며 떨어졌다. 그 사이를 개가 파고 들어 왔다. 다샤는 또 넘어졌다. 하늘에서 떨어진 개가 네 발을 쫙 펼쳐서 다샤를 덮었다. 순간 다샤는 삶을 포기했다.

다샤는 좀 더 근사하게 죽지 못하고 개에게 물려 죽는 게 못내 억울했지만, 별수없었다. 개는 맹수 이상이었고 자신도 여한없이 싸웠다. 그렇다면 됐다. 죽음은 기정사실이고 힘은 다했다. 나는 키타이 최고 사냥꾼답게 여기 초원에 누워서 백골이 되어갈 것이고, 도는 내 옆에 파묻혀 다른 주인이 나타날 때까지 나를 추억할 것이다.

더 이상 뭘 더 바라랴.

파악!

다샤는 죽지 못했다.

"어프프……."

양단돼서 자신을 덮은 개를 치우고 일어난 다샤는 눈이 휘둥그레졌다. 개를 베어버리고 다샤와 눈이 마주친 사람, 피 묻은 개문을 늘어뜨린 소우가 빙그레 웃었다.

"다샤 아저씨, 아직 살아 계셨네요?"

"제길, 죽을 뻔했어!"

팔황맹 암영당 제사조(第四組)를 이끄는 오장(伍長)은 신수검(新修劍) 제갈문치(諸葛文治)다. 제갈문치는 암영당주 탈혼도 제갈풍이 각별히 신임해서 곁에 둔 다섯 오장 중 하나였다. 신수검결(新修劍訣)이라는 가전 검법에 뛰어났고 얼굴도 관옥같이 아름다워 본가에 있을 땐 여인들깨나 울렸다.

"하하! 쥐새끼가 한가락 한다 했더니, 역시 일행이 있었군."

신수검결만큼이나 매끄럽고 단아한 목소리의 제갈문치는 쥐새끼와 장도를 늘어뜨린 자에게 다가갔다. 처음엔 무슨 목적으로 숨어든 쥐새 끼인지 몇 가지만 간단하게 묻고 고통없이 베어줄 생각이었다. 하지만 쥐새끼는 제갈문치 자신이 귀히 여기는 개를 열네 마리나 죽였다.

"우선 팔을 베어주마. 다음엔 다리를 베어야 되겠지. 그런 식으로 열네 도막을 만들어서 개 먹이로 던져 주겠다. 하하!"

제갈문치는 신수검을 뽑아 들었다. 동시에 박차를 가해 쥐새끼를 압박해 들어갔다. 그를 따라 나머지 암영당 제사조 열아홉이 달려들었다.

두두두——

"어?"

제갈문치는 뭔가 기이한 기운이 장도를 든 자에게서 풍겨져 나옴을 의식했다. 그 기이한 기운은 소리였다.

한 번도 들어본 적 없는 소리가 머리 속 이쪽 편에서 일어나 저쪽 편으로 기어가고 있었다. 소리는 쇠를 긁어내리는 것처럼 날카로웠고 물에 젖은 솜처럼 나른했다.

소리는 실처럼 가늘게 끝없이 이어졌다.

순간 제갈문치는 장도를 든 자가 웃음을 물고 있음을 볼 수 있었다. 웃음은 선명했고 새하얗게 일었다.

"컥!"

뒤로 날아가면서 제갈문치는 당했다는 걸 알았다. 제갈문치는 이제부터 펼쳐지기 시작하는 조금 전의 광경을 살폈다. 장도를 든 자는 단 한 번 장도를 그냥 쑥 내밀었다.

장도는 정확하게 명치를 쑤시고 들어왔다.

철갑 위에 둥그런 팔황맹 철 표식을 달고 그 위에 소속 철 명판(名板)을 달아서 쇠뇌를 대고 직격해도 절대 뚫리지 않을 명치였다. 하지만 아니었다.

녀석이 장도를 내밀었다 싶은 순간, 장도는 이미 철갑과 명치를 부드럽게 관통해서 등뼈 안쪽을 바스러뜨리고 있었다.

제갈문치는 믿을 수 없었다.

털썩!

'이건 꿈… 세상에 저런 빠르기란 없어!'

피가 차 오른 목에서 말은 나와주지 않았다. 제갈문치는 고개를 흔들었고, 이내 땅을 짚고 일어섰다. 순간 녀석이 장도를 뽑았다. 녀석은 장도를 박은 채 여기까지 같이 날아온 모양이다. 제갈문치는 그제야 자신이 자신의 힘으로 날아온 게 아니었다는 걸 알았다. 녀석이 씨익, 웃었다.

"개에겐 던져 주지 않으마."

“너… 넌?”

“사해상련주 하백!”

파악!

개문이 수평으로 그어졌다.

개문이 목에 닿을 때 제갈문치는 이미 숨이 끊어진 상태였다. 소우는 개문을 좌로 비틀어 막 달려들어 온 철기를 베어 넘겼다. 길게 쳐 올려진 개문을 따라 말과 사람이 한꺼번에 베어졌다.

다시 수평으로 밀려간 개문에 말 목이 떨어지면서 사람이 허리를 중심으로 양단됐다. 동시에 쭉 뻗어진 손바닥에서 백광이 뿜어졌다.

쾅!

뇌환에 직격된 말과 사람이 뒤집어졌다.

소우는 고개를 숙이고 개문을 수평으로 쳐들었다가 겨드랑이 사이로 밀어 넣었다. 겨드랑이 사이로 들어간 개문 끝에 걸린 말이 쪼개지고, 그 사이로 뛰어들어 온 사람이 어깨에 얹혀서 피를 토했다.

울컥!

개문이 뽑혀지자 사람이 스르륵, 무너졌다. 순간 뿜어진 백광이 활처럼 우아한 호선으로 휘어져서 앞을 쓸었다.

쾅! 쾅!

우둑!

강철 같은 팔에 감긴 말 목이 분질러졌다. 애각구려는 주저앉아 버린 말을 버리고 사람을 움켜잡았다. 쇠갈고리 같은 손가락에 얼굴 전체를 잡힌 사람이 눈을 뒤집었다. 순간 그 사람 머리가 박 터지듯 터져 손가락 사이로 흘렀다.

"흐흐. 사람은 말여, 이렇게 잘 부서진다구."

애각구려는 등 쪽으로 치달아온 말 머리를 후려쳤다.

쾅!

말이 뒤집어지면서 드러난 자가 창을 내밀었다. 창을 맴돌아 들어간 애각구려의 손이 창 주인의 멱살을 움켜잡았다. 창 주인은 버르적거리다가 이내 목을 꺾었다. 목뼈가 어긋난 이상 대책이 없었던 것이다. 애각구려는 다시 달려온 말에게 창 주인을 집어 던졌다. 창 주인을 피해 말이 머리를 옆으로 돌렸다.

하지만 그 돌림은 완전치 못했다. 말 목을 끌어안고 펄떡 뛰어오른 애각구려가 말 주인을 걷어찼다.

"캑!"

떨어진 말 주인의 등뼈가 분질러졌다.

와작!

"난 말여, 팔황맹이라면 이가 벅벅 갈려."

팡!

무시가 직격한 말을 박차고 말 주인이 튀어 올랐다. 검을 치켜들고 허리를 뒤로 휘었던 말 주인은 허리를 원위치하지 못했다. 맹렬한 소용돌이를 이루며 날아온 섬광이 가슴을 때렸기 때문이다.

"억!"

말 주인이 떨어져 내렸다. 떨어져 내린 말 주인을 밟고 애각구충은 거푸 공중제비를 넘어 막 달아나기 시작한 철기들을 막아섰다. 철기들은 흠칫 놀라서 말고삐를 뒤로 젖혔다.

크릭!

“히히! 어떤 놈 먼저 맞을 테냐?”

대답은 없었다. 대답을 기다린 것도 아니었다. 철간을 물고 뒤로 당겨졌던 시위가 철간을 때렸다.

파앙!

“칵!”

다시 당겨졌던 시위가 철간을 때렸다.

팡팡!

“컥!”

“어억!”

고수라고 나름대로 자부했던 암영당 철기들은 이 이해할 수 없는 활질 앞에서 무력했다. 검을 내밀어서 보이지 않는 화살을 막을 수도 없었고, 보이지 않는 화살을 피할 수도 없었다.

조준은 부정확했지만, 언제나 적중이었다.

뱀처럼 공기가 구불거린다 싶은 순간 화살은 들이닥쳤다. 방향도 종잡을 수 없었다. 앞에서, 뒤에서, 좌에서, 우에서 달려들었다. 한 방에 목숨이 하나씩 없어졌다.

“난 에누리가 없어서. 히힛!”

팡팡팡!

다샤는 멍하니 앉아 목숨이 날아가는 광경을 지켜보았다.

장도가 한 번씩 휘둘러져 달빛을 베어버릴 때마다 말과 함께 사람이 베어진다. 간간이 터지는 백색 섬광은 번개가 분명했다.

번개가 터져 사람을 날려 버리는 풍경은 섬뜩하기보다는 아름다웠다. 소우는 이렇게 단순히 찌르고 베어버리며 간간이 뇌전을 돌리는 것만으로 묵묵히 싸움을 수행했다.

다샤로서는 이해할 수 없는 풍경이었다.

"어, 어떻게……."

애각구려는 맨손으로 사람과 말을 부숴 나가고 있었다. 애각구려는 팔로 감아 목을 꺾고, 팔꿈치를 내밀어 눈을 함몰시켰다. 발끝을 내밀어 사타구니를 걷어 올렸고 양팔을 잡아 하늘로 던졌다. 떨어져 내리는 자가 안간힘을 써서 몸을 비틀었지만, 어김없이 애각구려의 무릎에 떨어져 등뼈가 분질러졌다.

우둑!

팡팡팡!

애각구충의 활은 말탄 자들 머리에 집중돼 있었다. 퍽퍽! 뇌수와 핏물이 뿌려지면서 달빛을 붉게 물들였다. 한순간 초원이 더운 피비린내로 채워졌다. 다샤는 치밀어 오른 헛구역질을 참았다. 하지만 결국엔 참지 못했다.

"우웩!"

다샤를 뒤쫓아온 암영당 제사조는 완전히 소멸되었다. 한 마리의 말도 살아서 돌아가지 못했다.

4

"쉬쉬하지만, 모두 알고 있는 사실이야. 탈혼도 제갈풍이 하남진가 후인을 잡아온 건. 그 후인은 당시 열댓 살 먹은 아이였댔는데, 누군가 다리 힘줄을 잘라 버려서 걷지를 못했다고 하더구먼. 하지만 그 눈빛이 얼마나 맑고 차가웠는지, 제갈풍을 제외한 아무도 함부로 대하지 못했다고 하네. 그렇게 한 이 년 갇혀 있다가 사라져 버렸다누만. 잊혀져 버린 건지도 모르지. 제갈풍의 무공이 강력해진 건 그때부터라고 모두들 입을 모았어."

소우는 고개를 숙이고 아무 말도 하지 않았다. 다샤의 말속에서 용비 대형의 생사를 가늠하기란 힘들었다.

달이 물처럼 흘러가는 하늘, 이따금 긴 꼬리를 끌며 별이 낙하했다. 등 뒤로 다가왔던 바크시강이 더 멀리 떠났다.

애각구려가 웅얼거렸다.

"대형을 해쳤으면 뼈를 갈아서 마실 겨."

낮은 목소리 속엔 이미 떠난 것을 향해서, 잡히지 않을 것을 향해서 흔들어보는 허망한 손짓이 느껴졌다. 구려 형은 지금 제갈풍에게 무릎이라도 꿇고 애원하고 싶으리라. 대형을 안 해쳤다고, 걱정하지 말라고, 제발 그렇게 말해 달라고.

"한 번에 죽이지 않을 겨. 대형과 똑같은 상태로 만들어놓고 매일 대형 위패에 절을 시키면서 최대한 고통을 줄 겨."

애각구충도 울먹였다. 당시엔 무서웠고 어렵기만 했던 대형이었다. 하지만 그 무서움과 어려움이 과연 무엇을 위해서 그렇게 무서웠고 어려웠는지를 깨달은 다음엔 대형이 얼마나 좋은 사람이었는지를 알 수 있었다. 대형은 정말 좋은 사람이었다.

대형은 현재보다 미래를 볼 줄 알았고, 현재보다 미래를 더 믿었다. 대형은 고되고 척박함을 불만하지 않았으며, 어떤 경우에도 확고해서 흔들리지 않았다. 대형은 차가움 속에 뜨거움을 감추고 있었고, 말은 하지 않았으되 실천하고 있었다.

"소우 형?"

"……."

"형은 대형이 죽었다고 생각해?"

"……."

"혀엉!"

"…구충아."

"응, 마, 말해 봐."

"……."

"형, 왜 말을 못해?"

"대형은 죽지 않아, 영원히."

대형은 죽을 수 없단다. 이해하니?

소우는 달을 보았다.

'우리가 그 시절을 따뜻이 기억하고 있는 한, 대형은 우리 기억 안에서 언제까지나 살아 있는 거란다. 살아 있다는 건 누군가가 그를 기억하는 것이고, 죽었다는 건 누구도 그를 기억하지 않는 거란다.'

잊혀지지 않는 것이 살아 있는 것이고, 잊혀진 것이 죽은 것이란다. 이해하니?

소우는 풀잎을 뜯어서 씹었다. 그러자 언어가 되어 나오지 못한 언어가 풀 향기와 섞여서 입 안을 맴돌았다.

"그래, 대형은 안 죽었어. 죽었으면 안 돼. 그치?"

이렇게 묻는 애각구충도 아마 알고 있을 것이다.

"재수없는 소리 하지 마, 임마!"

편잔을 주는 구려 형도, 대형이 십 년 세월이 흐르는 동안 숱하게 마주쳤을 인생의 어느 갈림길에서 우리들과는 다른 길로 갔다는 것을 짐작하고 있을 것이다.

'어쩔 수 없었나?

소우는 달을 바라보았다. 우린 그때 너무 어렸고 적들은 너무 강했다. 어렸다는 것과 강했다는 것 사이로 십 년 세월이 흘렀다. 갇힌 대형에게 십 년 세월은 영원보다 더 길었을 것이다.

대형은 모든 것을 제갈풍에게 빼앗기면서도 간절히 바랐을 것이다. 우리가 우리에게 주어진 십 년 세월을 자신에게 주어진 영원처럼 긴 십 년이 아니라 일 년처럼 뛰어넘어서 자신을 구해주러 오기만을.

"돌아가요, 형."

돌아오는 길엔 달빛이 물결치고 있었다. 달빛을 받은 풀들이 바람을 따라 이리저리 쓸려 다니는 광경이 자꾸만 가슴 한쪽을 흔들었다. 바람 저편에서 선 고라우산맥이 흔들렸다.

고라우산맥이 초원에 드린 그림자는 깊고 아득해서 밟으면 땅속으로 함몰될 것 같았다. 그 깊고 아득한 그늘 이쪽에서 강물을 거슬러 올라온 물안개가 말발굽을 적셨다.

소우는 고개를 들었다.

하늘 어디에도 별이 떠 있었고, 별과 별 사이를 쳐다봐도 새벽은 보이지 않았다. 새벽은 영원히 오지 않을 것 같았다.

"다샤 아저씨, 고생 많으셨어요."

다샤가 물었다.

"련주, 보고받았지?"

"……"

“놈들 숫자가 너무 많아요. 일천 대 이백이야. 여기에 카타긴씨족과
옹구트씨족까지 합세하면 족히 일만은 돼요. 이백 가지고 뭘 하갓어?
정면 승부는 절대 불가야.”

“압니다, 아저씨.”

“머릿수로 쌈하는 시절은 아니지만, 워낙 머릿수 차이가 많이 나니
까 무시할 수 없어요. 놈들 게르도 보통 골칫거리가 아니라고. 철갑에
휩싸인 공격용 마차라고 보면 돼. 게르 한 대가 족히 이십 명은 맡을
수 있어. 완벽한 방어야. 인원을 더 불러 올려야 해.”

“흐흐. 걱정 마세유, 다샤 아저씨.”

애각구려가 다샤 어깨를 끌어안았다.

“징그럽게 왜 이러네?”

“기계 성능이 아무리 좋아도 취약한 점 하나는 반드시 있을 거유.
그걸 비틀어 버리면 기계는 그냥 서버리지유.”

“그걸 무시로 조지면 돼유, 아저씨. 히히!”

애각 형제의 큰소리에도 다샤는 안심한 표정이 아니었다.

다샤는 숫자 싸움에 익숙한 시절을 살아왔다. 소우는 그런 다샤에게
말해 줬다.

“백제사가 올라오고 있을 겁니다.”

피비린내를 풍기며 네 사람이 돌아오자 노공과 진강봉, 장과 후미코
가 달려들었다.

“팔황맹 본전이 지척에 있습니다. 각 수장들께선 경계에 만전을 기
해주시고, 마구와 병기 손질을 마쳐 주시기 바랍니다. 말먹이를 든든
하게 주시고 발굽을 손질하세요.”

소우는 지시를 미치고 자리에 앉았다. 이어 다샤가 팔황맹 지도를

꺼내놓았고, 공격 방향 대해서 활발한 갑론을박이 이루어졌다. 노공이 펼칠 진(陣)으로 유인해서 차례로 분질러 버리는 것을 결론으로 회의는 끝났다.

"대형이 살아 계신다면 저들은 싸움 초반에 대형을 인질로 내세울 게 분명합니다. 그렇게 되면 일단 공격을 중지합니다."

"예, 련주!"

새벽녘, 박제령을 선두로 백제사가 당도했다.

박제령이 인솔해 온 백제사 병력은 육십 명으로 모두 뛰어난 궁수(弓手)였다. 궁수들은 물소 뿔과 여러 가지 재료를 합쳐 만든 고려 활을 지녔는데, 사거리가 길고 관통력 또한 뛰어났다.

"하하! 고구려조 이전부터 전해온 전통 기법으로 만든 활이네. 시야가 툭 트인 이런 초원 싸움에 능하지. 듣자 하니 양탁이란 자가 기계에 능하다며? 이 활로 그자를 한번 꺾어 보이겠네."

박제령은 활을 쳐들고 밝게 웃었다.

적지에서 불을 피울 수 없었기에 육포와 물로 이른 아침을 해결한 사해상련은 병력을 최대한 넓게 포진시켰다. 좌측부터 좌우 주작단, 박제령이 이끄는 백제사와 진강봉이 이끄는 백련사, 후미코가 이끄는 아라이구미 죽랑대 순으로 병력을 펼쳤다.

"각 단별 거리 오 리! 후미 늘어지지 않게 바짝 죄고, 각 단과 단을 연결하는 전통선(傳統線)을 탄력있게 잡아 올리도록!"

지시에 따라 사해상련은 일사불란하게 움직였다.

"출발!"

애각구려가 주작기를 세웠다. 동시에 사해상련 병력이 각 단 거리를 부챗살처럼 벌리면서 광활한 초원을 밟아 들어갔다.

두두두ㅡ

“그렇사옵니다, 당주!”

암영당 부당주(副堂主) 천리비검(天理飛劍) 제갈삭(諸葛削)이 허리를 꺾었다. 뜬눈으로 밤을 새운 제갈삭은 매우 피곤해 보였다. 제갈풍은 태사의 뒤로 몸을 기댔다.

“흠, 암영당 제사조 전체가 복귀하지 않았다?”

“예, 수하들을 추적에 능한 수하들을 풀어 사방 십 리를 뒤졌지만 흔적도 없었나이다. 그들을 마지막으로 본 수하들 말에 의하면 남쪽 구릉으로 달려갔다고 하온데, 그들이 부리는 개들 역시 감감무소식이옵니다. 해서 당 내에선 해괴한 소문이……."

“제사조가 집단으로 탈주했다?”

양탁이 끼어들자 제갈삭은 들었던 허리를 다시 꺾었다. 제갈삭은 그런 소문을 낸 사람이 자기라도 되는 것처럼 진땀을 흘렸다.

“민망한 말씀이오나, 모두들 그리 수군거리고 있사옵니다. 현재 암영당의 사기는 매우 우려할 만한 수준이옵니다."

“암영당만이 아니옵니다.”

무후당주인 음산신도(陰山新刀) 제갈중호(諸葛重浩)였다.

제갈중호는 제갈풍의 사촌으로 산처럼 우람했다. 제갈중호는 우선 침상에 앉은 가주이자 맹주 제갈조에게 허리를 수그렸다.

“백부님, 무후당 역시 동요하고 있나이다. 각 가문과 세가에서 파견했던 여덟 개 당과 좌우 보급단, 열 개 용위가 원위치된 다음부터 괴이한 소문이 그치질 않사옵니다. 황제께옵서 우리 팔황맹을 반역 도배로 규정, 장성 안에 있는 본가를 비롯해서 본 맹을 초토화시키고자 혈안이 되어 있다는……."

"쿨럭!"

제갈조가 가슴을 움켜쥐었다. 양탁이 제갈중호를 쳐다봤다.

"당주, 지금 이 자리에서 쓸데없는 이야긴 하지 않는 게 좋소이다. 지금 그런 소문을 이야기할 때요? 당주는 정신이 있소이까?"

"뭐요?"

"지금 이 자리가 그리 한가하다고 생각하시오? 뭔가가 우리 맹을 향해 다가오고 있소이다. 암영당 제사조는 탈주한 게 아니란 말이오. 초원 어디쯤에서 소멸되었소. 즉, 암영당 부단주가 수색을 못한 십 리 밖엔 제사조를 소멸시킨 무리가 존재한다는 거요."

"어떻게 그걸 단정하시오. 도대체 무슨 근거로?"

"뭐요?"

제갈중호와 양탁은 원래부터 사이가 좋지 못했다.

단순한 제갈중호가 문제였다. 무공은 고강한 데 비해 성격은 매우 단순한 제갈중호가 타성(他姓)인 양탁이 지닌 이인자 권위를 인정하지 않았던 것이다. 제갈중호는 양탁과 눈만 마주쳐도 잡아먹을 듯 으르렁거렸다.

"홍! 총관께선 기계에만 훤하신 줄 알았더니 점사(占事)에도 밝으셨구려. 아니면 암영당 제사조 녀석들이 총관께 무슨 귀띔이라도 하고 튄 게요? 우리 탈주할 테니까 그리 아쇼, 하고 말이오."

"총관께 말이 지나치다, 중호!"

제갈조가 나서자 제갈중호가 수그러들었다.

"이보오, 무후당주."

"말씀하시오, 총관."

"끄음."

양탁은 암영당 제사조에 대해서 더 설명하려다가 참았다. 설명해 줘도 믿지 않으면 그뿐. 제갈중호는 양탁, 자신에 대한 질투와 편견에 사로잡혀서 천지를 분간치 못하는 애송이였다.

양탁은 애송이에게 단도직입적으로 말했다.

"당주."

"말씀하시라니까요? 귀 안 먹었수다."

"무후당을 반 쪼개서 암영당에 붙이시오."

"뭐요?"

"당주도 알겠지만 암영당은 무력이 취약하오. 그걸 무후당으로 보강하는 거요. 아울러 나머지 반 남은 무후당은 보급단에 합류시켜서 당주가 지휘하시오."

"이보시오, 총관!"

"불만이 있어도 당분간 참으시오. 일단 이 위기를 벗어나고 봅시다. 지금은 맹주께서 지휘를 못하시므로 어쩔 수 없이 이 늙은이가 지휘하는 게요. 맹주께서 이 늙은이에게 지휘를 위임하셨단 말이요."

"총관, 이건 나를 엿먹이자는……."

"당주! 말조심하시오! 제갈세가 내규에 의하면 가주 지시에 반하는 자, 신뢰치 않는 자는 가법 제칠조 육항에 의거, 참수할 수 있소!"

"하! 이거야, 원!"

제갈중호가 분노로 떨거나 말거나 양탁은 초연했다. 양탁은 제갈풍에게 지시를 내렸다.

"암영당주께선 무후당주에게 무후당 무사 이백구십 명을 인계받아서 암영당과 조를 짜시오. 그렇게 짜여진 조 셋을 암영당 제사조가 사라진 방향으로 내보내시오. 나머지 조는 본 맹 외곽에 포진시켜서 만약을 대비하도록 하시오."

"알겠소이다, 총관!"

양탁은 고요히 제갈중호를 보았다.

"당주는 보급단과 합류한 무후당을 본 맹 내에 집결시켜 대기 상태를 유지토록 하시오. 대기 중 함부로 입을 놀린다거나 경솔하게 행동하는 자는 당주 직권으로 처형하시오. 무후당이 무공만 믿고 보급당을 압박하여 분란이 일지 않도록 각별히 유념하시오. 무공도 보급이 원활치 않으면 아무 소용 없소."

"끄음."

양탁은 두 당주를 내보내고 제갈조에게 몸을 기울였다.

"맹주."

"양탁, 이 사람아."

제갈조가 양탁의 손을 잡았다. 제갈조의 손은 서늘했다.

양탁은 이제 뼈만 남아버린 제갈조의 손 위에 검버섯난 자신의 손을 포갰다.

"이 늙은이는 맹주의 마지막을 소란스럽지 않게 만들 것이오."

"알아, 자네가 고생한다는 걸."

"……"

"평생 날 따라다니느라 힘들었네. 못 볼 꼴도 많이 봤을 테지. 인연이란 참으로 불가사의한 것일세. 이곳에서 태어난 자네가 어떻게 연이 닿아서 날 만났는가. 부디 그것을 후회하지 말게나. 자네가 후회하면 내가 더 비참해져."

"……"

"칼로 일어선 자는 칼로 망하는 게야. 그 단순한 이치를 깨닫는 데 오십 년이 걸렸네. 기계도 마찬가지일 게야. 기계로 얻은 세상은 기계가 빼앗아갈 테지. 자네 기계는 이제 수명을 다해서 삐걱거리고, 내 칼은 이빨이 다 빠져서 무뎌졌네. 자네 기계와 내 칼은 어찌 보면 각기 다른 두 개가 아니라 하나였어. 쿨럭!"

"……."

제갈조의 손에서 힘이 빠져나갔다. 양탁은 혼곤함에 빠진 제갈조를 다독여 주고 게르를 나왔다. 게르 밖은 소란했다. 무후당과 보급당이 합쳐지고 암영당과 무후당이 합쳐지는 소란이었다.

양탁은 호위를 물리치고 말을 달려 초원으로 나왔다. 양탁은 생각이 정리되지 않았다.

"카타긴씨족과 옹구트씨족이 우리를 위해 싸워줄까?"

그것보다도 오래전부터 우정을 나눠온 두 씨족이 자신들과는 아무 상관 없는 팔황맹, 아니, 제갈세가를 위하여 피 흘리는 걸 양탁 자신이 납득할 수 없었다. 카타긴씨족과 옹구트씨족은 하늘과 산, 강과 초원, 양 떼만을 세상의 전부로 여길 만큼 선량하고 착한 씨족이었다.

"이랴!"

생각을 정한 양탁은 그들을 향해 말을 달리기 시작했다.

양탁은 맹주이자 오랜 친구인 제갈조를 편히 저 세상으로 보내주기 위해서 그들에게 구원을 청하기로 마음먹었다. 병든 자가 병으로 죽지 못하고 칼에 찔려 죽도록 내버려 둘 수 없었다.

두두두—

하지만 양탁은 자신의 뒤로 나가떨어지는 초원만 생각했지 앞에서 펼쳐지는 초원은 까맣게 잊고 있었다.

그가 앞에 펼쳐진 초원을 느낀 건 카타긴씨족과 옹구트씨족 측면을 가르며 흘러가는 바크시강에 도착했을 때였다.

강을 따라 십 리만 더 내려가면 거기서부터 카타긴씨족과 옹구트씨족 영역이었다. 막 말고삐를 좌로 잡아챈 양탁을 누군가 불렀다.

"어이, 늙은이!"

키가 작았지만 몸집은 다부진 자였다. 양탁은 그가 누군지 알고 있었다. 양탁이 몰랐던 건 그가 왜 이곳을 배회하는가, 였다.

"넌 얼마 전 하북팽문에서 귀순한 조포가 아니냐?"

"끼끼… 과연 천기뇌답소이다."

"넌 네 형 조호천과 너희들이 데려온 미친 계집과 함께 옥에 갇혔을 텐데? 어떻게 여기 있을 수 있단 말이냐?"

"화탄 두 덩어리를 주고 옥리(獄吏)를 매수했지. 그 옥리 놈 엄청 밝히드만. 개새끼! 그놈이 하도 사람을 괴롭혀서 화탄을 줄지 안 줄지 지금 생각 중이오만."

"뭐라?"

"아, 그렇게 눈 치뜨지 마쇼, 겁나니까. 그나저나 당신 참 늦게 말을 모누만. 난 당신과 거의 동시에 출발했는데, 당신 기다리면서 한숨 잤소이다, 씨팔! 다음부터는 빨리 오시오."

"……."

"각설하고, 당신 엄청 오래 살았더군. 더 이상 살면 고기가 질겨져. 그럼 영 좆같은 맛이 나지. 그러기 전에 죽어줘야겠수다. 원망은 우리 형님한테 하슈. 난 당신을 죽여서 강물에 빨아 털을 제거하고 부위별로 나누기에도 바쁘니까."

"네, 네 이놈! 네가 결국 사해상련의 사주를……!"

양탁은 말고삐 쥔 손을 부들부들 떨었다. 조포는 손에 든 화탄을 돌리면서 피식피식, 웃었다.

"거 좆피리 불지 마쇼, 늙은이. 사해상련이라면 나도 이 갈리니까. 아무튼 당신은 너무 오래 살았어. 영화도 꽤나 누렸지. 사람도 많이 죽였고. 그런 의미로 이거나 처먹으쇼!"

획—

양탁은 조포가 던진 화탄을 엉겁결에 받았다. 화탄은 꼬리 불이 달려 있지 않았다. 의아해진 양탁이 조포를 봤지만, 조포는 없었다. 순간 양탁은 자신 뒷목을 화끈하게 자르고 앞으로 빙 돌아온 칼자루를 보았다. 칼자루를 잡은 조포가 입술을 비틀었다.

"이렇게 잡아야 고기가 맛있지. 카캇!"

5

양탁이 강력한 무후당을 쪼개서 취약한 암영당과 보급단을 보완케 한 건 대단히 탁월한 결정이었다.

무후당주 제갈중호는 과시욕 또한 턱없이 강해서 휘하 무후당을 내세워 일을 처리하기보다 자신 혼자 나서서 일을 처리했다. 이러니 지휘가 제대로 될 리 없었다.

양탁은 이걸 파악해서 암영당주 제갈풍에게 반쪽이나마 무후당의 지휘권을 준 것이다. 더불어 양탁은 무후당주 제갈중호를 주저앉혔다. 보급단과의 합류라는 명분을 걸어 제갈중호가 앞으로 나설 수 없도록

한 것이다. 하지만 좀 늦은 결정이었다. 양탁은 사해상련이 이렇게까지 지척에 와 있으리라고는 상상하지 못했다.

"줄을 똑바로 서란 말이다! 야, 너 어디 선 거야?"

"각자 병기와 갑옷을 챙겨!"

"어이, 너 이 개새꺄! 너 어디 소속인데 막 돌아다녀, 엉?"

팔황맹 무후당과 암영당이 보급단과 뒤섞여서 인원을 점검하고 조를 짜느라 여념없을 때, 초원 저쪽에서 누런 깃발이 나타났다.

깃발을 처음 본 사람은 제갈풍이었다.

"제이조(第二組)! 나가서 확인해라."

"예, 당주!"

두두두―

암영당 제이조가 깃발을 향해 달려나갔다. 제갈풍은 부당주 천리비검 제갈삭을 불렀다.

"양탁 총관께서 안 보이신다. 혹시 봤나?"

"아까 게르를 벗어나셨사옵니다."

"뭐야?"

"지원을 청하러 가신 듯하옵니다. 카타긴씨족과 옹구트씨족이 주둔한 쪽으로 내려가셨사옵니다."

"호위는 붙여 드렸나?"

"필요없다고 하셨사옵니다."

"지금 당장 총관님을 찾아서 모셔와!"

"예?"

"제삼조를 데리고 가라. 심상치 않다!"

"명!"

제갈풍은 아스라이 멀어진 제이조를 보며 탈혼도를 움켜쥐었다. 뭔가 심상치 않았다. 깃발 아래 뿌옇게 일어난 먼지 속에서 눈을 찔러 버릴 듯한 살기가 솟아올랐다.

제갈풍은 뒤를 향해 소리쳤다.

"전 게르는 천막을 걷고 전투 대형으로 변환하라! 편성이 끝난 조는 출진해서 외곽을 틀어막아, 어서!"

"몇 놈 때리고 밀어붙인다."

박제령은 손을 들었다. 순간 백제사 궁수들이 일제히 거궁 자세를 취했다. 거슬러 부는 바람을 타고 팔황맹에서 떨어져 나온 철기들이 피워 올린 먼지가 지나갔다. 먼지 사이로 철기 이십여 기가 드러났다. 박제령의 손이 아래로 떨어졌다.

"쏴!"

팡팡팡!

긴 포물선으로 치솟아서 한 점이 되었던 화살들이 바람을 찢으며 내리꽂혔다. 강력한 회전, 날카로운 촉이 소나기처럼 철기들 어깨와 머리, 가슴을 때렸다.

"꺽!"

"억!"

"으악!"

철기들 대열이 흐트러지자 박제령은 손을 위로 뽑았다. 순간 활을 안장에 건 백제사가 일제히 도를 뽑고 말등에 납작 엎드렸다. 박제령은 철기들을 가리켰다.

"산개해서 밀어붙여라!"

“이런, 쌍!”

암영당 제이조 오장 비파검(琵琶劍) 제갈명성(諸葛明星)은 산개해서 들이닥치는 자들을 보았다. 선두에 세웠던 수하 일곱은 이미 화살을 맞아 절명한 상태. 녀석들은 이쪽이 적인지 아군인지 확인도 하지 않고 다짜고짜 화살부터 퍼부었다. 그런 걸로 보면 녀석들은 이쪽을 알고 있다는 이야기였다.

“도대체 어떤 놈들이냐?”

제갈명성은 녀석들 깃발과 차림을 유심히 살폈다.

깃발은 누런 바탕이었는데 금빛 주작이 펄럭이고 있다. 처음 보는 깃발이었다. 녀석들 차림 역시 괴이했다.

막대처럼 뾰족한 상투, 거친 저마포로 만든 피풍, 도 역시 중원인이 흔히 쓰는 일월도나 귀두도, 유엽도가 아니었다. 도는 폭이 좁은 대신 길고 부드럽게 휘어졌다.

“끄음.”

제갈명성은 저런 형태로 도를 만들려면 쇠 다루는 기술이 상당해야 할 것이란 생각을 했다. 하지만 한가하게 그런 생각이나 하고 있을 때가 아니었다. 한순간 포위되어 버린 것이다.

두두두─

육십여 명 정도 되는 녀석들은 늑대가 양을 놀리듯 포위를 좁혀왔다. 제갈명성은 일단 상대를 확인하려고 했다.

“웨, 웬 놈들이냐?”

“사해상련 산하 고려원 백제사!”

박제령은 빙그레 웃었다.

암영당 제이조는 복귀하지 않았다. 대신 깃발 든 자들이 몰려왔다. 제갈풍은 저 깃발 든 자들의 말발굽 아래 수수깡처럼 분질러져 누워 있을 암영당 제이조를 생각했다.

두두두—

깃발 든 자들은 사거리가 길고 관통력이 대단한 활을 가지고 있었다. 이쪽이 아니라 하늘을 향해서 쏘아진 화살은 긴 포물선 정점에서 고개를 아래로 꺾어서 이쪽으로 떨어져 내렸다.

핑핑핑!

화살은 포물선 정점을 중심으로 빗금과 동일한 궤적을 지니고 있었다. 화살은 날아오르는 도중 기운을 잃지 않았고, 떨어지는 도중 무게와 속도를 얻었다. 양 가죽을 말려서 얇은 철린(鐵鱗)을 촘촘히 박은 갑옷이 펑펑 뚫렸다.

"악!"

"어억!"

"욱!"

"우리도 활을 쏴!"

제갈풍은 외쳤다. 하지만 화살은 종잡을 수 없이 부는 바람에 묻혀 힘을 잃었고 무게와 속도를 얻지 못했다. 요행히 바람을 올라탄 화살은 목표를 잃고 방황했다.

"노궁을 가져와!"

팡팡!

노궁도 마찬가지였다. 장전하는 시간이 길었고, 엄청난 소리로 날아서 명중시킨다는 게 불가능했다. 깃발 든 자들은 놀리듯 천천히 고삐를 채서 노궁을 피했다. 그런 와중에도 화살은 계속 쏟아져 사람과 말을 때려눕혔다. 무후당주 제갈중호가 다가왔다.

"이보게, 아우!"

"말씀해 보시오, 형님."

"놈들은 겨우 육십 명 정도밖에 안 되네."

"끄음."

"내가 분질러 버리겠네."

대답도 기다리지 않고 제갈중호가 뛰쳐나갔다. 철기 삼백 기가 제갈중호를 뒤따랐다.

두두두—

박제령은 백제사를 천천히 밀었다가 표시나지 않게 물렀다.

반면 제갈중호는 급하게 밀었다가 표시나게 따라붙었다. 제갈중호 쪽에서 보자면 적은 겨우 육십 명에 불과했다.

"바짝 쫓아!"

제갈중호는 외쳤다. 적이 지닌 활은 분명 두려워할 만한 위력이었으되, 그 활을 제외시켜 놓고 보면 적들은 취약하기 그지없었다. 말과 사람이 겉돌았다. 사람이 말보다 겁이 더 많았다.

이쪽에서 세 발 물러서면 적들은 마지못해 한 발 따라붙었고, 이쪽에서 세 발 따라 들어가면 적들은 여섯 발이나 물러났다.

두두두—

이런 드잡이질은 따분했고 싱거웠다.

이 과정에서 제갈중호는 무후당 이백을 더 증원시켜서 본격적인 추격을 시작했다. 제갈중호는 타성 떨거지 양탁이나, 그런 타성 떨거지

에게 꼼짝 못하는 멍청이인 제갈풍의 말을 어기고 무후당 거의 전부를
투입한 것이다.

두두두—

초원은 시원스럽게 뒤로 밀려났다. 적들은 이 세상 끝까지라도 도망
갈 듯 기를 쓰고 달아났다. 이따금 적의 일부가 획, 뒤집어지면서 화살
을 날렸다. 화살은 어김없이 말과 사람을 때렸다. 하지만 제갈중호를
비롯한 무후당 철기들은 신경 쓰지 않았다.

"바짝바짝 따라붙어라!"

두두두—

이때까지만 해도 승리는 제갈중호와 무후당을 향해 미소 짓고 있었
다. 적들은 고라이 산맥이 흘러내린 구릉을 돌아서 사라졌다. 구릉에
가려진 뒤쪽은 보이지 않았다. 이런 경우 제갈중호는 추격을 중지하고
구릉 뒤쪽을 확인해야 했지만, 내쳐 말을 몰아 구릉을 돌았다. 순간 제
갈중호에게 드리워졌던 승리의 미소가 사라지고, 추격과 도주가 정지
했다.

"이, 이게 뭐냐?"

안개에 첨벙 빠져 버린 제갈중호는 당황했다. 적들은 보이지 않았
다. 아울러 초원도 보이지 않았다. 뿌옇게 일어난 안개가 모든 시야를
차단해서 단 이 장(6m)도 보이지 않았다.

제갈중호는 이런 상황에 처해본 적이 없었다. 안개라니……. 그것도
햇빛 쨍쨍한 초원에서! 누군가가 부린 사술(邪術)이었다. 그걸 증명하
듯 사면에서 기이한 당겨짐 소리가 흘러나왔다.

크릭, 크릭, 크릭!

이어 짧고 경쾌한 탄성이 사면을 두들겼다.

팡팡팡팡!

"컥!"

제갈중호는 자신의 이마에 박힌 걸 잡았다. 길이가 한 자(30㎝) 남짓한 그것은 쇠뇌에서 뿜어진 살이었다. 대궁 전체가 쇠였고, 꽁지깃까지 역린을 세 줄이나 세워서 한번 박히면 부러뜨릴 수도, 뺄 수도 없게 만든 치명적인 살!

"이게……."

제갈중호는 어두워지는 머리 속을 믿을 수 없었다. 겨우 이따위 작은 살 한 발에 평생이 절단된다는 사실을 인정하지 못했다. 제갈중호는 여기서 끝나면 안 된다고 생각했다. 제갈중호는 살을 뽑으려고 노력하다가 휘청 뒤집어졌다.

털썩!

"무한이진세(霧限異陣勢)이옵니다. 습기를 머금은 지형지물을 이용해 시차가 서로 다른 공기를 가두었다가 충돌시키는 것이지요. 그러면 저렇게 안개가 일어나지요."

구릉 높은 곳에서 내려다보는 안개 속은 지옥이었다.

비명과 말 울음소리, 핏물이 안개를 먹어치우고 있었다. 위에서 내려다보면 호리병처럼 생긴 양쪽 구릉 한가운데 갇힌 팔황맹 철기들은 미친 뱀처럼 구불텅거리면서 활로를 찾았지만, 비 오듯 쏟아져 내리는 쇠뇌 아래 활로는 존재하지 않았다.

노공이 또 말했다.

"환술(幻術)은 결국 눈속임이 아니냐고 경시하는 자들이 있는데, 이 늙은이는 그렇게만 보지 않사옵니다. 순리를 따라 들어가 순리의 끝에 다다라 순리를 역으로 뒤집는 것, 이게 바로 환술이라고 생각하옵니다."

서서히 안개가 걷히면서 핏물에 절여진 현장이 드러났다.

죽음은 말이나 사람이나 엇비슷한 모양이었다. 죽음은 입을 벌리고, 가슴을 움켜쥐고, 눈을 부릅뜨고 제 영혼이 떠나간 하늘을 바라보고 있었다. 죽음이 두려웠을까. 말이 사람을 밟고 사람이 말을 밟았다. 사람이 사람을 밟았고 말이 말을 밟았다. 그렇게 밟고 밟혀서 다져진 죽음은 납작했다.

"후미코."

"하, 하이, 오라버니!"

"저 모습이 죽음이다."

"우웩!"

"그래, 언제까지고 피해 갈 수는 없겠지. 언제까지고 예쁜 모습만 볼 수는 없을 것이다. 이게 칼밭이란다, 후미코. 이런 걸 보자고 넌 예까지 왔다. 맞나?"

"어억, 어… 우웩!"

"선봉을 준다, 밀어붙여라!"

"이런, 빌어먹을!"

제갈풍은 발을 굴렀다. 용력이 이 세상을 지배한다고 믿는 무식한 멍청이이자 항상 섣부른 사촌 형 제갈중호는 소식이 없었다.

최후까지 남아 맹주를 보호해야 마땅할 무력이 사라진 것이다. 그렇게 제갈중호가 사라져 간 길을 거슬러 올라온 자들은 새처럼 날렵했다. 머리끝부터 발끝까지 온통 흑의로 친친 감싼 자들은 기민하게 화살을 피하면서 달려들었다.

"억!"

"아악!"

긴 왜도를 멘 자들이 한 번씩 허리를 뒤로 젖혔다가 앞으로 엎어질 때마다 그자들 손끝에서 일어난 섬광이 날아와 암영당을 자빠뜨렸다.

퍽퍽!

섬광은 초승달처럼 생긴 비도(飛刀)였다. 양쪽에 날이 달려 있으므로 던지는 족족 몸속 깊이 파고들어서 치명적인 결과를 초래했다.

"방패를 올려서 막아!"

"각 조는 전진해서 놈들을 처치해!"

제갈풍은 목이 터져라 외쳤지만, 보급단과 뒤엉킨 암영당은 허둥지둥할 뿐이었다. 생각다 못한 제갈풍은 일자로 정렬했던 게르를 둥글게 말라고 지시했다.

"빨리 움직여라, 빨리!"

제갈풍은 게르마다 장치된 쇠뇌를 이용, 양탁이 구원군을 이끌고 도착할 때까지 어떻게든 시간을 벌자고 판단한 것이다.

하지만 양탁은 이미 이 세상 사람이 아니었으므로 구원군을 이끌고 올 수가 없었다.

"아아!"

후미코는 엉엉 울면서 나기나타(薙刀)를 휘둘렀다. 그냥 눈물이 나왔다. 별 모양 철편 아홉 개를 사슬로 길게 이어서 파괴력을 증대시킨 나기나타, 일명 암옥편(暗獄鞭)에 살이 뜯겨 나가고 목숨이 분질러질 때마다 후미코는 울었다. 그런 후미코 옆에서 가와다 요시오는 침착하게 후미코를 노리고 들어오는 자들을 베어 넘겼다.

“컥!”
“어억!”

“좌우 주작단은 좌측, 백제사는 후미, 백련사는 우측을 쪼개세요. 최대한 우리 측 희생을 줄이는 방향으로 싸웁니다. 희생을 많이 낸 수장들께선 회군 후 각오하셔야 할 겁니다!”

“와아아!”
애각구려는 혈거도에 말린 핏물을 털지 않고 곧바로 전진했다. 십년을 꾹꾹 눌러온 분노는 활화산처럼 폭발했다. 대형은 소식이 없었다. 적들은 예상대로 싸움 초반에 대형을 인질로 내세우지 않았다. 그렇다면 대형은 이미 스러졌거나 여기 없는 것이다.
애각구려가 지나간 자리는 폐허였다.
쾅! 쾅! 쾅!

퉁! 퉁! 퉁!
애각구충도 입술을 깨물고 있었다. 가슴을 움켜쥔 적들이 후딱 뒤집어졌다. 아무리 거궁을 당겨도 마음속에 자리 잡은 묵직한 예감은 당겨지지 않았다.
너무 늦어버렸다는 생각과 어쩔 수 없었다는 변명이 뒤범벅된 예감은 고통스러웠다. 애각구충은 거푸 시위를 당겼다. 깨물린 이 사이에서 자꾸만 신음이 흘러나왔다. 애각구충은 얼굴에 튄 핏물을 닦고 다시 입술을 깨물었다.
‘대형…….’

소우는 허공을 움켜쥤던 손을 앞으로 내밀었다. 순간 등골을 타고 쭈욱 올라온 무풍이 손바닥에 맺혔다. 천천히 손가락을 펴자 눈을 찔러 버릴 듯한 빛깔, 자환이 떠올랐다. 동시에 하늘을 향해 개문이 날아올랐다.

카릉!

"제갈풍!"

제갈풍은 흠칫 놀라 몸을 돌렸다.

휘르르르—

긴 머리를 펄펄 날리면서 이 세상 사람이 아닌 듯한 사내가 백색 환에 싸여 천천히 낙하하고 있었다.

섬세하게 생긴 창백한 얼굴의 사내와 눈을 마주친 순간, 제갈풍은 자신에게 보여지던 모든 것들이 정지하는 걸 느꼈다.

비명 소리가 서서히 지워지고 바람이 내닫던 초원이 지워졌다. 이때까지 살아온 세월이 지워졌다. 그렇게 다 지워지고 남은 빈 공간은 이 세상 끝처럼 아득했다.

그 아득한 지평에 오직 사내와 자신만이 서 있었다. 사내가 자기 눈을 가리켰다. 나른한 목소리가 건너왔다.

"이 눈을 기억하나?"

"기억하고말고."

소우는 빙그레 웃었다.

"고맙군, 기억해 줘서."

제갈풍도 툴툴 웃었다.

"많이 컸다, 꼬마. 결국 이렇게 되면 내가 널 칼잡이로 만든 게 되는 거군. 그것도 나를 겨누는? 웃기지 않나? 그래, 어떻게 살아왔지?"

"…대형은 어딨나?"

"대형? 아, 그 눈 시퍼렇던 꼬마를 말하는 게냐?"

"우선 팔 하나를 자른 다음 이야기를 진행할까?"

"그럴 능력이 있다면 얼마든지!"

순간 제갈풍은 탈혼도를 쳐들었다. 소우는 피식, 웃었다. 동시에 하늘에 떠 있는 개문을 불러들였다.

"회(回)!"

"컥!"

제갈풍의 팔을 자른 개문이 다시 하늘 높이 숫구쳤다.

제갈풍은 이 이해할 수 없는 수법에 머리 속이 텅 비었다. 짤막한 호명만으로 도를 이렇게 부릴 수 있다니. 이건 전설에서나 나오는 이기어도! 제갈풍은 지혈도 잊고 하늘을 바라보았다. 하늘에 뜬 도가 바람개비처럼 돌면서 빛살을 뿌리고 있었다.

"대형은 어딨나?"

팔을 잘라내고도 똑같은 억양이었다. 어떤 감정도 개입되지 않은 순수한 물음. 제갈풍은 비척비척 뒷걸음질쳤다. 그에게 없어진 건 팔 한 짝만이 아니었다. 용기 역시 팔과 함께 절단돼 버렸다.

"죽였나?"

"아, 아니다!"

소우는 제갈풍의 말을 믿지 않았다. 소우는 고개를 숙였다. 역시 대형은 이 세상에 없었다. 제갈풍에게 모든 것을 다 빼앗기고 이 세상을 떠났다. 대신 마음속에 살아 있었다. 마음속에서 대형은 영원히 살아 있을 것이다. 소우는 마음속에 든 대형을 어루만졌다. 스승님 곁에 선 대형이 손을 내밀고 웃었다.

"용비(龍飛)다. 앞으로 대형(大兄)이라고 불러야 할 게다."

소우는 돌아섰다. 눈물 한 방울이 흘러 발등에 떨어졌다. 소우는 개문을 제갈풍의 정수리로 내리 꽂았다.

픽!

"대두웅, 이런 모습을 보여줘서 미안하오. 좀 더 당당한 모습으로 당신을 맞았어야 했는데… 베어주시오."

진강봉은 팔황맹주 제갈조를 베지 않았다.

제갈조를 본 장이 고개를 흔들기 이전에 벨 생각을 포기했다. 다만 이것 한 가지는 제갈조에게 말해 주고 싶었다.

"신산군, 당신이 믿었던 정의는 순리를 넘지 못했소. 당신이 믿었던 정의가 진정 옳았던 것이라면 당신은 지금 순리 위에서 편안했을 거요."

끌려온 조호천은 당장 목이 잘릴 상황에서도 당당했다.

조호천은 자신보다 조포를, 곁에 앉은 여인을 더 걱정했다.

소우는 여인에게 제남 평동거리에서 주운 보퉁이를 주었다. 때 묻은 손으로 보퉁이를 열어본 여인의 얼굴이 환해졌다.

"이거 우리 아가 줄 거야. 히히!"

"상촌 염장이 마누라였을 때 사내아이를 하나 낳았다고 말했소. 씨팔! 근데 그땐 너무 철이 없어서 마음 맞는 총각 놈과 도망을 쳤는 데……."

"……."

"아, 그 개새끼가 술만 처먹으면 더러운 년이라면서 팼다지 뭐요. 그 래 이렇게 헤까닥한 거요. 제남에 있을 때 의원을 불러서 치료해 봤지 만 소용없었소. 가끔 정신이 들 때가 있는데 그땐 또 끝없이 울어요. 염장이와 살 때가 좋았다고. 자기를 공주처럼 모셨다면서. 에이, 좆같 이! 그때 낳은 아이가 보고 싶다고 이러는 게요."

"……."

"난 이 여인을 보면서 우리 어머니를 생각했소. 우리 어머니와 신세 가 똑같았거든. 그래서 이렇게 정신을 차렸는지도 모르지. 아무튼 내 가 평생 책임지고 싶었는데… 이젠 어쩔 수 없지. 하지만 이것 한 가지 는 알아두시오. 내가 구원을 청하러 가는 양탁을 조포를 시켜 때려잡 았소. 무슨 말인지 아시겠지? 당신들을 도왔단 말이오. 대신 조포와 이 여인을 살려주시오."

"…조호천."

소우는 돌아섰다. 여인을 붙잡고 날 아느냐고 말하고 싶었지만, 그 러지 않았다. 여인은 여인 자신이 가장 행복했던, 그러나 가장 불행하 다고 믿었던 십 몇 년 전 속에 머리를 묻고 살아가고 있었다. 이제 와 서 무엇을 말하고 무엇을 따질 것인가.

"살려주면 당신은 어떻게 살 작정이오?"

"놀리지 마시오, 하백님. 당신이 날 살려줄 리도 없겠지만, 난 지쳤 소이다. 천대받으면서 여태 세상 변두리로만 떠돌아다녔소. 사람도 많 이 죽였소. 생각해 보시오, 내가 더 이상 갈 데가 어디 있는가?"

"조호천."

"……."

"내가 역하 근처에 당신과 여인이 살 집을 마련해 놓겠소."

*   *   *

내려오는 길도 한차례 싸움이 있었다. 사해상련은 내분에 휩싸인 봉양붕문(奉陽鵬門)을 분질렀다. 당분간은 싸움이 아니라 상권을 늘리고 교육에 힘써야 했다. 그래 황보무문 붕주려와 연결된 은원을 우선적으로 해결한 것이다.

이렇게 사해상련이 산동제일상단으로 입지를 굳히자 장은 의부 아이시타에게 선을 넣어 하북팽문 팽문귀가 그렇게 움켜쥐려고 노력했던 천도공사를 따냈다. 해안 봉쇄령도 풀려 고려원과 아라이구미가 바다로 진출했다.

돈영회와 함께 등주로 진출한 진숙달과 적산월은 딸을 낳았다.

우림과 노공, 거연창이 천도공사와 무역에 힘을 쏟는 동안, 진강봉은 좌우 주작단과 백련사, 고려원 백제사, 아라이구미 죽랑대로 이루어진 연합군을 이끌고 차례로 나머지 사대세가와 가문을 분질렀다.

"그 아이 이름이 등로라고?"

공릉과 애각 형제, 소우가 풍산을 향해 길을 떠난 것은 이런저런 상황이 어느 정도 정리돼서 자리를 잡아가는 시점, 등로와 여리를 풍산으로 올려 보낸 지 삼 년이 흐른 뒤였다.

애각구충은 우성지부에 들러 우성지부 내총사(內總使)가 된 춘일(春

日)을 데리고 갈 계획이었다. 애각구려는 자신과 상화를 반반씩 닮은 사내아이를 안았다. 상화가 아이를 어르며 자주 웃었다.

"소우 도련님께선 언제 혼례를 치르세요?"

〈終〉

그래도 하지 못한 말

이 긴 이야기를 이렇게 끝맺음할 수 있도록 도와주신 금강 선생님, 심사위원 여러분, 고무림(http://www.gomurim.com) 독자 여러분과 출판사 관계자 여러분께 고개를 숙입니다.

이분들이 아니었으면 저는 이 글을 쓰지 못했을 것입니다.

이 글에서 칭찬을 받아야 할 부분이 조금이라도 있다면, 그건 모두 위에 열거한 분들이 가져가셔야 한다고 믿습니다. 비난받아야 할 부분은 제가 아직 너그럽지 못하고 부족한 탓입니다.

고맙습니다.

손승윤.

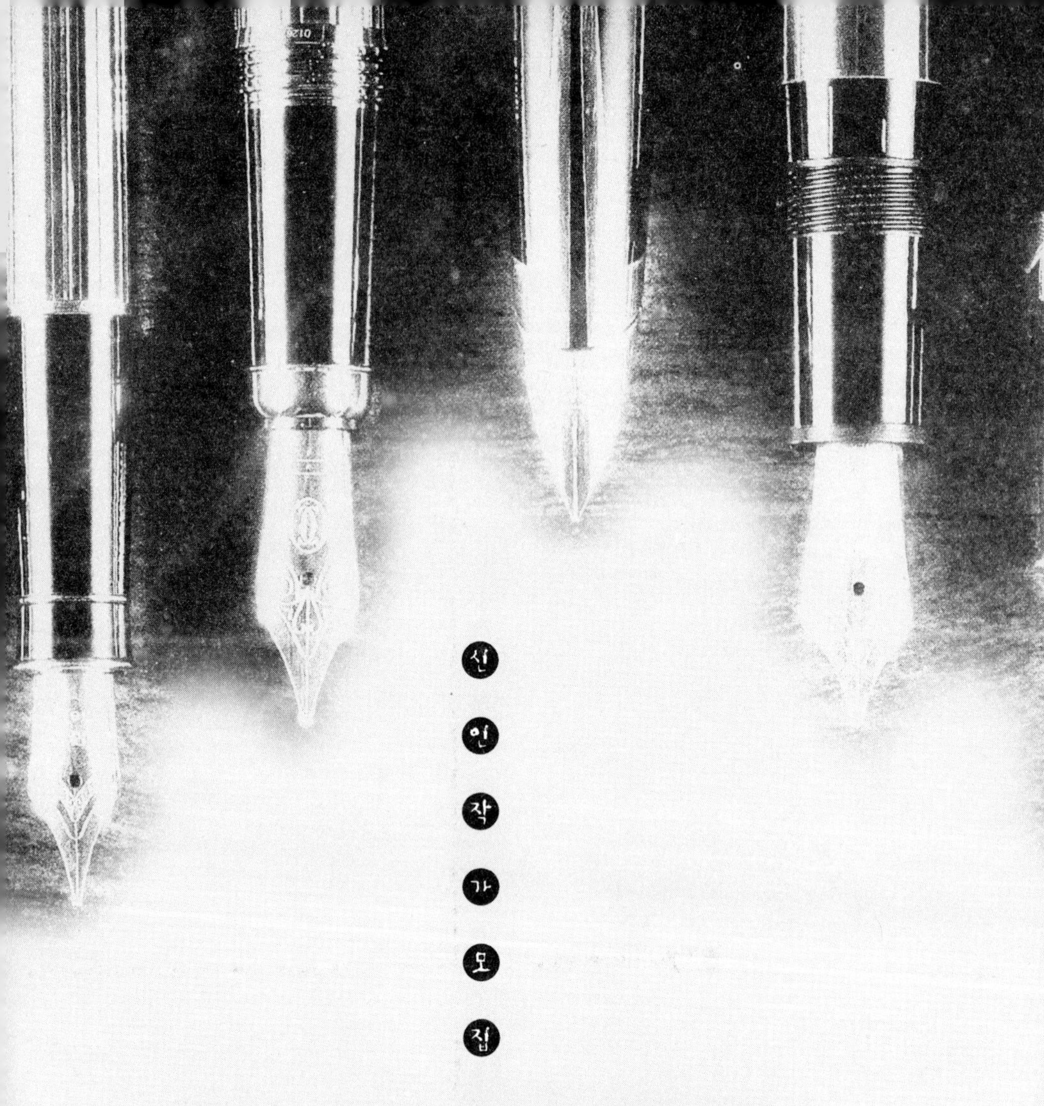

신
인
작
가
모
집